W0110016

Tatort Franken No. 5

ars vivendi

Originalausgabe

Erste Auflage Mai 2014
℗ 2014 by ars vivendi verlag
GmbH & Co. KG, Cadolzburg
Alle Rechte vorbehalten
www.arsvivendi.com

Lektorat: Eva Elisabeth Wagner
Umschlaggestaltung: Silke Klemt
Druck: CPI Ebner & Spiegel, Ulm

Printed in Germany

ISBN 978-3-86913-428-4

Inhalt

Fränkischer Krimipreis 2014: Gewinnerbeiträge

Helwig Arenz
Jaqui und Johnny

Gleich würde es anfangen zu regnen. Ich hatte eine Regenjacke in meinem Rucksack, aber Jaqui hatte keine. Sie hatte nur einen großen Busen, über den sich ein knappes Shirt spannte und auf den es gleich schamlos hinuntertropfen würde. Ich erwog ganz kurz, ritterlich zu sein und ihr meine Jacke zu geben, entschied mich dann aber dagegen, es war ja nicht mehr unser erstes Rendezvous! Mit dem einsetzenden Regen war ich weg.

Abends sahen wir uns wieder, denn zwischen sieben und acht kochte ihre Mutter immer Essen, und da lud ich mich ein. Jaqui war pitschnass nach Hause gekommen, und ich sah gleich, dass etwas nicht o. k. war, denn sie hatte so eine komische Verzögerung in allem, was sie sagte.

»Geht es dir gut?«, fragte ich, und sie sah mich erst hohl an, ehe sie mit engem Hals antwortete: »Na klar.« Dann nieste sie, und ich sagte: »Prost.«

Ich wollte sie gerne packen und an die Wand pressen. Aber die Küchentür war offen. Später würde ich sie trösten, nahm ich mir vor, im Bett ihrer großen Schwester, das so ein bisschen wackelig war, wie ein altes Floß. Leise würde ich sie trösten, denn die Mutter schlief nebenan. Sie sagte am nächsten Morgen beim Frühstück gerne Sachen wie: »Na, habt ihr gut geschlafen?«, um dann wie eine Hexe zu lachen. Ich grinste in mich hinein, aber Jaqui hatte da nicht so viel Humor. Denn wenn man noch jung ist und in seinem Leben noch nicht so oft Sex hatte wie ich oder vielleicht die Mutter, dann kann einem das schon peinlich sein. Die Mutter sah mich manchmal schief an, wenn sie glaubte, ich bemerkte das nicht, und dann war irgendetwas Seltsames in ihrem Blick.

Während wir aßen, rückte Jaqui endlich mit der Sache heraus. Sie sagte mit triefender Nase: »Diese Arschlöcher haben sich für eine andere Bewerberin entschieden!«

Ich verschluckte mich fast: »Was?«

»Ja. Nur eine Nachricht auf dem AB, mit einer ganz hässlichen Stimme«, klagte mein Schatz und nieste neben den Tisch.

»So eine Scheiße!«, entfuhr es mir.

Die Mutter sah mich an und dachte einen Hexengedanken, das war klar, denn wir beide wussten, es tat mir nicht leid, dass Jaqui keine Fachkraft in der Systemgastronomie werden würde, sondern es tat mir leid, dass Jaqui nun nicht zu mir ziehen durfte.

»Tja, jetzt bleibt die Jaqueline erst mal hier, solange sie keine Lehrstelle kriegt«, säuselte die Mutter mich an, und schlecht verhohlener Triumph knarzte in ihrer Stimme.

Ich legte Jaqui nun die Hand aufs Knie und sagte ganz nah an ihrem Mund wie bei einem Kuss: »Du findest was. Das weiß ich. Und dann –«

Aber mit einer schneidenden Stimme, scharf wie ein Küchenmesser, schaltete sich die Mutter wieder ein: »Ne, nicht mit der ihren Noten, da kannst du lange warten.« Und als ob das nicht genügt hätte, fügte sie hinzu: »Für die meisten Sachen kommt die Jaqui ja eh nicht infrage. Gell, Jaqui?«

Ein peinliches Schweigen entstand wie bei einer Beerdigung. Die Mutter hatte ihr heißes Bügeleisen der

Bosheit genüsslich in den Flokati unserer Liebe gedrückt. Und der Gestank ließ nicht lange auf sich warten. Scheiße, dachte ich, stand auf und holte mir aus der Küche einen Drink. Als ich wiederkam, weinten Mutter und Tochter und schrien sich an. Ich setzte mich auf den knarrenden Schaukelstuhl und schaltete den Fernseher ein, bis es ruhiger wurde, weil die Mutter das Zimmer verließ.

»Du darfst deine Mutter nicht immer so aufregen, das muss ich dann immer ausbaden!«, ermahnte ich Jaqui, die wieder schniefte.

»Ich kann hier nicht wohnen, da werde ich wahnsinnig. Sie hat mir versprochen, sie lässt mich gehen, wenn ich eine Lehre kriege!«, jaulte sie und versuchte, sich auf meinen Schoß zu setzen, was der Stuhl nicht so ganz zuließ. Die Rückenlehne knallte eben gegen die Glastür einer Vitrine, als die Mutter zurückkkam. Sie trug ein Tablett voller guter Laune. Ich wurde sofort misstrauisch, griff aber trotzdem zu: Jetzt sollte ich also mit der Alten trinken! Ich bekam Longdrinks, die Mutter Cocktails, aber Jaqui gab sie nur Cola. »Die Jaqui trinkt nicht«, hieß es. Aber die Jaqui trank sehr wohl, wenn die Mama nicht da war.

»Ich werd der Jaqui schon helfen bei ihren Bewerbungen«, sagte ich irgendwann milde zur Mutter. Die winkte ab.

»Du? Na klar«, sagte sie und lachte. Wir lachten mit.

»Das mit der Wohnung war auch gar nicht so endgültig gemeint«, versuchte ich es weiter. »Nur dass die Jaqui nicht immer nachts allein nach Hause muss, wenn sie dann eine Stelle in Fürth hat.«

»Die hat ja schon ne Stelle in Fürth«, rief die Mama, »ne faule Stelle!«, und prustete in ihr Glas.

»Der Johnny hat ne wunderschöne Wohnung mit viel Platz! Und du hast selbst gesagt, du kannst es nicht mehr aushalten mit mir«, versuchte es mein Schatz.

»Man ist mitten in der Stadt und schaut direkt auf die neue Feuerwache runter!«, warb ich.

»Wie romantisch! Ich wünschte, sie könnten die Glut eurer Liebe löschen!«, kicherte die Alte vergnügt.

Ich sah Jaqui an. Jaqui sah mich an. »Sein Mitbewohner ist nicht da, zwei Zimmer sind frei!«, sagte Jaqui matt, und ich ergänzte: »Ja, Andi ist in der Psychiatrie, der kommt nicht so bald wieder!«

»Was hat er denn?«, fragte die Mutter plötzlich interessiert. Ich zuckte mit den Schultern. »Ich glaub Drogen«, sagte Jaqui, und ich trat unter dem Tisch nach ihr, traf sie aber nicht.

»Drogen!«, rief die Mutter in gespieltem Entsetzen, »da muss ich wohl noch viel besser auf dich achtgeben!« Und mich blitzte sie höhnisch an dabei.

»Ronald McDonald hat sich also für eine andere entschieden!«, grollte ich vor mich hin, als der Abend schon etwas stiller geworden war.

»Wahrscheinlich für eine, die einen noch kürzeren Rock anhatte als du!«, lallte die Mutter boshaft. Jaqui antwortete nicht. »Sei froh! Such dir hier was!«, lachte die Alte, »dann musst du auch nicht immer durch die dunkle Unterführung fahren! Ich wünschte, das Thema Fürth wäre für immer begraben.«

Jetzt war es Winter geworden, und Jaqui wohnte immer noch bei ihrer Mutter. Immer noch musste ich ihr beim Sex den Mund zuhalten, und immer noch war mein Mitbewohner in Erlangen und kriegte Elektroschocks oder was sie mit den Irren da machten. Manchmal schickte er mir Briefe, in denen er mit seiner seltsamen Mädchenhandschrift bettelte, ich solle ihn rausholen oder ihm dies oder jenes Dokument senden, aber das ignorierte ich, weil ich immer noch die Hoffnung hatte, Jaqui würde bei mir einziehen. Seine zwei Zimmer waren schließlich nutzlos leer und verwaist und schrien förmlich danach, dass Jaqui sich dort in den Laken wälzte. Aber wie sollte ich sie da reinbekommen? Die Schlampe mit dem ultrakurzen Rock, die Ronald McDonald um den Finger gewickelt hatte, hatte uns alles verdorben. Und dann hatte ich sie eines Tages gesehen! Einen Burger hatte ich mir holen wollen, da war sie vor mir gestanden in gelbem Licht, blond war sie und gelächelt hatte sie. »Azubi« hatte auf ihrem übertriebenen Busen gestanden. Immer wieder lief sie mir seitdem über den Weg, und immer lächelte sie. Wenn sie mit ihrem Fahrrad aus dem schwarzen Loch der Unterführung schoss und direkt gegenüber abstieg, um ihre Wohnung zu betreten, die von mir nur drei Gehminuten entfernt lag – sie lächelte, als wüsste sie, was sie uns angetan hatte – verdammt noch mal. Jaqui und ich hätten es so einfach gehabt!

In diesem Jahr hatte es überhaupt nicht richtig Sommer werden wollen, bis in den Juni hinein blieb es kalt. So was ist schlecht für die Liebe, denn Jaqui und ich hatten irgendwann einen Koller bekommen, vom ewigen Hin und Her. Couch und Bett, Couch und Bett und dazwischen: »Nein, Mami, nicht beim Johnny. Ich bin bei der Fine, da übernachte ich heute.« Pizza ist fertig. Bier ist alle. Fernsehen. Ficken. Und da wunderte es mich nicht, dass dann an jenem Abend im Dezember – das hatten wir uns richtig lustig vorgestellt.

Wir standen im dreckigen Schnee und froren uns die Füße ab. Ich hatte Jaqui eine große Colaflasche halb halb abgefüllt. Eine Tüte voll tschechischem, illegalem Feuerwerk baumelte zwischen unseren Füßen. Wir mussten warten. Mir wurde langweilig. In so einem Frost war Küssen auch kein sinnvoller Zeitvertreib, denn Lippen und Wangen waren inzwischen taub.

»Eine Katze, da bei den Weiden!«, rief Jaqui.

Aber bis ich eine Rakete aus der Verpackung gezerrt und das Feuerzeug aus der Tasche genestelt hatte, war sie schon weg. Schossen wir eben auf die Saatkrähe. Aber die erhob sich auf trägen Schwingen und verhöhnte uns mit ein paar lässigen Schreien.

Da kam sie! Ich erkannte ihre Silhouette sofort, als hätte ich einen geheimen Sinn dafür entwickelt. Ich scheuchte Jaqui ans andere Ende der Unterführung. Und schon kam die Schlampe angefahren. Mit geröteten Wangen warf sie mir noch ihr nichtssagendes Lächeln zu, bevor sie in den dunklen Tunnel einbog. Und dann krachte es. Nicht länger dunkel war der Tunnel und auch nicht länger still. Ein ohrenbetäubender Lärm erfüllte ihn. Im bunten, flackernden Licht der Böller sah ich sie vom Fahrrad stürzen und auf den Boden knallen. Die Tasche ging auf und erbrach ihren Inhalt um den dunklen, wimmernden Haufen Mensch mit dem Strohschopf. Von dem tausendfachen Echo der Kracher waren Jaqui und ich wie betäubt. Das Flackerlicht machte alles unwirklich, und ich verlor Zeit und Sinn und Boden, während ich zündete und warf. Feuerspuren zogen über das Mädchen hinweg oder verebbten funkensprühend im Gebirge ihrer Daunenjacke, in der sie sich zusammenkrümmte wie ein sterbendes Tier.

»Genug!«, schrie ich. Ich sah auf die Uhr. Drei Minuten hatte der Spaß gedauert. Nur drei Minuten? Nichts wie weg hier. Aber von Jaqui war nichts zu sehen. Ich rannte an dem reglosen Mädchen vorbei zum anderen Ende. Jaqui war nicht da. Die Flasche war auf den Boden gefallen, und die Böllertüte lag aufgerissen daneben. Der Wind schleifte sie ein wenig über das Eis. Ich ging zurück in den Tunnel. Blöd, das Mädchen bewegte sich nicht, hoffentlich war sie nicht tot. Das gäbe Ärger! Auch nach mehrmaligem Anstupsen rührte sie sich nicht. Ein wackeliges Licht näherte sich und verwandelte sich in einen großen, schwarzen Radfahrer, der bremste und glotzte und dann neben uns halten wollte. Da brüllte ich los und hob die Arme und schrie, er solle sich verpissen, es sei alles in Ordnung.

Es war unglaublich heiß in der Wohnung. Jaqui hatte alle Heizungen aufgedreht und saß in eine Decke gewickelt am Küchentisch: »Bist du bescheuert? Warum hast du sie mitgebracht?«, schnauzte sie mich an, als ich das Mädchen auf das Sofa legte.

»Warum bist du abgehauen?«, schrie ich.

Jaqui fing an zu weinen: »Ich hör nichts mehr auf dem rechten Ohr, du Arschloch!«, kreischte sie mich hysterisch an.

Da regte sich die blonde Azubi. »Hilf mir jetzt mal«, brüllte ich noch lauter in Jaquis nutzloses, rechtes Ohr. Da beruhigte sie sich.

Zusammen trugen wir das Mädchen auf das Bett in einem der leeren Zimmer. Jaqui war ganz außer Atem. »Die trägt übrigens eine Hose!«, meinte sie nun zu mir, als hätte ich je etwas anderes behauptet. »Und keinen ultrakurzen Rock«, fügte sie hinzu.

Ich sah Jaqui an. Verschwitzt und rot stand sie da, der Atem hob und senkte ihre Brüste, und ihre Augen glühten. Einen Moment schwiegen wir und starrten nur, aber dann fielen wir übereinander her. Wir fickten uns durch den ganzen Raum, bis wir heiß und keuchend auf dem eiskalten Boden aufeinanderlagen und lachten, uns kniffen und bissen und an den Haaren zogen. »Pst!«, machte Jaqui und deutete nach rechts. Da waren Füße. Die Blonde versuchte aufzustehen!

Ich sprang auf, nahm sie sanft in den Arm und legte sie wieder hin. »Ganz ruhig, kleines Eichhörnchen!«, redete ich auf sie ein. Jaqui ging ins Nebenzimmer, und ich hörte, wie sie das Telefon nahm. »Wen rufst du an?«, flüsterte ich aufgeregt, nachdem ich die Tür hinter mir gut verschlossen hatte.

»Die Mama!«, flüsterte Jaqui gereizt, »die war doch mal Rettungssanitäterin.«

»Oh Gott!«, fluchte ich und floh ins Wohnzimmer auf die Couch. Wir warteten. Den unerträglichen, leisen »Hilfe«- und »Ist-da-jemand?«-Singsang übertönten wir mit dem Fernseher, bis Jaquis Mutter eintraf.

»Das ist eine Freundin von Jaqui«, behauptete ich, während die Mutter das Mädchen untersuchte.

»Warum sagt sie dauernd Hilfe?«, wandte sich die Mutter misstrauisch an mich, während sie ihr einen großen Verband um Kopf und Gesicht wickelte.

»Ignorier's einfach«, sagte ich.

Die Mutter machte weiter, aber nach einer Weile beugte sie sich wieder näher zu dem Mädchen, das vor sich hin flüsterte. »Was sagt sie da?«, fragte die Mutter scharf.

»Sie ist auf den Kopf gefallen und redet lauter Scheiße!«, rief ich.

»Sie sagt, sie ist überfallen worden!«, erwiderte die Mutter in beunruhigendem Ton.

»Immer dein lästiges Misstrauen!«, schimpfte ich los. »Du hasst mich, nicht wahr?«, fuhr ich fort, »du hasst mich, weil du Angst hast, ich nehme dir deine Tochter weg, stimmt's?« Und jetzt konnte ich nicht mehr an mich halten, es brach einfach so aus mir heraus: »Du denkst, ich bin der Falsche, oder? Weil ich keinen Job hab und trinke und weil ich so alt bin! Das denkst du, das weiß ich, du brauchst es nicht zu leugnen!«

Dann war es eine Weile still, außer dem Wimmern von unter dem Mull. Die Mutter sah mir erst ernst ins Gesicht und dann auf den Boden. »Ja!«, rief ich, »jetzt guckst du weg. Schau mich doch an! Weißt du, wie scheiße das ist, gegen so was anzukommen?«

»Jetzt lass sie doch weiter verbinden«, unterbrach mich Jaqui leise.

»Nein, du weißt ja nicht, wie das ist: In dem Moment, als ich zur Tür reinkam und deine Mutter mich sah, hatte ich schon verloren. Ich war der Falsche. Ich hatte nie eine Chance!«

»Hilfe!«, klang es dumpf zu mir herauf, aber ich konnte mich nicht darum kümmern. Jaqui nahm mich in den Arm und wiegte mich, und ich vergrub mein Gesicht in ihrem T-Shirt. Die Mutter machte ihre Arbeit fertig und ging, ohne sich zu verabschieden. Es war still in der Wohnung, also fast, als wir schlafen gingen.

Andrea, so hieß unser Sonnenschein, lebte sich ganz gut bei uns ein. Sie wohnte jetzt schon zwei Tage im Zimmer meines psychisch kranken Mitbewohners und hatte aufgehört, um Hilfe zu rufen. Das war schön, denn es war ein Tag vor Heiligabend.

»Ich hab Hunger!«, rief Andrea. »Schieb mal deinen Wohnungsschlüssel unter der Tür durch. Dann kriegst du was zu essen!«, riefen wir, beide auf dem Flur kniend.

»Nein, als ihr mein Portemonnaie wolltet, habt ihr mich auch schon verarscht! Gebt mir was zu essen!«, weinte sie.

»Wir müssen etwas kochen, das unter der Tür durchpasst«, überlegte Jaqui leise.

»Dann machen wir Pfannkuchen!«, flüsterte ich. »Geh unten bei Norma Eier, Mehl und Milch holen!«

Jaqui zog sich zwei Jacken übereinander und ging in die Kälte. Als sie wiederkam, hatte sie die Post mitgebracht. Den Brief meines Mitbewohners erkannte ich sofort an der blumigen Schrift. Aus Langeweile riss ich ihn auf: *Liebe Freunde, liebe Familie, leider kann ich dieses Weihnachten nicht mit euch zusammen verbringen. Ich vermisse euch alle zwar sehr, aber es geht mir gut, denn ich bin an einem Ort, an dem man sich gut um mich kümmert ...*, las ich.

»Hm«, machte ich. »Hm«, machte Jaqui, die mir über die Schulter gesehen hatte. Wir sahen uns an. Plötzlich rannte ich zum Schreibtisch und holte einen nagelneuen Umschlag. Jaqui nahm ihren Füller und malte sorgfältig den neuen Absender und Adressaten auf das blütenweiße Papier. Unsere Systemgastronomin war noch bei ihren Eltern gemeldet, wie wir ihren Personalien entnahmen. Dahin würde der Brief gehen und alle weiteren auch, in denen mein Mitbewohner um Geld und Güter bat und versicherte, es gehe ihm gut. Aus *In Liebe, Andi* malten wir ein schönes *In Liebe, Andrea*.

An Heiligabend aßen wir Schäufele. Andrea aß nichts, denn sie schien in Hungerstreik übergegangen zu sein und ließ nichts von sich hören. Gegen Abend verließen wir die Wohnung und schlenderten die Straße hinunter. Nachdem wir etwa drei Minuten gegangen waren, blieb ich stehen und lächelte Jaqui an. Hier wohnte Andrea, und hier hatte ich als Überraschung eine kleine Weihnachtsfeier vorbereitet. Ich zauberte den Schlüssel aus meiner Tasche, um den ich eine rote Schleife gebunden hatte, und überreichte ihn meiner kleinen Freundin. Sie zitterte vor Aufregung und brauchte eine kleine, süße Weile, ehe sie aufschließen konnte. Dann betraten wir die Wohnung.

»Oh Mann! Wie schön!«, rief Jaqui. Da waren blendend weiße IKEA-Regale und ein Metallbett mit Himmel. Die Küche war sauber, die Orchideen über der Heizung neigten ein wenig die Köpfe und streuten ein paar Blätter auf den dicken, flauschigen Teppich. Auf den warf sich Jaqui und wälzte und wiegte sich und sah mich in einer ganz bestimmten Weise an. Also kniete ich mich hin und kam zu ihr, und wir feierten ein schönes, lautes Weihnachten – bis es klingelte.

»Scheiße!«, prusteten wir wie ertappte Schulkinder. »Wir dürfen nicht so laut ficken!«, gluckste ich leise und vergrub mein Lachen in Jaquis Brüsten. »Ich mach auf!«, rief ich und war schon an der Tür. Ich öffnete und stand zwei Polizisten gegenüber.

»Frohe Weihnachten«, sagte einer von beiden, schob mich in den Flur und trat in die Wohnung. Jaqui war so bleich, dass sie sich im Badezimmer versteckte, und ich hörte, wie sie sich übergab. Ich selbst war ganz ruhig. In mir war ein Riesensturm, der ganz still wartete. Meinen Namen konnte ich kaum sagen, ich druckste ihn nur so heraus, so staute es sich in mir.

Während der eine der beiden mich nicht aus den Augen ließ, klopfte der andere heftig an die Tür zum Bad.

»Kommen Sie heraus!«

»Nein!«, schrie es.

»So dramatisch ist es ja nicht, Frau äh —«, und hier sah er auf seinen Notizblock: »Andrea Schröder? Aber seien Sie das nächste Mal etwas leiser am Heiligen Abend!«

Ich atmete laut aus. »Aber natürlich sind wir das«, versprach ich mit einer ungeheuren Wärme in der Brust, als hätte ich neunzigprozentigen Schnaps getrunken, »Fröhliche Weihnachten.«

Die beiden verließen die Wohnung, und wir saßen völlig zerstört am Tisch. Mal kicherten wir, mal keuchte ich so schnell, dass ich Angst hatte, mein Herz würde zerspringen. Jaqui war seltsamerweise ruhiger als ich. Wie wir uns so gegenübersaßen und uns anschwiegen oder schief lächelten, sah ich sie an, als sähe ich sie zum ersten Mal. Etwas rund war sie schon, aber das machte sie für mich erst zur Frau. Ein Hauch von Spitze war über ihren drallen Körper gespannt, über ihre großen Brüste und ihren Kugelbauch. Sie war klein und fest und voller Tränen, Schreie und wirrer Gedanken, aber ich sah in ihrem Ausdruck zum ersten Mal etwas Erwachsenes, Starkes, das mich rührte und an sie band. »Wir müssen Andrea sofort loswerden!«, sagte ich, und sie hatte im selben Moment etwas Ähnliches gesagt.

Andrea schlief, und das war gut so. Wir hatten ihr was gegeben. Sie lag auf dem Bett, alles roch etwas ekelhaft, aber im Großen und Ganzen ging es ihr gut. Schön sah sie noch nicht wieder aus, aber das würde schon werden. Wie ich sie da liegen sah, das Gesicht so ohne Angst und ganz ruhig, fand ich sie fast sympathisch. Wir warteten, bis es gerade wieder hell wurde. Alle schliefen jetzt glücklich, niemand würde aus dem Fenster sehen. Andrea hing zwischen uns, wir schleiften sie mit, taten besoffen und sangen sogar leise vor uns hin, nur weil wir das stille, angestrengte Keuchen zu unheimlich gefunden hätten. Wir legten sie in ihre Wohnung, deckten sie zu und gingen zurück nach Hause.

Erster Feiertag! Frank Sinatra im Radio, Heizung auf Hochtouren; und die Wohnung wirkte in ihrem obersten Stock wie ein Turm. Als gäbe es draußen keine Welt, als wäre alles vom Schnee und der angesagten Heiligkeit dieses Tages verschluckt und verwischt worden. Wir frühstückten, und dann hatten wir den lautesten Sex der Welt. Warum auch nicht schreien, wenn da draußen nichts mehr ist? Warum nicht diese Leere füllen mit Lebensfreude und Liebe? Auch die Klingel wollte wohl schreien vor Lust und Liebe, denn laut schrillte sie in Jaquis Ekstase und würgte mir meine Freude ab, wie eine eiskalte Hand im Nacken.

Das alte Spiel: Aufgescheucht wie Schneehühner rennen wir nackt durch die Wohnung auf der Suche nach den überall verstreuten Kleidern. Schnelle Musterung: Wer hat am meisten an, wer sieht am meisten aus wie ein zivilisierter Bürger, der niemals »Fick mich! Fick mich!« brüllen würde, dass der Putz Risse bekommt? Ich bin es und öffne die Tür.

Wieder die beiden Bullen. Das alte Spiel. Hereinspaziert! Und drinnen sehen sie mich an wie zwei Katzen eine Maus. Sie sagen meinen Namen, und als ich nicke, binden sie mir die Hände fest und nehmen mich mit. Halb angezogen hinaus in die Kälte. Auf Wiedersehen, Jaqui, Geliebte! Aber ein Wiedersehen wird es nicht so bald geben. »Das war doch nur ein Scherz!«, rufe ich noch im Auto. »Ich wollte sie doch nicht verletzen! Das war ein Unfall!«

»Ein Unfall?«, fragen sie, ziehen die Augenbrauen hoch und grinsen sich vielsagend an. »Sie Schwein!«, brüllt dann der eine plötzlich, und schon hat er mir eine gelangt, aber gewaltig. Mein Kopf fliegt herum und ich schmecke Blut auf meiner Lippe. Das kann doch nicht sein, das dürfen die doch gar nicht, denke ich, wie es mir in den Ohren klingelt. Aber da höre ich den alten Polizisten hasserfüllt sagen:

»Ich habe eine Tochter im gleichen Alter!«

»Ein Scherz?«, fragt mich der andere. »Wie meinen Sie das? Haben Sie die Kleine nur im Scherz gefickt, oder was? Die Mutter hat Sie angezeigt, und sie wird auch gegen Sie aussagen. Da kommen Sie nicht mehr raus!« Und das Blaulicht geht an, und ich werde weggefahren, weg von meiner kleinen Jaqui und ihrer dreckigen Mutter, die mich angezeigt und verraten hat.

Für seine Liebe ins Gefängnis zu gehen ist eine Sache. Aber wegen unfassbarer Dummheit verurteilt zu werden, eine andere. Besonders, wenn die Dummheit nicht die eigene ist. Grinsend waren die beiden Polizisten einen Tag später noch mal zu mir in die Zelle getreten und hatten mir ein wenig die Backen getätschelt.

»Jetzt wissen wir übrigens alles, mein Lieber! Für die entführte Frau Schröder kriegst du noch mal ein Jahrzehnt!«, sagten sie jovial und klopften mir auf die Schultern. »Deine dämliche Freundin hat nämlich auf euren gefälschten Brief deine Adresse als Absender geschrieben. Wenn du schon kleine Mädchen fickst, dann such dir das nächste Mal lieber eine am Gymnasium.« Das haben sie zu mir gesagt. Und dann haben sie gelacht und sind gegangen, und ich saß da. Aber irgendwie hatten sie ja auch recht. Von Jaqui will ich jedenfalls nichts mehr wissen, wenn ich rauskomme. Schade eigentlich, denn dann wäre sie alt genug.

Roland Ballwieser und Petra Rinkes
Die Carmen

Eine Tankstelle in Nürnberg Worzeldorf

Diese Menge,
im Gedränge!
Wie das kommt, geht und bleibt!
Seltsames Volk umher sich treibt.

Die Carmen.

Josef winkte ihr durch die Scheibe seines Verkaufsraumes zu, und Carmen winkte kurz zurück. Sie parkte ihren neonlila Fiat Punto neben den anderen Autos und begrüßte die Clique mit Umarmungen und Küsschen. Dann zündete sie sich eine Zigarette an. Eigentlich keine gute Idee an einer Tankstelle. Das hatte Josef ihr einmal gesagt, als er noch neu war, hier in Nürnberg und hier an der Tankstelle. Doch Carmen hatte ihn nur angeblitzt mit ihren großen dunklen Augen. »Ich soll die Zigarette ausmachen? Das meinst du nicht ernst, oder?«

Josef hatte ein »Schon gut« gemurmelt und war mit hochrotem Kopf abgezogen. Er kam aus einem kleinen niederbayerischen Dorf. So einem Großstadt-Vamp war er nicht gewachsen.

Das Telefon klingelte. Erlbacher, sein Chef.

... »Ja, die sind wieder da.« ... »Die sind doch ganz in Ordnung, hängen nur ein bisschen ab.« ... »Aber sie bringen immer ganz schön Umsatz. Vier, fünf Flaschen

Wodka, und die meisten tanken auch.« ... »Ja, ich sag, sie sollen die Musik nicht so laut machen, okay.«

Josef legte auf. Erlbacher sollte sich nicht so anstellen, heutzutage traf man sich halt an der Tanke, das war bei ihm zu Hause auch so.

Die Tür ging auf. Mercedes und Franzi stöckelten herein.

»Zwei Schachteln Marlboro Light, Süßer!«

»Macht neun achtzig und sagt bitte den anderen, sie sollen die Musik nicht so laut machen, die Nachbarn haben sich schon beschwert.«

Die beiden lachten.

»Soll ich euch von meinem Chef ausrichten, mir persönlich ist es ja wurscht«, rief Josef ihnen hinterher.

Inzwischen standen fünf chromblitzende, tiefergelegte Schlitten draußen. Josef musterte sie neidisch. So eine Kiste könnte er sich nie leisten. Vielleicht nach dem Studium. Aber dann war er wahrscheinlich zu alt für so was. Wie der Huber-Bauer, der sich nach seiner Scheidung unbedingt einen Porsche Carrera hatte anschaffen müssen. Das ganze Dorf lachte über den alten Gockel.

Josef sperrte die Kasse zu und ging nach draußen.

Alle standen vor einem gelben Camaro S. Laute Beats hämmerten aus der Anlage. Natürlich MC Kamil, der war momentan total angesagt. Eine Flasche machte die Runde, und einige Pärchen knutschten.

»Gib mir Feuer!« Carmen beugte sich zu Josef hinüber. Sie trug wieder das schwarze Tank-Top mit den Spitzen und dem tiefen Ausschnitt.

Josef stand eine Weile schweigend neben Carmen. Dann nahm er seinen ganzen Mut zusammen. Es gab da was, das ihn schon lange beschäftigte.

»Warum hast du eigentlich keinen Freund?«, fragte er.

Carmen lachte kurz. Dann deutete sie auf die anderen.

»Meinst du, von denen da passt einer zu mir? Die denken doch alle nur darüber nach, welche Felgen am besten zur Metalliclackierung ihrer tollen Karre passen. Mädchen sind nur Schmuck für die. Das nächste Tuning-Treffen ist ihnen viel wichtiger.«

»Und warum hängst du dann mit denen ab?«

Carmen zuckte mit den Schultern. »Ist halt meine Clique. Die kann man sich nicht immer aussuchen. Aber einen festen Freund will ich nicht. Die Kerle meinen dann immer, man ist ihr Eigentum. Ab und zu geh ich mit einem ins Bett, wenn ich Lust habe. Aber die große Liebe ...« Sie inhalierte tief. »... da muss einer kommen, der es im Kopf hat und nicht nur, du weißt schon wo.«

Sie sah Josef an und lächelte. Dann trat sie die Zigarette aus.

»Ich muss mal für kleine Mädchen.«

Josef schaute ihr nach. Ihre Pobacken bewegten sich unter der hautengen Jeans auf und ab.

»A Schneggala is scho, die Carmen, nä!«, sagte Mehmet, was ihm einen bösen Blick und einen Ellbogenstoß von seiner Freundin Franzi einbrachte. Dann sah sie Josef an und legte ihm eine Hand auf die Schulter. »Pass auf, dass dir nicht die Augen ausfallen! Und weißt du was? Ich glaube, die Carmen hat es auf dich abgesehen. Nimm dich in Acht! Mit der ist nicht zu spaßen.«

Was meinte sie denn damit? Da klingelte Josefs Handy, und er ging schnell zurück in den Verkaufsraum.

Nach dem Telefonat feuerte Josef das Handy genervt auf die Theke.

Franzi kam herein. Der Wodka war alle.

»Probleme?«, fragte sie.

»Nein, das war nur die Micha«, antwortete Josef.

»Micha? Deine Freundin?«

»Micha von daheim. Wir hatten mal was miteinander, aber das ist lange her.«

»Und was wollte die ›Micha von daheim‹?«

Josef zögerte. Er kannte Franzi ja nicht so gut. Aber sie war die netteste der Tuning-Clique, und mit irgendjemandem musste er darüber reden. Andere Freunde hatte er in der Großstadt noch nicht gefunden.

»Meine Mutter ist immer noch sauer, weil ich den Hof nicht übernehmen will.«

Franzi zuckte mit den Schultern.

»Ja und? Mein Onkel hat auch einen Bauernhof irgendwo hinter Ansbach. Ist doch nichts Schlechtes dran.«

»Ich bin auf einem Hof aufgewachsen. Ich weiß, wie viel Arbeit das macht und wie wenig dabei herausspringt.«

Franzi zwinkerte ihm zu. »Und solche Frauen wie die Carmen gibt es auch nicht bei euch daheim, hab ich recht?«

Sie zahlte, drehte sich um und ging. An der Tür blieb sie noch mal stehen. »Nimm dich in Acht, Josef!«

Lautes Reifenquietschen riss Josef aus seinen Gedanken. Drei Autos brausten davon. An jeder Zapfsäule hatte jemand getankt, das sah Josef an der Anzeige. Er stürmte nach draußen. Dort standen nur noch Mehmets Camaro und der Punto von Carmen.

»Was soll das?«, rief Josef. »Die kommen doch zum Zahlen wieder, oder? Ihr könnt doch nicht einfach tanken und danach abhauen! Ich muss das anzeigen.«

Carmen rückte ihren Ausschnitt zurecht und kam mit schwingenden Hüften auf ihn zu.

»Hey, wir sind doch Freunde, und Freunde verpfeift man nicht.« Sie stand jetzt direkt neben ihm und blies ihm sanft ins Ohr. »Oder?«

»Aber ... wir haben eine Überwachungsanlage, die zeichnet alles auf.«

»Aufzeichnungen kann man löschen«, erwiderte Carmen. »Bei uns in der Spedition haben wir auch so eine Anlage. Ich schau mir das mal an, okay?«

»Aber ...«, stotterte Josef.

»Glaub mir, es wird sich für dich lohnen, wenn du mich ranlässt. Das verspreche ich.« Carmen lächelte. »Komm morgen Abend ins *Maximus*. Aber stell dich nicht in die Schlange. Geh gleich zum Türsteher und sag, Carmen wartet auf dich.«

Sie zog ihn an sich und küsste ihn. Leidenschaftlich und lange. »Mehr gibt es morgen«, hauchte sie.

Josef atmete tief durch und führte Carmen ins Büro.

Im *Maximus*, eine Disco im Szeneviertel Kohlenhof

Die Liebe von Zigeunern stammet,
fragt nach Rechten nicht, Gesetz und Macht;
liebst du mich nicht,
bin ich entflammet,
und wenn ich lieb,
nimm dich in Acht!

Josef kam sich selbst fremd vor, so mit neuer Frisur, schickem Sakko und Designerjeans. Ein Vermögen hatte das gekostet. Alles nur, um Carmen zu beeindrucken. Eine Frau, die bisher unerreichbar für ihn schien.

»Carmen erwartet mich.«

Der Türsteher ließ ihn wortlos hinein. Carmen saß ganz hinten, im VIP-Bereich. Sie trug eine rote Lederjeans und ein sehr knappes gestreiftes Top. Eine Menge Leute saßen um sie herum, aber außer Franzi und Mehmet kannte Josef niemanden.

»Schön, dass du da bist.«

Carmen umarmte ihn und gab ihm einen Kuss. Dann zog sie ihn neben sich auf das Plüschsofa. Josef bestellte Whisky-Cola, was ihn noch mal ein Vermögen kostete. Dabei war er zurzeit noch knapper bei Kasse als sonst. Erlbacher hatte darauf bestanden, dass Josef den Schaden durch den Benzindiebstahl aus eigener Tasche ersetzte. Der Geizkragen besaß zehn Tankstellen und einige Mietshäuser, und wegen der paar Euro durfte Josef jetzt zwei Wochenenden umsonst arbeiten. Doch als Carmen ihn an sich zog und heftig mit ihm knutschte, war der ganze Ärger sofort vergessen.

»Ich dachte, das *Maximus* wäre ein exklusiver Laden, und jetzt lassen sie hier jeden armen Schlucker rein.«

Erlbacher! Ausgerechnet jetzt und hier! Josef wollte aufspringen, aber Carmen zog ihn wieder auf das Sofa.

»Lass ihn in Ruhe, Martin!«, blitzte sie Erlbacher an.

Der lachte nur. »Oho, unser Landei hat eine Beschützerin gefunden. Da will ich mich nicht dazwischendrängen. Mal sehen, ob du noch zu ihm hältst, wenn er kein Geld mehr hat. Denn sobald er seine Schulden abgearbeitet hat, schmeiß ich ihn raus.«

Josef fuhr auf, aber Carmen hielt ihn am Arm fest und zog ihn auf die Tanzfläche. Dort schmiegte sie sich eng an ihn. Nach dem Lied gingen sie an die Bar, und Josef stürzte schnell zwei weitere Whisky-Cola hinunter.

»Hey, langsam, mein Süßer, du brauchst deine Kraft noch. Ich habe dir was versprochen, hast du das vergessen?« Carmen pustete ihm wieder sanft ins Ohr.

»Dann lass uns gehen«, sagte Josef. »Hier passt mir das Publikum nicht.«

Carmen verzog das Gesicht. »Es ist noch viel zu früh. Wir gehen an einen anderen Tisch, und du vergisst Martin.«

»Warum nennst du den Erlbacher eigentlich beim Vornamen? Hast du etwa mit ihm ...?«

Carmen legte ihm einen Finger auf die Lippen. »Psst, heute Nacht gibt es nur uns zwei.«

In dem Moment ging das Licht aus, und vorne am DJ-Pult sprühten zwei Feuerwerksfontänen. Dann erschien ...

»MC Kamil!«, riefen dreihundert Discobesucher gleichzeitig.

Der goldkettenbehangene, muskelbepackte Hüne mit Sonnenbrille und Narbe quer über der linken Wange war ein Rapper wie aus dem Bilderbuch. MC Kamil hatte angeblich wegen Mordes in einem sibirischen Straflager gesessen. Bei einer Amnestie war er freigekommen und dann nach Deutschland gegangen. Hier war er innerhalb kürzester Zeit zum gefeierten Rap-Star geworden. Wie viel an der Geschichte stimmte, interessierte niemanden.

MC Kamil hob beide Hände. »Hallo, Nürnberg!«
Jubel antwortete ihm.

»Wollt ihr hören meine neue Song?«

Jubel, noch lauter.

Die Bässe hämmerten, und Kamil begann.

»Auf in den Kampf, haut die Bullen in die Fresse!
Die haben keine Eier, die sind das Allerletzte.
Wir sind die Größten, tragen Orden auf der Brust,
die Orden von der Straße, auf den andern Scheiß,
da haben wir keine Lust.«

Josef fand den Text nicht gerade literaturpreisverdächtig, aber der Beat war okay.

Als MC Kamil fertig war, kam er direkt auf Carmen zu.

»Wenn das nicht ist meine rassige Carmen.«

Er hob mit dem Zeigefinger Carmens Kinn an.

»Hallo, Kamil!«, sagte Carmen.

»Lange nicht gesehen, meine Juanita, und du bist noch schöner jetzt! Komm, lass uns feiern. Ein Freund von mir gibt Party, und ich habe Suite in Grand Hotel!«

»Geht nicht, ich bin hier mit meinem Freund.« Carmen legte ihren Arm um Josef.

Kamil musterte Josef von oben bis unten, dann umarmte er ihn. »Bist du Carmens Freund, bist du auch Freund von MC Kamil. Du kannst mitkommen zu Party.«

Josef stürzte den Rest seines Whiskys hinunter, auf das Cola hatte er bei seinem vierten Drink verzichtet. Sie folgten dem Rapper nach draußen, wo selbstverständlich eine Stretchlimo auf sie wartete.

An der Haupttribüne beim Zeppelinfeld

Nur mutig die Schlucht hinab, ihr Kameraden,
dem, der waget, reicher Lohn gebührt.
Doch behutsam auf rauhen Pfaden,
ein falscher Tritt zum Abgrund führt.

Josef öffnete kurz die Augen und schloss sie sofort wieder. Sein Kopf dröhnte, und an den gestrigen Abend konnte er sich kaum noch erinnern. Irgendwann waren sie in Kamils Suite gelandet, und es gab jede Menge zu trinken. Später hatte ihm jemand ein paar Pillen gegeben. »Damit du wieder nüchtern wirst.« Ab dem Zeitpunkt hatte er einen Filmriss.

Er öffnete nochmals die Augen, ignorierte das Hämmern hinter seiner Stirn und stellte fest, dass er in einem riesigen zerwühlten Bett lag.

»Na, bist du endlich wach, mein feuriger Liebhaber!«

Carmen kam herein, frisch geduscht, lediglich ein Handtuch um die Haare geschlungen. Sie beugte sich über ihn und küsste ihn zärtlich. Ihre Brüste streiften wie zufällig seinen Oberkörper. Josefs Bettdecke hob sich ein Stückchen.

»Immer noch nicht genug«, sagte Carmen. »Ich glaube, da müssen wir etwas dagegen tun.«

Sie schob die Decke zur Seite, und für die nächste halbe Stunde vergaß Josef das Hämmern in seinem Kopf.

»So, jetzt aber raus, es wird Zeit. Schließlich musst du etwas erledigen.«

Unter der Dusche überlegte Josef verzweifelt, was er zu erledigen hatte. Im Spiegelschrank fand er ein paar Aspirin. Carmen kam ins Bad, um sich die Haare zu föhnen. Sie trug jetzt nicht einmal mehr das Handtuch. Josef stellte die Dusche auf kalt.

»Na, ihr Turteltäubchen, habt ihr gehabt eine schöne Nacht?«

Kamil steckte seinen Kopf durch die Badtür. Carmen warf ihm ein Handtuch über den Kopf. »Verschwinde!«

»Das ist meine Suite immer noch, Juanita.« Kamil hob das Handtuch ein Stück an. »Ich habe vergessen, wie schön du bist. Aber erst wir machen Geschäft. In einer Stunde, okay?«

»Wir werden da sein, keine Angst«, sagte Carmen. »Und jetzt hau ab!«

»Was machen wir hier eigentlich?«, fragte Josef.

Sie standen am Parkplatz unterhalb der Zeppelin-tribüne, um sie herum lauter auf Hochglanz polierte Sportwagen. Die Motorhauben waren bei den meisten geöffnet, und aus einem perlmuttfarbenen Dodge Challenger neben ihnen dröhnte Musik, natürlich MC Kamil. Carmens Punto sah daneben aus wie ein Kinderspiel-zeug.

»Wir machen Geschäfte«, sagte Carmen. »Oder meinst du, so ein Auto bezahlt sich von selbst. Mit einem Tankwartgehalt geht das nicht.«

Tankwart! Josef sah auf die Uhr.

»Verdammt! Meine Schicht beginnt gleich.«

»Vergiss die Tankstelle! Du hast doch gehört, Martin wirft dich raus. Außerdem – wenn das hier klappt, hast du mehr Geld in der Tasche als sonst in einem ganzen Monat. Und vielleicht fahren wir dann zusammen weg, nach Frankreich oder so.«

Sie beugte sich zu ihm rüber und küsste ihn.

»Wenn was klappt?«, fragte Josef, sobald er wieder Luft bekam.

»Is ned wichdig!«, sagte Mehmet, der plötzlich neben ihnen aufgetaucht war. Er schwang sich auf den Rücksitz. »Du machst, was die Carmen sachd, dann bassd's scho!«

Er reichte Josef eine Lederjacke und eine Aldi-Tüte.

»Du ziehst die Jacke an«, erklärte Carmen, »und nimmst die Tüte. Dann setzt du dich auf die Tribüne, zweite Reihe von oben, ganz links. Du wartest, bis jemand auftaucht, mit einer Tüte, genau wie diese hier. Er wird sich neben dich setzen, etwas über das Wetter sagen und die Tüten austauschen. Wenn er gegangen ist, wartest du fünf Minuten und kommst dann langsam zu mir herunter. Klar?«

»Ja, aber ...«, sagte Josef.

»Nichts aber.« Carmen sah auf die Uhr. »Es ist Zeit. Los!«

Als Josef die Jacke anzog, spürte er etwas Schweres, Metallenes in der Tasche. Mehmet zwinkerte ihm zu. »Für alle Fäll. Ma wass ja nie.«

Dann verschwand er im Laufschritt.

Die Tüten waren vertauscht und die fünf Minuten fast um. Carmen ließ den Motor an und sah zu ihm hinauf. Da hörte Josef weiter hinten, am Fuß der Tribüne, Geschrei. Vier muskelbepackte Männer diskutierten lautstark miteinander, dann fing einer an zu schubsen. Irgendwo blitzte ein Messer. Josef stand auf, einer der Männer sah zu ihm nach oben. Josef schnappte seine Tüte und sprang Stufe um Stufe nach unten. Zwei der Muskelmänner bewegten sich in seine Richtung. Carmen ließ den Motor aufheulen. Josef nahm zwei Stufen auf einmal, kam ins Straucheln, fiel hin, sah beim Aufrappeln, wie einer der Männer eine Pistole zog. Im letzten Moment sprang er zu Carmen ins Auto, und sie fuhr mit quietschenden Reifen los. Kurz vor der Einfahrt zum Norisring sprang ein Mann vor das Auto.

»Kamil!«, rief Carmen.

Der Rapper riss die Tür auf und hechtete auf die Rücksitzbank. Carmen gab Vollgas.

Sie fuhr die Regensburger Straße stadteinwärts und bog auf die Münchner Straße ab. Dabei schaute sie ständig in den Rückspiegel. Als sie sicher war, dass niemand ihnen folgte, schlug sie wütend nach hinten, traf Kamil aber nicht.

»Du dummer Idiot!«, rief sie. »Was war denn da los? Du hast gesagt, es ist ein ganz einfacher Job!«

Kamil lachte. »War doch einfach, oder? Wir haben den Stoff, und keiner von uns hat Loch im Bauch. Ist doch gelaufen gut!« Er schlug Josef kräftig auf die Schulter.

»Ist doch gelaufen gut«, äffte Carmen ihn nach. »Außer, dass ich mir fast in die Hose gemacht habe. Und jetzt muss ich wirklich.«

Sie bog in die Aral-Tankstelle ein und stieg aus. Kamil sah ihr hinterher.

»Ein Wahnsinnsweib! Ich bin total verliebt, mein Freund!«, sagte er.

Josef tastete nach der Waffe in seiner Jackentasche. Er war noch völlig durcheinander. In was war er da reingeraten?

»Aber Carmen gehört zu mir«, sagte er. »Sie liebt mich.«

»Quatsch! Carmen gehört niemandem, und ihre Liebe kaum länger hält als eine Nacht. Aber keine Angst, ich warte. Wir sind Freunde trotzdem, oder?«

Er reichte Josef die Hand. Der ergriff sie und konnte dem Händedruck des Hünen nur mit Mühe standhalten.

»Was treibt ihr denn hier? Deutsch-russische Verbrüderung?« Carmen war von der Toilette zurück.

»Josef ist gute Freund von MC Kamil, und MC macht sich jetzt aus die Dreck.«

»Es heißt ›aus dem Staub‹«, verbesserte Carmen.

»Egal. Dos vidanje, Juanita!«

Er nahm die Aldi-Tüte, schwang sich aus dem Wagen und zückte sein Handy.

Im Frankenstadion, Länderspiel Deutschland – Italien

Nein! All dein Flehn ist vergebens,
mag mir Tod auch künden dein Blick!
Und wär's das Ende meines Lebens,
nein, nein, ich weiche keinen Schritt zurück.

Josef schlug wütend auf das Lenkrad. Wäre er nur nicht nach Niederbayern gefahren! Dann wäre alles anders gekommen, und Carmen hätte vielleicht nicht …

Seine Mutter war schuld. Und Micha. Ihr Anruf hatte so dringend geklungen.

»Josef, du musst sofort kommen, deine Mutter will eine Dummheit begehen!«

Von wegen Dummheit! Seine Mutter tat das Vernünftigste, was sie tun konnte, nämlich den unrentablen Hof verkaufen. Und dass sie in ihrem Alter eine neue Liebe gefunden hatte, war doch schön. Schön für sie. Für Josef lief es in Sachen Liebe alles andere als gut. Er zog das

Handy hervor und las zum hundertsten Mal Carmens SMS.

»Ich liebe dich nicht mehr. Es ist vorbei. Carmen!«

Vorbei! Es hatte doch gerade erst angefangen. Dahinter steckte bestimmt dieser Kamil. Zum Glück hatte Josef noch die Lederjacke mit der Waffe. Diesen MC würde er sich mal richtig vorknöpfen, dann merkte Carmen, dass mehr in ihm steckte als ein kleiner Student vom Land.

Das Handy vibrierte. Eine SMS, Nummer unterdrückt.

»Wir doch noch immer sind Freunde, oder? Kommst du heute nach Frankenstadion. Habe VIP-Lounge für Spiel Deutschland – Italien. Dann wir trinken zusammen. MCK«

Josef kniff die Augen zusammen und gab Gas.

»Die Carmen, die is obn beim Kamil.«

An der Treppe zur Haupttribüne hatte Josef Mehmet und Franzi getroffen.

»Sagt Carmen, dass ich sie sprechen muss. Allein.«

»Du bist immer noch in sie verknallt, oder?«, sagte Franzi. »Ich habe dir doch gesagt, nimm dich in Acht. Carmen ist so, wie sie ist, und du bist nicht der Erste, den sie nach nur einer heißen Nacht eiskalt absverviert.«

»Ich will nur noch einmal mit ihr reden, bitte!«

Franzi zuckte mit den Schultern. »Ich schau, was ich tun kann, aber versprechen kann ich nichts.«

Sie ging nach oben. Mehmet legte Josef die Hand auf die Schulter. »Vergiss des Madla. Die Carmen is es ned wert, dass di zum Debbn machsd.« Dann folgte er seiner Freundin.

Es dauerte nicht lange, und Carmen kam herunter. Sie trug wieder die rote Lederjeans und das enge schwarze Top.

Im Hintergrund hörte man den Stadionsprecher: *Vierte Minute, gelbe Karte für Mesut Özil.*

»Was willst du?«, sagte Carmen. »Ich habe dir doch geschrieben. Es ist vorbei.«

»Vorbei? Es hat doch eben erst angefangen. Ich dachte, du liebst mich!«

Freistoß Italien, ausgeführt von Balotelli.

»Ich habe dich geliebt. Aber jetzt liebe ich einen anderen.«

Josef war den Tränen nahe. »Aber du bist die Frau meines Lebens. Ich habe doch bewiesen, dass ich alles für dich tue. Und was war mit der Nacht in der Suite?«

»Das war eine schöne Nacht. Aber jetzt habe ich die große Liebe gefunden.«

Eckball für Deutschland. Philipp Lahm tritt an.«

Die Menge schrie auf.

Carmen und Josef sahen sich an.

Wieder Ecke für Deutschland. Schweinsteiger führt aus.

»Kamil also. Warum der?«, fragte Josef. Er tastete nach der Waffe in seiner Jackentasche.

»Weil Kamil ein richtiger Mann ist, er hat Geld, ist charmant, und ich liebe ihn.«

Josef ließ den Kopf hängen. »Es ist also aus.«

»Ja.« Carmen drehte sich um und wollte gehen. Josef hielt sie am Arm fest.

»Du gehörst mir, Carmen, niemand anderem!«

Carmen riss sich los. »Ich gehöre niemandem! Und jetzt verschwinde!«

Josef umklammerte die Pistole. Dann zog er die Hand aus der Tasche – ohne die Waffe.

»Dann war es das also mit uns«, sagte er.

Carmen sah ihn ungeduldig an. »Hast du es endlich verstanden?«

Plötzlich weiteten sich ihre Augen. Sie fixierte einen Punkt hinter Josef. Der drehte sich um. Die Muskelmänner vom Zeppelinfeld kamen im Laufschritt auf sie zu.

Der Torjubel übertönte die Schüsse.

Tor für Deutschland! Nach Eckball von Nr. 7, Bastian … *Schweinsteiger, der Torschütze zum 1:0: Philipp … Lahm!*

Als Franzi die Treppe herunterkam, stand schon eine Menschentraube um die Toten herum. Sie bahnte sich einen Weg durch die Schaulustigen. Da lag Josef, die Hand ausgestreckt in Richtung der Frau, die er liebte. Doch die blieb selbst im Tod für ihn unerreichbar. Die Carmen.

Jan Beinßen
Die bunte Witwe

Sie schlug ihm mit der Faust ins Gesicht. Der grün funkelnde Stein auf ihrem Ring hinterließ einen scharfen Schnitt auf seiner Wange.

»Aaaah!« Jochen Keller spürte einen brennenden Schmerz und dann das warme Blut, das seinen Hals hinabrann. Er saß auf einem Stuhl, die Hände hinter seinem Rücken gefesselt. Ebenso straff wie die Beine. »Was haben Sie mit mir vor?«

Seine Peinigerin sah ihn durchdringend an. »Sicher nichts Gutes.«

Davon war auszugehen. Denn Jochen wusste zu viel. Wusste vom falschen Spiel der Witwe, wusste von ihren Plänen, vor allem aber wusste er vom Inhalt der Aktentasche, die im Kofferraum ihres karminroten Mercedes Coupé lag.

Erneut holte sie aus, traf diesmal sein Kinn. Ihm schwanden beinahe die Sinne, so fest war ihr Schlag.

Dabei hatte alles so harmlos begonnen. Gerade erst zwei Tage war es her, dass sich sein Vater mit ihm in der Mittagspause verabredet hatte, da er ihn um eine kleine Gefälligkeit bitten wollte, wie er es ausdrückte. Gern war Jochen seiner Einladung auf einen Bagel und eine Tasse Milchkaffee beim Bäcker am Weißen Turm gefolgt. Denn ihm war jeder Grund recht, um wenigstens für ein halbes Stündchen der Hektik der Zeitungsredaktion zu entkommen.

»Abgekämpft siehst du aus«, stellte Konrad Keller nach kurzer Musterung seines Sohnes fest. »Liegt's am Berufsstress oder am Privatleben?«, spielte er auf die zahllosen amourösen Abenteuer seines Ältesten an. Denn der hatte auch mit vierzig nicht zur Ruhe gefunden, zumindest was Beziehungen zum weiblichen Geschlecht anbelangte.

Jochen ging nicht auf die Anspielung seines Vaters ein. Er nahm einen Schluck Kaffee, biss in einen mit Lachs und Frischkäse belegten Bagel und fragte: »Was gibt's denn, Paps? Warum wolltest du mich sprechen?«

Konrad Keller führte seinen Zeigefinger zum Bügel seiner markanten, schwarz geränderten Brille, die seinem kahlen Kopf das gewisse Etwas verlieh. »Erinnerst du dich an den Fall Gerstlein? Das schillernde Architektenpaar, das in keiner Klatschkolumne fehlte? Und an das plötzliche Verschwinden von Thomas Gerstlein, das Entsetzen und die Trauer seiner Frau Tanja?«

»Na klar«, antwortete Jochen wie aus der Pistole geschossen. »Wir haben ja oft genug darüber berichtet. Diese Vermisstensache ist seinerzeit auf deinem Schreibtisch gelandet, oder?«

»Ja. Wir von der Mordkommission übernahmen, nachdem die Kollegen nicht weiterkamen«, bestätigte Konrad.

»Aber gelöst hast du den Fall nicht, gell?«

»Nein.« Die Unzufriedenheit darüber stand Konrad ins Gesicht geschrieben. »Dabei sah zunächst alles ganz einfach aus: Tanja Gerstlein hatte sich bei den Befragungen in Widersprüche verwickelt. Mal behauptete sie, ihr Mann sei übers Wochenende zum Angeln gefahren und nicht zurückgekommen. Ein andermal hieß es, er wäre mit seinem Surfbrett unterwegs gewesen.« Konrad kniff die Augen zusammen. »Auto und Surfbrett fehlten tatsächlich. Aber ein Ertrunkener, auf den die Beschreibung Thomas Gerstleins gepasst hätte, tauchte weder im Brombachsee noch irgendwo an den oberbayerischen Gewässern auf. Tanja behauptete steif und fest, dass sie es nicht besser wüsste, denn ihr Mann wäre ein sehr spontaner Typ gewesen, der sich schnell mal umentschied.«

»Großfahndung und Handyortung?«, fragte Jochen aufs Geratewohl.

Konrad schüttelte den Kopf. »Alles Fehlanzeige.«

Jochen aß den Bagel auf und wischte sich mit der Hand über den Mund. »Ein ungelöster Fall also. Aber das kann dir doch egal sein – fast zwei Jahre nach deiner Pensionierung.«

In Konrads wachen Augen blitzte es auf. »Eben nicht!«, stellte er klar. »Diese Woche ist die Frist abgelaufen.«

»Welche Frist?«, tappte Jochen im Dunkeln.

»Die Frist, die die Lebensversicherung der Gerstlein gesetzt hat. Da ihr abgängiger Ehemann nicht wieder aufgetaucht ist, wird er jetzt offiziell für tot erklärt. Damit hat die fröhliche Witwe Anspruch auf die Auszahlung.«

Jochen verstand. »Ich nehme an, die Summe ist kein Pappenstiel.«

»Zwei Komma fünf«, sagte Konrad leise.

»Millionen Euro?«, fragte Jochen weniger leise und zog die Blicke zweier alter Damen am Nebentisch auf sich.

»Was denkst du denn? Drachmen?«

Tanja Gerstlein, deren orange lackierte Fingernägel mit der Farbe ihrer Bluse korrespondierten, verlor die Lust daran, Jochen ins Gesicht zu schlagen. Auf der Suche nach einer anderen schmerzhaften Variante strich sie um den Stuhl herum, bekam Jochens schulterlanges blondes Haar zu fassen und zog zweimal kräftig daran. Nachdem ihm das nur ein leises Stöhnen entlockte, ging sie dazu über, die spitzen Absätze ihrer smaragdgrün glitzernden Stilettos auf seine Schuhe zu stellen und langsam zuzutreten.

»Wenn Sie mich töten wollen, warum machen Sie das nicht gleich?«, fragte Jochen, der erfolglos versuchte, seine mit einer Wäscheleine fixierten Füße zu schützen.

»Weil mir noch die richtige Idee dazu fehlt, wie ich es am besten anstelle«, sagte die bunte Witwe frei heraus. Böse lächelnd fügte sie hinzu. »Außerdem fängt es gerade an, Spaß zu machen.«

Sie ließ von seinen malträtierten Füßen ab und hob ihr rechtes Bein an. Unter anderen Umständen hätte Jochen ihren schlanken, wohl gebräunten Waden durchaus etwas abgewinnen können. Ebenso wie der ganzen Frau, die mit ihrem makellosen Gesicht und ihrer Topfigur vollauf seinem Geschmack entsprach. Doch Tanja stand auf ganz andere Dinge als Jochen.

Und so musste er Schlimmes befürchten, als sie ihren mörderisch spitzen Absatz genau zwischen seinen Beinen platzierte und ihn mit einem diebischen Grinsen bedachte.

Konrad Keller hatte einen speziellen Verdacht, den er seinem Sohn nach der zweiten Runde Milchkaffee kundtat: Das Ganze sei ein von langer Hand geplantes, abgekartetes Spiel der Gerstleins. Die beiden hätten das Verschwinden von Thomas Gerstlein, dessen Architekturbüro längst nicht so gut lief, wie gemeinhin angenommen, inszeniert. Thomas sei irgendwo im Ausland abgetaucht und warte nun auf seinen Anteil aus dem Versicherungsschwindel.

»Du glaubst also, dass Thomas Gerstlein noch lebt?«, fragte Jochen überrascht.

»Ja«, gab sich Konrad von der eigenen Idee überzeugt. »Sonst wäre seine Leiche längst aufgetaucht.«

»Und was, wenn Tanja ihren Thomas um die Ecke gebracht und im Garten verscharrt hat?«, mutmaßte Jochen.

»Das halte ich für unwahrscheinlich. Außerdem gab es damals Untersuchungen. Die Spurensicherung fand nicht den geringsten Hinweis auf eine solche Tat«, hielt Konrad dem entgegen.

»Wenn das so ist, kann dein Nachfolger die beiden ja jetzt hochgehen lassen«, meinte Jochen, wusste aber bereits, dass sein Vater nicht viel darauf geben würde.

Und tatsächlich: »Das wird nicht passieren«, war sich Konrad gewiss. »Die Akte ist längst geschlossen. Und Hauptkommissar Schnelleisen rührt keinen Finger, wenn er nicht unbedingt muss.«

»Aber du kannst ohne Polizeimarke und Dienstwaffe auch nichts ausrichten«, stellte Jochen fest.

»Stimmt«, sagte Konrad und sah seinen Sohn erwartungsfroh an. »Deswegen bin ich auf dich zugekommen. Ich möchte, dass du deine besonderen Qualitäten ausspielst.«

»Meine ›Qualitäten‹?«, fragte Jochen misstrauisch. »Was soll das denn sein?«

»Du gibst den charmanten Womanizer und baggerst Tanja an.«

»Was?« Jochen stand mit so viel Schwung auf, dass er den Hocker umwarf. »Ich soll mich an eine Witwe heranmachen?«

»Ist eine leichte Übung für dich«, meinte Konrad, amüsiert über Jochens heftige Reaktion.

Die Seniorinnen vom Nebentisch tuschelten miteinander und warfen Jochen begehrliche Blicke zu.

Nachdem es Tanja diesmal bei der Androhung belassen und ihren Stiletto aus der Gefahrenzone zurückgezogen hatte, verfiel sie in hektischen Aktivismus. Als hätten die Folterspiele plötzlich jeglichen Reiz für sie verloren, trippelte sie in dem feuchtkalten Kellerraum herum, durchwühlte die Inhalte verschiedener Regale, beugte sich über eine Truhe und wurde schließlich fündig. Mit einer großen Malerplane kam sie zurück und breitete sie vor Jochen auf dem Boden aus.

Für Jochen, dessen Erleichterung über das Ende der Schläge und Tritte nur kurz währte, ergaben sich aus diesen Vorbereitungen düstere Schlüsse. Für ihn bestand kein Zweifel daran, dass die Plane gewiss nicht dafür verwendet werden sollte, Farbspritzer aufzufangen. Wohl eher Blut.

»Wissen Sie jetzt, was Sie mit mir machen werden?«, versuchte er ihre Pläne zu entlocken.

Statt zu antworten, setzte Tanja ihre Suche fort. Nach und nach schleppte sie Gerätschaften und Hilfsmittel heran, die nur einen Schluss zuließen:

»Ein Hammer, eine Säge und Kneifzangen – wollen Sie mich abschlachten?«, fragte Jochen mit aufkeimender Panik.

Die schöne Witwe überhörte seine Frage, sammelte stattdessen weiter an, was ihr für die Umsetzung ihres mörderischen Vorhabens nützlich erschien.

Beim Anblick einer Spitzhacke gefror Jochen das Blut in den Adern.

»Paps hatte mal wieder eine seiner verrückten Ideen«, deutete Jochen am Telefon an.

»Mach's kurz«, bat Sophie. »Wir haben gleich Probe.«

Jochen wusste, dass seine jüngere Schwester es hasste, wenn er sie im Theater störte. Doch er brauchte ihren Rat und berichtete gestrafft von Konrads Anliegen.

»Was meinst du«, fragte er. »Soll ich es tun?«

»Wenn einer dafür geeignet ist, einer Frau ein Geheimnis zu entlocken, dann bist du es. Und wenn ich an die Fotos denke, die man von Tanja Gerstlein in den Klatschblättern so sieht, entspricht sie doch genau deinem Beuteschema. Ich würde sagen: Da hast du leichtes Spiel, Brüderchen. Ich finde, du könntest Paps den Gefallen tun.«

»Also gut«, stimmte Jochen schweren Herzens zu. »Dann werde ich der Dame mal einen Besuch abstatten und versuchen, sie auszuhorchen.«

»Wann willst du die Sache über die Bühne bringen«, fragte Sophie. »Und als was stellst du dich bei ihr vor? Doch nicht etwa als Reporter?«

»Wenn, dann gleich heute. Und warum denn nicht als Reporter? Du weißt doch, wie pressegeil Leute ihres Schlages sind. Ich lasse es so aussehen, als würde sie mich verführen und nicht umgekehrt. Das schmeichelt ihrem Ego und macht sie hoffentlich unvorsichtig.«

»Na dann: Viel Erfolg! Und sag mir nachher, ob das mit den aufgespritzten Lippen stimmt oder ob die Presse lügt.«

»Soll ich auch überprüfen, wie viel Silikon bei ihr verbaut ist?«

Sophie kicherte und wollte wissen: »Wo wohnt sie eigentlich? Noch immer in dieser Angebervilla in Erlenstegen?«

Jochen bestätigte das und steckte sein Handy weg.

Mit frisch aufgelegtem Eau de Toilette auf den Schläfen läutete er keine Stunde später an der Tür des schneeweißen Bungalows, den sich die Gerstleins mitten ins Nürnberger Nobelviertel hatten setzen lassen. Selbstverständlich nach Bauplänen des Hausherrn.

Da niemand reagierte, ging Jochen zur Auffahrt und bemerkte, dass ein Tor der Doppelgarage offen stand. Neugierig trat er näher. In der Garage parkte ein schnittiger Mercedes mit offener Heckklappe. Davor die bunte Witwe höchstpersönlich: auf hochhackigen Schuhen, mit schriller Bluse und sonnengelbem, beinahe polangem Haar.

Jochen hustete in seine Faust, um sich bemerkbar zu machen, woraufhin Tanja Gerstlein sich erschrocken zur Seite drehte. In ihrem Schwung rammte sie einen kleinen Aktenkoffer gegen den Rand des Kofferraums. Der Deckel des Koffers klappte auf, und mehrere dicke Geldbündel purzelten heraus.

Jochen beobachtete das Spektakel mit offen stehendem Mund. Ehe er richtig begreifen konnte, was vor sich ging, geriet der Koffer erneut in Bewegung: Tanja Gerstlein holte weit aus und donnerte ihn mit der harten Kante voraus in Jochens Magen. Japsend beugte er sich vor, woraufhin der Koffer abermals auf ihn niedersauste. Diesmal traf er ihn auf den Hinterkopf. Jochen verlor das Bewusstsein.

Mit dröhnendem Schädel wachte er auf, ohne jede Vorstellung davon zu haben, wie viel Zeit vergangen war. Jochen saß auf einem Stuhl in einem Kellerraum, doch als er aufstehen wollte, merkte er, dass seine Hände gefesselt und die Füße an den Stuhlbeinen fixiert waren.

»Was ... zum Teufel – was ist hier los?«, fragte er entsetzt.

Tanja Gerstlein stand vor ihm und bedachte ihn mit einem verächtlichen Blick. »Hab mir deinen Ausweis angesehen. Reporter bist du, was? Wolltest bei mir rumschnüffeln. Normalerweise habe ich nichts dagegen. Schon gar nicht, wenn die Presse so einen knackigen Kerl wie dich schickt. Hätte was Nettes aus uns werden können.«

Plötzlich fegte sie ihm ohne jede Vorwarnung mit der flachen Hand durchs Gesicht. Drei weitere kräftige Ohrfeigen folgten.

»Bist leider im falschen Moment bei mir aufgetaucht, Idiot!«, beschimpfte sie ihn.

»Sie wollten das Geld aus der Versicherung fortschaffen«, mutmaßte Jochen, womit er sich weitere Schläge einfing.

»Ja, wollte ich«, schrie Tanja Gerstlein. »Nach Liechtenstein.«

»Wo Ihr Thomas sicher schon drauf wartet.«

Sie unterbrach ihre wütende Attacke gegen ihn und fragte: »Woher weißt du das?«

Konrad hatte also tatsächlich den richtigen Riecher gehabt, folgerte Jochen aus Tanjas überraschter Gegenfrage – und ahnte, dass er nun erst recht in fürchterlichen Schwierigkeiten steckte.

Als er mit dem Katzenklo in den Hof hinunterging, um es in den Abfallcontainer zu leeren, plagte Konrad Keller das schlechte Gewissen. Mit seiner Bitte an Jochen hatte er seinen Sohn wissentlich einer Gefahr ausgesetzt. Zwar schätzte er das Risiko, sich auf einen Flirt mit Tanja Gerstlein einzulassen, für Jochen als gering ein. Denn sie würde seinen ausgefuchsten Sohn schon nicht beißen, und kräftemäßig war ihr der athletische Jochen ohnehin haushoch überlegen. Dennoch war Konrad nicht ganz wohl zumute. Das merkte auch seine Frau, als er kurz darauf zurück in die Wohnung kam.

»Wo drückt der Schuh?«, erkundigte sich Doris und wischte ihre spülnassen Hände an ihrer Schürze ab.

Konrad seufzte. »Ich habe mal wieder eines unserer Kinder als Ersatz-Kripo eingespannt.«

Nun seufzte auch Doris. »Konrad, Konrad, du kannst es einfach nicht lassen. Worum geht es denn diesmal?«

Er erzählte es ihr, woraufhin Doris ihm beruhigend den Arm tätschelte. »Und ich dachte schon, es wäre was Ernstes«, lächelte sie. »Von einer Frau wird sich unser Jochen gewiss nicht unterkriegen lassen. Da bin ich gar nicht bange.«

»Wie wollen Sie es anstellen? Mich in handliche kleine Stücke zerlegen und per Post in alle Welt verschicken?«, fragte Jochen mit Galgenhumor, nachdem Tanja ihre Mordwerkzeuge vor ihm ausgebreitet hatte.

Diese ließ sich nicht auf seine Bemerkungen ein, sondern wählte nach sorgfältigem Vergleichen die Fuchsschwanzsäge aus. Mit ihren Fingerspitzen testete sie die Schärfe der Zacken, nickte zufrieden und hielt auf Jochen zu.

»Das ist ja wohl ein schlechter Scherz!«, rief Jochen und versuchte, sich in dem Stuhl aufzustemmen. Erfolglos. »Wollen Sie mir jetzt Arme und Beine absägen? Bei lebendigem Leibe?«

»Vielleicht säge ich zuerst auch was ganz anderes ab«, zischte die bunte Witwe, in deren Augen die pure Lust zum Töten glomm.

»Sie sind verrückt! Vollkommen verrückt!«

Das Läuten an der Haustür riss Tanja Gerstlein aus ihrem Blutrausch. Verärgert über die lästige Störung schmiss sie den Fuchsschwanz in die Ecke. Dann nahm sie einen Stofffetzen, stopfte ihn Jochen so tief in den Mund, dass er einen starken Würgreiz verspürte und stakste die Kellertreppe hinauf.

Weil sie die Tür aufließ, bekam Jochen mit, was sich oben abspielte.

»Guten Tag, Frau Gerstlein. Wir kommen von den Stadtwerken und sollen Ihre Zähler ablesen«, sagte eine freundliche Frauenstimme.

»Das ist gerade ganz schlecht. Keine Zeit«, wies Tanja Gerstlein sie ab.

»Es dauert nicht lang«, brummte eine Männerstimme.

»Nein! Es geht nicht«, keifte die Hausherrin.

»Doch!«, beharrte die Stadtwerkefrau, woraufhin sich ein Handgemenge entwickelte.

Jochen, der tatenlos auf seinem Stuhl verharren musste, fragte sich, was sich an der Haustür abspielte.

Seine Frage wurde beantwortet, als kurz darauf Sophie die Kellertreppe herabkam. An ihrer Seite Jochens jüngerer Bruder Burkhard, der die schimpfende Tanja Gerstlein mit auf den Rücken gedrehtem Arm vor sich herschob.

»Trägst du dein Handy immer noch in der Hosentasche?«, fragte Sophie, während sie Jochen losband. »Als dich die feine Dame mit ihren Stilettos geärgert hat, muss sie die Wahlwiederholung betätigt haben. Ich habe live mithören dürfen, wie sie dir zugesetzt hat.«

»Da wollte Sophiechen sich Verstärkung holen und ist so schnell wie möglich zu mir gekommen«, ergänzte Burkhard. Der stämmige Tierarzt hatte keinerlei Probleme, die vor Wut schnaubende falsche Witwe unter Kontrolle zu halten. »Was machen wir jetzt mit ihr? Der Polizei übergeben?«

»Fürs Gefängnis ist sie doch viel zu schön«, meinte Jochen, holte aus und verpasste der verdutzten Tanja eine gepfefferte Watschen. Die Wange schwoll prompt an, die Augen röteten sich unter Tränen. »So«, beschied Jochen, »jetzt ist sie soweit.«

»Und dir war's hoffentlich auch eine Lehre«, tuschelte Sophie ihm ins Ohr. »Unterschätz uns Frauen nicht. Im Zweifelsfall sind wir dir nämlich doch überlegen.«

Veit Bronnenmeyer
Mord nach Wahl

»Eine Mordserie erschüttert in diesen Tagen das normalerweise so beschauliche Träumstein im nordöstlichen
Franken«, die Reporterin des regionalen TV-Senders
machte ein ernstes Gesicht, während hinter ihr Blaulich-
ter zuckten und riesige Scheinwerfer die Szenerie in ein
gespenstisches Licht tauchten.

»Es ist bereits das dritte Opfer in nur zwei Wochen zu
beklagen«, fuhr die Journalistin fort, »die Erkenntnisse
sind noch nicht abschließend bestätigt, aber es scheint
sich abermals um einen angesehenen Bürger der Stadt
zu handeln. Offenbar wurde Alois Winkler in den frühen Morgenstunden tot in dieser Baugrube am östlichen
Ortsrand aufgefunden, die hinter uns zu erkennen ist.
Die polizeilichen Ermittlungen sind bereits im vollen
Gange, und wir hoffen, dass wir hier noch vor einer of-
fiziellen Pressekonferenz erste Stellungnahmen der Beamten bekommen.«

In diesem Moment kam ein kleiner Tross von Personen in weißen Overalls in die Nähe der Kamera. Sie
wurden von einem großen Mann um die fünfzig mit
rundem Gesicht und Brille angeführt, der keinen Overall
trug. Seine Jeans und die sportlichen Halbschuhe waren
arg von Lehm und Dreck verunstaltet.

»Herr Hauptkommissar Maul«, die Reporterin – offenbar gut vorbereitet – stürmte auf die Gruppe zu, »können
Sie uns schon erste Ergebnisse mitteilen, handelt es sich
tatsächlich um den dritten Mord einer makabren Serie ...«

»Eine Sauerei ist das«, schimpfte Maul.

»Also war es wohl eine sehr blutige Angelegenheit? Nichts für schwache Nerven?« Die Korrespondentin versuchte sich neben Maul in Stellung zu bringen, sodass beide in Richtung Kamera blickten.

»Meine Schuhe«, knurrte Maul, »schauen Sie sich das an ...«, die Kamera schwenkte kurz nach unten, »das ist Wildleder, haben selbst in der Tschechei noch hundertzwanzig Euro gekostet. Die sind jetzt hin, da muss ich über vierhundert Kilometer Fahrten mit meinem Privatauto abrechnen, dass ich die wieder reinhole!«

»Können Sie bestätigen, dass es sich bei dem Toten um Alois Winkler handelt?«

»Keine Ahnung, wie der heißt. Ich bin ja nicht von hier! Ich bin nämlich was ganz Besonderes, wissen Sie?«

»Aber es gibt doch deutliche Parallelen in diesen nunmehr drei Mordfällen«, die Reporterin war redlich bemüht, sich von Maul nicht aus dem Konzept bringen zu lassen.

»Ja, ich weiß auch nicht, warum diese Toten immer in aller Herrgottsfrühe gefunden werden müssen und dann immer in so Drecklöchern liegen ... und warum ich mir das alles für die paar Kröten noch antue, weiß ich auch nicht!«

»Aber Herr Hauptkommissar«, der Ton der Fernsehtante wurde nun flehend, »können Sie uns und unseren Zuschauern nun bestätigen, dass wir es mit einer üblen Mordserie in Träumstein zu tun ...«

»Was heißt denn hier Mord?«, blaffte Maul. »Das wollen wir erst mal sehen. So ein tödlicher Unfall macht doch deutlich weniger Arbeit und Papierkram als ein Mord!«

Anfangs hatte sich Rainer Maul ja tatsächlich etwas ge-
bauchpinselt gefühlt, als man ihm die Leitung einer neu
eingerichteten Kriminalpolizeistelle in Träumstein über-
trug. Zum einen stieg damit seine Besoldung um eine
Stufe, und zum anderen hatte er sich in der wohligen
Aussicht gesonnt, nun bald gar nichts mehr arbeiten zu
müssen, da er als Chef ja alle anfallenden Arbeiten auf
Untergebene delegieren konnte. Dummerweise hatte
sich dann aber herausgestellt, dass es bis auf einen ein-
fältigen Beamten aus dem mittleren Dienst überhaupt
keine Untergebenen gab. Der benachbarten Einheit der
Schutzpolizei hatte Maul nichts zu sagen, und sein Mitarbeiter Otto war zwar willig, aber nur zu wenig zu gebrauchen.

Und so hatte es Maul langsam gedämmert, dass es
sich hier mitnichten um eine Beförderung handelte (die
er seiner Meinung nach schon lange verdient hatte),
sondern um eine neue Qualität der Verbannung. In den
letzten zehn Jahren hatten sie ihn in Bayern von Hinz
zu Kunz strafversetzt, was eigentlich ein Ding der Un-
möglichkeit war, aber der gute Rainer Maul trug seinen
Namen mit einem gewissen Recht und konnte es einfach nicht lassen, seinen nicht immer politisch korrekten
Ansichten hin und wieder Ausdruck zu verleihen – auch
im Dienst. Und so brachten ihm seine fundamentalen
Wahrheiten über Zuwanderer, Rentner, Arbeitslose und
Frauen immer wieder neue Wechsel des Einsatzortes
ein, was den einzigartigen Kommissar jedoch nicht dazu
brachte, sich zu bessern. Dann war es seiner leidgeprüf-
ten letzten Vorgesetzten, Frau Kriminalrätin Fuchtler in
Hof, eingefallen, dass man unbequeme Mitarbeiter ja
auch durch Beförderungen kaltstellen konnte. Deshalb

hatte sie beim Innenministerium durchgesetzt, dass Maul die Leitung einer quasi nicht vorhandenen Dienststelle übertragen wurde. Also hatte man in einem Altbauteil der Polizeiinspektion, der nur noch als Lager und Archiv benutzt wurde, zwei Zimmer leer geräumt und Maul samt seinem Mitarbeiter Otto, den der benachbarte Dienststellenleiter los haben wollte, hineingesetzt. Das Ganze sollte gar nicht groß bekannt gemacht werden, doch leider bekam der Bürgermeister von Träumstein irgendwie Wind von der Sache und schlachtete die Entwicklung im erst kürzlich beendeten Kommunalwahlkampf aus. »Träumstein – die kleinste Stadt Bayerns mit eigener Kripo«, »Mehr Sicherheit im Grenzgebiet« und so weiter. So kam es, dass die Existenz von Hauptkommissar Maul bekannt war, als sich der erste ungeklärte Todesfall ereignete.

»Also, Otto«, Maul legte die Füße auf den Schreibtisch, »was waren das denn jetzt für Kerle?«

»Entschuldigung, Herr Hauptkommissar?« Otto servierte Maul eine Tasse Espresso.

»Na, die drei Toten, Winkler, Hirschmann und äh ...«

»Hebeis.«

»Genau, also, wer waren die? ... Zucker!«

»Dem Winkler gehört das *Hotel zum Schwan*, der Hirschmann war Großbauer, und der Hebeis war Besitzer vom Sägewerk.« Otto gab zwei Stück Würfelzucker in die Espressotasse.

»Hm, also alle drei nicht arm, oder?«

»Ja, glaub schon.« Otto schien nachzudenken.

»Umrühren«, befahl Maul.

»Selbstverständlich.« Otto tat, wie ihm geheißen.

»Kann man mit einem Hotel hier noch was verdienen?«, fragte Maul.

»Das war vor fünfzehn Jahren beinahe pleite«, Otto blickte fragend auf Mauls Espresso, »aber da war der alte Kohlberger noch dran, also der Schwiegervater vom Winkler ... soll ich den Kaffee jetzt noch ...«

»Nein«, rief Maul und griff zur Tasse, »trinken tue ich ihn selbst! Weiter!«

»Na ja, und der Winkler hat dann halt so auf Gesundheit gemacht, mit dem Blubberwasser und dem Moor und so Zeug, und seitdem scheint's wieder zu laufen.«

»Das kriegt man doch in der Tschechei drüben alles billiger«, wandte Maul ein.

»Echt?« Otto setzte sich ehrfurchtsvoll vor Mauls Schreibtisch auf den Besucherstuhl. »Ich war da noch nie.«

»Du lebst seit vierzig Jahren hier und warst noch nie in der Tschechei?« Fast wären Maul die Füße vom Tisch gerutscht.

»Ich habe mich noch nicht getraut, da verstehe ich doch keinen.«

»Unglaublich«, seufzte Maul und wandte sich dann wieder der Kriminalistik zu. »Dann hoffe ich mal, dass es keine weiteren Verbindungen zwischen den dreien gibt, außer dass sie reich waren.«

»Aber wieso?« Otto zog die Augenbrauen zusammen. »Sollten wir nicht ganz besonders nach Verbindungen suchen?«

»Nix da«, beschied Maul, »die sind alle drei ziemlich besoffen bei Nacht in irgendwelche Baugruben gefallen. Fremdeinwirkung ist möglich, Unfälle können aber nicht ausgeschlossen werden. Da wären wir doch blöd, wenn wir krampfhaft nach Verbindungen suchen, die uns dann einen Serienmord einbringen!«

»Aber das sind doch schon Verbindungen«, protestierte Otto.

»Was?«

»Na ja, dass alle drei betrunken in Baugruben gestürzt sind und so.«

»Hmpf«, machte Maul und nahm die Füße vom Tisch, »aber ... aber das muss ja noch gar nichts heißen ... hier ist doch nach Einbruch der Dunkelheit fast jeder besoffen.«

»Ich weiß nicht.« Otto wirkte schüchtern skeptisch.

»Und, und dass man dann auf dem Heimweg vom Wirtshaus in so eine Grube fällt, das kann doch mal passieren.« Maul stand auf und ging zum Fenster.

»Dreimal in zwei Wochen?«

»Ja ...«, Maul blickte angestrengt aus dem Fenster in den vorfrühlingshaften Sonnenuntergang, »ja, wenn's, also, wenn's dumm läuft, dann halt auch dreimal in zwei Wochen!«

»Wenn Sie das sagen, Herr Hauptkommissar.«

»Genau! Wenn ich das sage, dann ist es auch so!« So gern Maul einen devoten Mitarbeiter wie Otto hatte, so war er doch noch realistisch genug zu wissen, dass ihm seine Vorgesetzte in Hof da nicht so schnell zustimmen würde. Und ganz schwierig wurde so was, wenn die Hinterbliebenen sich darin verbissen, dass ihre Verblichenen ganz sicher nicht im Rausch in ein Erdloch gefallen waren und sich dabei tödlich verletzt hatten. So begüterte Witwen und Waisen konnten schlimmer sein als Vorgesetzte. Da wären schon noch so ein paar Fragen zu klären, aber Maul wollte sie lieber nicht stellen. Das war eine Lektion, die man in einigen Jahrzehnten im Staatsdienst gelernt hatte. Wer fragt, kriegt nämlich unter Umständen Antworten – im ungünstigsten Fall auch noch schriftlich –, und dann hatte man den Salat. Drei Morde – das bedeutete, je einen Meter Akten und Protokolle, dann endlose Nachfragen der Staatsanwaltschaft. Und wenn man so weit kam, jemanden anzuklagen, fingen die Verteidiger an. Dann musste man stundenlang sinnlos vor irgendwelchen Gerichtssälen warten, um schließlich alles, was man aufgeschrieben hatte, noch einmal mündlich wiederzukäuen. Und wenn dann entweder Staatsanwalt oder Verteidigung in Berufung gingen, fing der ganze Irrsinn wieder von vorne an. Maul spürte deutlich, wie sich sein Blutdruck in gefährliche Niederungen abschwang, allein bei dem Gedanken. Aber vielleicht war ja auch hinsichtlich der Unfalltheorie noch nicht alles ausgereizt.

»Sag mal, Otto«, Maul setzte sich wieder an seinen Arbeitsplatz, »da haben wir doch bestimmt noch nicht abschließend ermittelt, ob diese Baugruben auch vorschriftsgemäß abgesichert waren, oder?«

»Nein«, Otto schreckte hoch, als wäre er kurz eingenickt, »Sie haben doch gesagt, dass wir da erst einmal die Füße still halten und so.«

»Dann fängst du morgen gleich mal damit an«, befahl Maul. »Und gib dir Mühe!«

»Selbstverständlich, Herr Hauptkommissar!«

»Die waren da sicher ganz arg fahrlässig, diese Bauarbeiter!«

»Jaja, ganz sicher.«

»Da hätten wahrscheinlich zwei Meter hohe Zäune gezogen werden müssen!«

»Ja, mindestens. Wenn nicht drei Meter.«

»Und so Dings hätten sie auch aufstellen müssen, so ... äh ...«

»Warnschilder?«

»Ja, genau. Warnschilder. Und Blinklichter. Gelbe Blinklichter!«

»Sie haben recht. Genial, Herr Hauptkommissar.« Otto hatte seinen Notizblock gezückt und schrieb eifrig mit. »Ich werde das gleich morgen überprüfen!«

»Bist du wahnsinnig?«, rief Maul.

»Was?«

»Das wirst du nicht überprüfen. Du wirst gefälligst einen Bericht schreiben, in dem steht, dass das alles nicht da war!«

»Ja, äh ... aber wenn doch ...«, wagte Otto einen Einwand.

»Was?«

»Ich denke, dass wir besser ...«

»Du sollst nicht denken, du sollst folgen«, beschied Maul.

»Zu Befehl, Herr Hauptkommissar.«

Gerade als Maul beschlossen hatte, nun endlich Feierabend anzuordnen, betrat eilig ein Mann die Dienststelle, der sich als Georg Höfler vorstellte und sofortigen Polizeischutz forderte.

»Ich bin der Nächste«, erklärte Höfler, während er aufgeregt in Mauls Dienstzimmer auf und ab ging.

»Der Nächste was?«, fragte Maul.

»Der nächste Tote!«

»So? Wie kommen Sie denn da drauf?«

»Weil ich es schriftlich habe«, Höfler warf ein mehrfach gefaltetes Blatt Papier auf Mauls Schreibtisch. Es enthielt eine Botschaft aus Zeitungsschnipseln: »Alz näxtes bisst tu tran.«

Maul nahm den Fetzen, hob seine Brille hoch und unterzog das Beweisstück einer kritischen Prüfung.

»Herr Hauptkommissar«, mahnte Otto, »doch nicht ohne Handschuhe!«

»Gummihandschuhanzieher sind schlimmer als Warmduscher«, erklärte Maul, »ich brauche so was nicht, ich durchschaue sie eh alle!«

»Natürlich, Herr Hauptkommissar.«

»Wunderbar«, Höfler ließ sich in Mauls Besucherstuhl sinken, »wenn Sie alles durchschauen, dann sorgen Sie jetzt dafür, dass ich Polizeischutz kriege und zwar sofort!«

»Und wie stellen Sie sich das vor?«, fragte Maul entgeistert. »Sollen Otto und ich das in Zwölf-Stunden-Schichten machen?«

»Ist mir egal, wie Sie das machen«, rief Höfler, »ich bin ein angesehener Bürger dieser Gemeinde, ich zahle seit dreißig Jahren Steuern und das nicht zu wenig ...«

»Ich habe für so was schon zu viel geleistet im Leben«, unterbrach ihn Maul, »ich bewache keinen mehr, und Otto hier ist dafür doch sowieso zu ... besch ... äh ... zu ... beschäftigt.«

»Jawohl, genau«, sekundierte Otto.

»Na gut, dann werde ich mich jetzt eben an Ihre Vorgesetzten wenden müssen.« Höfler machte Anstalten wieder aufzustehen.

»Jetzt klären wir erst einmal die Umstände.« Maul ging zum Kühlschrank, der in der Ecke vor sich hin brummte, und genehmigte sich erst mal ein Bier. »Warum sollte Sie denn jemand umbringen wollen?«

»Na, aus demselben Grund, warum sie die anderen umgebracht haben!«

»Und der wäre?«

»Die wollen verhindern, dass wir aus Träumstein einen Kurort machen, unsere Thermalquellen endlich erschließen!«

»Und wer sind die?«

»Na, diese Naturschutzspinner und Blödstudierten«, Höfler haute mit der Faust auf Mauls Schreibtisch, »alle von der WÖL. Die können Sie alle in einen Sack stecken und draufhauen, da treffen Sie immer den Richtigen!«

»WÖL?«, Maul schaute fragend zu Otto.

»Ja, das sind die äh … Dings«, Otto öffnete eine seiner Schreibtischschubladen und kramte darin herum, bis er ein hellgrünes Papier fand, das er ausbreitete, »die von der Wissenschaftlich-Ökologischen Liste.«

»Und was soll das sein?« Maul schnippte mit den Fingern und deutete Otto an, ihm das Papier vorzulegen.

»Die haben bei der Wahl zum Gemeinderat, jetzt gerade, kandidiert.« Otto tat, wie ihm geheißen.

»Und was ist das?« Maul deutete auf das grüne Poster.

»Das ist ein Musterwahlzettel«, erklärte Otto, »den sollten wir aushängen, aber wir haben ja überhaupt keinen Platz dafür.«

»Aha«, Maul hob wieder seine Brille an und näherte sich dem Blatt auf Handbreite, »Dr. Torben Klönke, Malte Lüders (Diplom-Geologe), Bärbel Ochsenschläger-Janssen (Landwirtschafts-Ingenieurin), Jan Kaminsky (Diplom-Sozialpädagoge) …«

»Reingeschleppte, alle miteinander«, schimpfte Höfler, »also fast alle. Die wollen uns in die Steinzeit zurückversetzen ... und, und die gehen dabei über Leichen, das können Sie mir glauben!«

»Hast du so was schon mal gesehen?«, wandte sich Maul an Otto und deutete auf den Wahlzettel.

»Ja, klar habe ich das gesehen«, Otto wirkte etwas verlegen, »aber verstanden habe ich das noch nie!«

»Was gibt's denn da zu verstehen«, fragte Maul, »da musst du halt deinen Dings wählen, deinen ...«, er hob die Brille, »Gemeinderat.«

»Ja, aber das ist nicht so einfach«, beharrte Otto, »da hat man nämlich nicht nur eine Stimme, sondern dreißig, und die muss man dann auf die Leute verteilen ... und, und man kann einem sogar mehr als eine Stimme geben!«

»Gut, dass mich so was alles nicht interessiert«, sagte Maul, »das kostet einen dann noch mehr kostbare Lebenszeit. Da lese ich lieber ein Kochbuch oder fahre rüber in die Tschechei zum ...«

»Es ist mir ganz wurst, wie Sie Ihre Freizeit verbringen«, rief Höfler dazwischen, »aber wenn Sie schon den Wahlzettel daliegen haben, dann sehen Sie gleich alle Ihre Verdächtigen«, er tippte mit dem Zeigefinger nervös auf die Liste der WÖL.

»Olaf Brettschneider (Oberstudienrat), Nike Mertens (Kinderärztin)«, las Maul weiter, »das sind ja dreißig Stück!«

»Ja, natürlich sind das dreißig Stück«, kreischte Höfler, »wir haben dreißig Sitze im Gemeinderat, also stehen da dreißig Kandidaten ... und das allein ist schon bedrohlich genug, dass diese Spinner dreißig Mitglieder gefunden haben!«

»Und wir sollen jetzt dreißig Alibis überprüfen, oder

wie stellen Sie sich das vor?« Auch Maul sah sich nun gezwungen, seine Stimme zu erheben.

»In erster Linie sollen Sie mich beschützen!«, brüllte Höfler dagegen. »Sie sehen doch, dass ich der Nächste bin!« Er hob den Wahlzettel hoch und fuchtelte damit vor Maul herum.

»Wo sehe ich das?« Maul entriss seinem Gegenüber das Poster und musterte es kritisch.

»Der Bürgerbund, Liste eins, da stehe ich doch!«

»Wo?«, fragte Maul und schob Höfler das Papier hin.

»Ja, ich äh, ich habe meine Brille nicht dabei. Können Sie denn nicht lesen?«

»Der Herr Höfler war auf Listenplatz eins.« Otto kam von seinem Schreibtisch dazu und deutete oben links auf den Wahlzettel.

»Ach ja, tatsächlich«, Maul kniff die Augen zusammen, »Georg Höfler (Müllermeister). Aber vor Ihnen steht da Friedrich Knauer (Kaufmann) und dann Leonhard Puchtler (Pensionist).«

»Ja, und? So stimmt's ja auch.«

»Weil Sie gesagt haben, dass Sie der Nächste sind«, Maul lehnte sich wieder in seinen Chefsessel zurück, »... oder sind die zwei auch schon tot?«

»Ja, äh, nein ...«, Höfler wurde kleinlaut, »ich habe natürlich die Ergebnisliste gemeint, nicht die Wahlliste ...«

»Was soll das jetzt heißen?«, fragte Maul.

»Der Herr Höfler meint die Reihenfolge von der Liste nach der Wahl, glaube ich«, Otto wühlte in einem Stapel Zeitungen, »... hier sind die Ergebnisse«, er legte den Lokalteil einer älteren Ausgabe zwischen Maul und seinen Gesprächspartner.

»Lies du vor«, befahl Maul.

»Na ja, da steht ... also, Bürgerbund Träumstein: Erster Günther Hebeis, Zweiter Karl Josef Hirschmann, Dritter Alois Winkler, Vierter Georg Höfler ...«

»Sehen Sie«, Höfler breitete die Arme aus, »und jetzt sagen Sie noch einmal, dass Sie mir keinen Polizeischutz geben wollen!« Er hieb mit der Faust zweimal auf den Drohbrief, der noch immer auf Mauls Schreibtisch lag.

»Und wieso ist die Reihenfolge da jetzt anders?«, fragte Maul.

»Ach, das ist auch so ein Thema«, knurrte Höfler, »aber darum geht's jetzt nicht, es geht um mein Leben!«

»Zu handfesten Überraschungen kam es bei der Wahl zum Gemeinderat in Träumstein«, las Otto stockend vor. »Nachdem sich die örtliche CSU-Fraktion als Reaktion auf die Weigerung des Finanzministeriums, Probebohrungen nach Heilwasser zu fördern, letztes Jahr aufgelöst hatte, waren die Mitglieder geschlossen dem Bürgerbund beigetreten. Der Bürgerbund bildet nun die stärkste Fraktion im Rat. Sein bisheriger Fraktionsvorsitzender, Georg Höfler, rutschte in der Liste jedoch weiter nach hinten. Gleichzeitig errang die neu gegründete Wissenschaftlich-Ökologische Liste, die alle Pläne zur Errichtung eines Thermalbades in Träumstein aus wirtschaftlichen und ökologischen Gründen ablehnt, einen Achtungserfolg und zog mit fünf Vertretern in das Gemeindeparlament ein. Die WÖL bezweifelt, dass sich ein weiteres Thermalbad neben den vier bestehenden in unserer Region trägt, und fürchtet außerdem größere Umweltfrevel bei einer Umsetzung der Pläne. Selbst zusammen mit den Thermalbadgegnern aus den Fraktionen der Grünen und der SPD werden die fünf Abgeordneten diese aber im Rat nicht verhindern können ...«

»Na also, da haben Sie's«, Höfler sprang auf. »Ich befinde mich in allerhöchster Lebensgefahr!«

»Hhm«, Maul stand auf und holte sich ein weiteres Bier, »aber bringt das wirklich was?«

»Na, das will ich einmal stark hoffen, dass ein Polizeischutz was bringt!«

»Das meine ich nicht.« Maul setzte sich wieder und rieb sich das Kinn. »Jetzt nehmen wir einmal an, dass Sie recht haben, und diese Ökos bringen da alle der Reihe nach um. Kriegen die deswegen mehr Stimmen im Stadtrat?«

»Ich ... äh, ich glaube nicht«, Otto zuckte die Schultern, »da kommen doch dann neue nach, oder?«

»Ja natürlich rücken dann die nächsten Listenplätze nach«, Höfler rang die Hände, »aber Sie glauben doch nicht wirklich, dass sich von denen noch einer für unser Thermalbad stimmen traut, wenn alle, die für das Projekt sind, nacheinander ermordet werden!«

Maul nahm seine Bierflasche und stellte sich vor das Fenster. Es vergingen einige Minuten, in denen Höfler düster vor sich hin brütete und Otto sich Mühe gab, den Rest des langen Artikels zum Ausgang der Wahl zu studieren. Maul leerte seine Bierflasche in drei beherzten Zügen und blickte auf die mittlerweile dunklen Straßen von Träumstein. Obwohl er sich größte Mühe gab, kein guter Polizist zu sein, konnte er es oft nicht verhindern, dass sein eigentlich vorhandener Verstand noch hin und wieder logisch arbeitete. Und wenn er dann glaubte, einer Wahrheit auf die Spur gekommen zu sein, verhinderte sein übergroßes Ego, dass er sie für sich behielt.

»Eines verstehe ich dabei nicht ganz«, sagte Maul, nachdem er sich wieder hingesetzt und den Drohbrief zur Hand genommen hatte.

»Was gibt's da nicht zu verstehen?«, giftete Höfler.

»Das sind doch alles ganz schlaue Leute da, bei dieser WÖL-Liste ...«

»Blödstudiert sind sie halt!«

»Ja, da halte ich ja auch nichts davon«, auf den Zügen des Hauptkommissars deutete sich ein Haifischlächeln an, »aber ich gehe davon aus, dass ein Herr Doktor, eine Ingenieurin, ein Diplom-Geologe, ein Oberstudienrat und so weiter halbwegs richtig schreiben können!«

»Das interessiert mich nicht!« Höfler blickte etwas beunruhigt auf den Drohbrief in Mauls Händen.

»Ich habe ja selber meistens nur eine Vier in Deutsch gehabt«, Maul machte ein unschuldiges Gesicht, »aber ... Otto, haben wir einen Duden hier?«

»So ein Wörterbuch?«

»Ja, wo man nachschauen kann, wie was richtig geschrieben wird.«

»Moment ...«, Otto ging ins Nebenzimmer und kramte in einem Schrank.

»Alz näxtes bisst tu tran«, las Maul den Inhalt des Drohbriefes noch mal vor, »also ›nächstes‹ schreibt man auf jeden Fall anders, und ›du‹ auch ...«

»Was soll denn das werden?« Auf Höflers Stirn hatten sich nun kleine Schweißperlen gebildet.

»Das ...«, Maul warf ihm einen Stift zu und zog ein Blatt Papier aus einem Stapel auf seinem Schreibtisch, »wird ein Diktat.«

»Sind Sie von allen guten Geistern verlassen?«

»Jaja, schon länger«, Maul winkte ab, »man braucht auch keine guten Geister, wenn man – so wie ich – ein Lebensweiser ist. Ich durchschaue sie alle!«

»Ich werde hier kein Diktat schreiben!«

»In diesem Zeitungsartikel stand ja nicht nur, dass diese Ökospinner keine Mehrheit haben, sondern auch, dass Sie statt Erster nur noch Vierter in Ihrer Partei sind, nicht wahr?«

»Ja ... mei ...«

»Und meine Lebensweisheit sagt mir, dass Ihnen das ganz schön gestunken haben muss. Wahrscheinlich haben Sie diese komische Partei gegründet und waren immer schon vorn dran ...«

»Natürlich habe ich den Bürgerbund gegründet, wer denn sonst?«

»Und Sie haben immer gesagt, was gemacht wird, und alle haben gefolgt, oder?« Maul nickte, sich selbst zustimmend.

»Ich wollte halt immer nur das Beste. Für unsere Stadt und für die Partei ...«

»Genau wie ich, ich will auch immer nur das Beste. Aber das begreift keiner. Und wenn ich mich hier anstrenge, was Neues schaffe, und dann kommt so ein Dahergelaufener und drängelt sich vor, setzt sich ins gemachte Nest, dann kann ich ganz schön ungemütlich werden.« Bei dem Gedanken an seine Exfrau und deren neuen Lover begann Maul, das für Höfler bestimmte Blatt Papier zu zerknüllen.

»Wovon reden Sie jetzt?« Höfler wurde es nun langsam richtig mulmig.

»Da will man nur noch eines ...«

»Hier, der Duden, Chef.« Otto legte ein schon etwas betagtes Nachschlagewerk auf den Schreibtisch.

»Na, endlich. Warum dauert das so lange?«

»Der war ganz hinten im äh, also, im Besenschrank.«

»Na gut«, Maul zog ein neues Blatt Papier aus dem Stapel, »dann treten wir jetzt mal in die Beweisaufnahme ein.« Er legte Höfler den Zettel vor. »Schreiben Sie: Als Nächstes bist du dran!«

»Wollen Sie damit etwa sagen, dass ich die drei ...«, entrüstete sich Höfler.

»Schreiben Sie!«

»Ich werde das nicht schreiben, ich hole jetzt gleich meinen Anwalt!«

»Gut, wenn Sie das nicht schreiben wollen«, Maul griff sich Ottos Zeitung, »dann schreiben Sie eben: ›Gleichzeitig errang die neu gegründete Wissenschaftlich-Ökologische Liste ...‹«

»Ich werde hier gar nichts schreiben.« Höfler sprang auf.

»Und warum nicht?«

»Weil ich nicht hergekommen bin, um mir was diktieren zu lassen, sondern um Polizeischutz zu fordern!«

»Könnte es nicht sein, dass Sie ein ...«, Maul blätterte angestrengt in dem Duden, »ein ... Moment ... Legastheniker sind? Einer, der auch nach neun Jahren Schule nicht richtig lesen und schreiben kann?«

»Sie, Sie«, Höfler lief in höchster Aufregung zur Tür und blickte hektisch um sich, »das wird Ihnen noch leidtun. Ich, ich werde mich jetzt an Ihre Vorgesetzten wenden!!«

»Hätten wir ihn nicht verhaften sollen?«, fragte Otto, nachdem der Müllermeister das Gebäude fluchtartig verlassen hatte.

»Warum?«, fragte Maul, der bereits wieder am Fenster stand.

»Na ja. Ich denke, er war's. Sie haben absolut recht gehabt ...«

»Natürlich habe ich recht gehabt!«

»Aber, aber ...«

»Ach Otto«, seufzte Maul, »unsere Dienststelle gibt's doch eigentlich gar nicht. Ist er uns halt beim Versuch der Verhaftung entwischt. Ruf in Hof an, die sollen ihn zur Fahndung ausschreiben. Dann kommt er doch sowieso zu denen. Sollen die das alles protokollieren!«

»Sie sind ein Genie, Herr Hauptkommissar!«

»Ich weiß!«

Tommie Goerz
Vom Jagen

Die Idee, ihm zum Eintritt in den Ruhestand einen Hund zu schenken, hatte Karl zuerst überhaupt nicht lustig gefunden. Die Kollegen standen im Lehrerzimmer um ihn herum, es herrschte eine gewisse Spannung, und sie sahen ihn erwartungsvoll an, als er sich daranmachte, das große Paket zu öffnen, aus dem er meinte, leise Kratz- und Winselgeräusche zu vernehmen. Und dann hatten ihn aus der Tiefe des Kartons diese großen, runden und tiefschwarzen Augen angesehen, und aus der spitzen Schnauze war ein hohes, frech-vorlautes »Wäff« gekommen, dem das hellbraune Bündel gleich noch ein zweites hinterherschleuderte.

»Wäff!«

Die Kollegen hatten daran offensichtlich ihre Freude, denn es wurde spontan – oder war es nur aus Erleichterung oder gar Unsicherheit? – applaudiert, und bei manchen Kolleginnen hatte er sogar geglaubt, die eine oder andere vor Rührung entstandene Träne glitzern zu sehen, die sie aus Scham verdrückten. Dass die Kolleginnen auch immer so empfindsam waren!

Er hatte dann das wie wild – trotzdem aber verblüffend kraftlos – um sich zwickende Knäuel aus dem Karton gehoben, es etwas hilflos im Arm gehalten, und die braune Fellwurst hatte zunächst nichts Besseres zu tun gehabt, als ihm erst die Hand zu lecken und ihn dann vollzupinkeln. Und wieder hatten die Kollegen wie erleichtert dazu applaudiert. Komisch, dass das Tier sofort Bruno geheißen hatte, er hatte es so genannt – aber nicht, weil er sich etwas dabei gedacht hatte, sondern weil das Tier einfach so hieß. Der Name stand ihm quasi ins Gesicht geschrieben. Und das Bündel hörte auch sofort darauf.

Mehr als zwei Jahre war das inzwischen her. Bruno hatte sich zu einem reichlich kniehohen Rüden ausgewachsen, der voll unbezähmbarer Energie steckte und beim Lossprinten, vor allem wenn er einer Katze nachjagte, so viel Kraft auf die Straße brachte, dass sich dabei schon mehrfach Stücke der Haut seiner Pfotenballen abgelöst hatten. Bruno aber schien das nicht zu stören.

Als sie nach der Feier heimgekommen waren, hatte sich Bruno erst einmal die Wohnung erschnüffelt, Raum für Raum, hatte sich dann für einen Platz entschieden und sich dort zusammengerollt. Es war vom ersten Moment an sein Platz, einen anderen hatte er danach nicht mehr akzeptiert. Karl hatte zwar mehrfach versucht, ihm einen anderen zuzuweisen und seine Decke dort hingelegt, Bruno aber hatte sie sich immer wieder geschnappt, sie zu »seinem« Platz zurückgezogen und sich dann grunzend daraufgelegt. Eine Umdrehung um den eigenen Körper, und dann lag er da, manchmal über Stunden, den Kopf auf die Pfoten gelegt. So verfolgte er mit seinen Augen jede Bewegung im Raum, bewegte die Ohren und runzelte die Stirn.

Eine Woche später gab es das erste Malheur. Karl war nur kurz hinausgegangen und hatte Bruno allein gelassen. Dann hatte er seinen Nachbarn getroffen, sie hatten am Gartenzaun ein Bier miteinander getrunken und einfach gequatscht. Bruno hatte er völlig vergessen – bis der Nachbar ihn darauf ansprach. Und als er dann, nach vielleicht einer Stunde, wieder hinauf in die Wohnung kam, lag Bruno mitten im Raum, sah ihn an und schlug mit dem Schwanz vor Freude immer wieder auf den Boden. Aber er kam nicht auf ihn zugestürmt wie sonst, sondern blieb auf dem Boden und ließ seine Beute nicht los: den Vorhang.

Der Raum war komplett verwüstet. Blumentöpfe lagen umgestoßen, zum Teil zerbrochen, und verstreuten ihre Erde quer über den Boden, Bücher waren aus den Regalen geräumt, der Teppich umgeschlagen, die Vorhänge heruntergerissen, ein Sofakissen lag zerfetzt – und Bruno bewachte seine Beute, den Vorhang. Er hielt ihn mit den Pfoten am Boden, riss daran und schüttelte den Kopf, zerrte, knurrte, quiekte. Karl sah sich das Desaster an, und Wut kroch in ihm hoch. Der Hund musste ja getobt haben! In nur einer Stunde ein derartiges Tohuwabohu! Drecksvieh! Aber was sollte er machen. Den Hund schlagen, ihn schimpfen? Das hätte dieser nicht verstanden, dazu hätte er ihn auf frischer Tat erwischen müssen, jetzt aber war es zu spät. Karl setzte sich und besah sich die Verwüstung. Dann räumte er auf, und von dem Tag an wusste er: Bruno darf man nicht alleine lassen – nicht, solange er noch so jung ist.

Im Lauf der Zeit hatte Karl mit Erstaunen festgestellt, dass so ein Hund sehr viel mehr ist als nur ein Tier. Bruno war eine Persönlichkeit, er hatte Charakter. Und Mitgefühl. War Karl einmal traurig oder deprimiert, kam Bruno leise heran, stupste ihn mit seiner kalten Schnauze sanft an und legte dann vorsichtig seinen Kopf bei ihm auf den Oberschenkel. Schimpfte Karl, etwa beim morgendlichen Zeitunglesen im Selbstgespräch vor sich hin über die oft unerträgliche Dummheit der Politiker, deutete Bruno unwillig ein leises Knurren an, das klang, als wolle er ihn zurechtweisen, oder er stieß mit geschlossener Schnauze einmalig ein tiefes Bellen aus und rief Karl so zur Vernunft. Streit vertrug Bruno überhaupt nicht, ja nicht einmal berechtigtes Schimpfen. In Brunos Nähe gab es nur Friedlichkeit. Scheinbar.

Bruno lernte schnell. Einmal sprang er zwischen parkenden Autos hindurch auf die Straße und wurde angefahren. Es passierte ihm nichts, nur die alte Dame, die den Wagen gefahren hatte, war geschockt, aber seitdem machte Bruno das nie wieder. Er hatte die Gefährlichkeit der Straße verstanden und wartete sogar bei Rot. Ähnlich erging es ihm mit Fahrradfahrern. Auch mit dem Schweißbrenner des Schraubers zwei Straßen weiter. Dieses Rauschen der Flamme zog ihn wie magisch an, er wollte sie unbedingt zu fassen kriegen. Dann aber verbrannte er sich das Maul, und seither machte er einen Bogen um den Schweißbrenner und sah ihn nur von der Seite her und mit angelegten Ohren an. Auch mit dem Mann vom Hof gegenüber, dem alten Lutz, musste einmal etwas vorgefallen sein. Denn sobald er diesen sah, nahm er den Kopf herunter, knurrte und blieb auf Distanz. Dutzende solche Geschichten könnte man erzählen.

Manchmal fragte sich Karl, was er wohl getan hätte ohne Bruno, was er mit all seiner Zeit angefangen hätte, vom ersten Tag seines Ruhestandes an. Wahrscheinlich, so vermutete er, wäre er so langsam vor sich hin verlottert, er hatte ja nichts zu tun. So aber, mit Bruno, bekam jeder Tag Struktur. Bruno musste hinaus, wollte laufen, schnuppern, erkunden, und so kam Karl viel an die Luft. Sie waren zu einem unzertrennlichen Paar zusammengewachsen und gingen beinahe täglich weite Wege über die Felder und durch Wälder; bei Wind und Wetter durchstreiften sie das fränkische Land, oft die große Runde hinten aus Gaiganz hinaus, über Ermreus hinüber nach Weingarts, manchmal noch hinauf nach Regensberg und dann wieder hinunter, den Hang entlang und über Kunreuth zurück. Kehrte Karl unterwegs irgendwo ein, legte sich Bruno zu seinen Füßen, rollte sich ein und war ruhig. Bekam er vom Wirt einen Knochen, trollte er sich nach draußen vor die Tür, knackte und zernagte ihn zwischen seinen Pfoten, um dann schwanzwedelnd wieder hereinzukommen und sich zu Karls Füßen zusammenzurollen.

Nur eines konnte Karl dem Hund nicht abgewöhnen: seinen unzähmbaren Jagdtrieb. Katzen setzte er nicht mehr nach, das hatte er schon gelernt. Denn als er einmal eine Katze gejagt und gestellt hatte, einen Kater aus der Nachbarschaft, und zupacken wollte, hatte der seine Krallen ausgefahren und Bruno war nur kurz zurückgezuckt – aber schon war sein Lid zertrennt und unterhalb klaffte eine tiefe Wunde, quer über den Nasenrücken, wie geschnitten. Sie hatten sie nähen lassen müssen, und Bruno hatte über Tage einen Eimer, dem Karl den Boden herausgeschnitten hatte, tragen müssen, damit er mit den Pfoten nicht an die Wunde ging. Seitdem waren Katzen für ihn tabu. Nicht, dass er sie nicht beachtete, er beobachtete sie sehr wohl, aber eher mit einer gewissen Sehnsucht und nur noch aus der Distanz.

Und dann war Bruno plötzlich verschwunden. War nur im Garten gewesen, vielleicht auch im Dorf unterwegs, wie er es gerne machte, und war weg. Spurlos verschwunden. Niemand im Dorf hatte ihn gesehen, nicht einer konnte etwas sagen. Karl war wie gelähmt.

Dann, Tage später, an einem späten Abend, war Bruno plötzlich zurück, abgemagert, zerschunden, geschlagen, ein Bild des Elends und Jammers. Er kratzte leise an der Tür und winselte, doch viel zu schwach, um sich zu freuen. Die Läufe waren aufgescheuert und wund, wie es aussah von einer Fessel, ein Ohr war eingerissen, die Schwanzspitze kupiert, ganz einfach abgezwickt, ein Hinterlauf war, und wie sich dann herausstellte, mehrfach, gebrochen. Und trotzdem hatte er sich ganz offensichtlich noch irgendwie nach Hause geschleppt.

Karl schluckte vor Leid und Mitleid, und gleichzeitig stieg eine ungekannte Wut in ihm auf. Er ließ Bruno herein, gab ihm zu fressen und zu trinken, er wusch ihn vorsichtig ab, versorgte seine Wunden. Und Bruno leckte ihm die Hand.

»Der Hund ist sehr gequält worden, auch viel geschlagen«, sagte der Tierarzt, »er wurde misshandelt, und zwar aufs Übelste. Er hat ganz offensichtlich auch nichts zu fressen gekriegt, mehrere Tage, auch nichts zu trinken. Ein Wunder, dass er überhaupt noch lebt. Und dass er laufen konnte.«

Karl schluckte vor Wut, vor Hass. Und pflegte Bruno mit Liebe.

Am nächsten Tag fand Karl einen Brief zwischen seiner Post, mit einer aufgemalten Briefmarke, die eher ein Bild mit ungelenkem Rahmen war, adressiert »führ bruno« und ohne Absender. Darinnen ein wahrscheinlich aus einem Schulheft herausgetrenntes, kariertes Blatt und die in krakeliger Kinderschrift geschriebene Buntstiftbotschaft:

»Liber Bruno,

wie get es dir?

gud, das ich dich fraigelasen hab

und haimgepracht, darf nur nimant wisen,

verratt mich nicht, ich hab so ankst.

armer bruno

dein x.«

Daneben noch die Buntstiftzeichnung eines Hundes mit Strichbeinen und einem Herz. Karl schluckte. Hatte ein Kind Bruno befreit? Das hieße, ein Kind wüsste Bescheid, wo Bruno gewesen war und wer ihn eingesperrt und wahrscheinlich auch, wer ihn so gequält hatte. Doch wie würde er dieses Kind finden können – und damit das Versteck, besser Gefängnis Brunos, seine Folterkammer? Wahrscheinlich war das Kind hier aus dem Ort, dachte er sich, denn es musste ja gewusst haben, wo Bruno hingehört und wo er wohnt. Und klar war auch: Das Kind hatte ganz offensichtlich große Angst, entdeckt zu werden. Wer konnte dieses Kind sein?

Acht Wochen später war der Hund weitgehend wieder genesen. Die Verletzungen waren gut verheilt, er hatte viel gefressen, sich die Wunden geleckt und die Knochen waren wieder zusammengewachsen. Karl hatte Bruno gut umsorgt. Jetzt ging er wieder mit ihm hinaus, auch einmal weitere Wege. So überquerten sie nach langer Zeit wieder einmal den Hetzles, den »Hausberg« Karls in der Fränkischen Schweiz, an dessen Fuß sie wohnten. Bruno stromerte schon fast wie früher wieder über die Hangwiesen, lief kreuz und quer, ständig im Trab, die Nase immer ganz dicht am Boden. Karl sah mit Freude seinem Kumpan hinterher, blickte in die Ferne und sammelte Äpfel auf, denn niemand kümmerte sich hier mehr um das Obst.

»Nehmen Sie den Hund an die Leine!«

Ein Jäger war aus dem Wald getreten und herrschte ihn an, zwei hechelnde Jagdhunde zerrend an der Leine.

»Sie haben recht«, beschwichtigte ihn Karl, »aber Bruno ist doch noch viel zu schwach zum Jagen.«

»Ich erschieß ihn, wenn ich ihn beim Wildern erwisch«, drohte der Jäger.

Karl pfiff seinem Hund, der stoppte, hob kurz den Kopf, lauschte und kam. Doch nicht bis ganz heran, sondern er blieb auf Distanz, die zwei Jagdhunde schienen ihm nicht ganz geheuer.

»Merken Sie sich das: Ich erschieß ihn, wenn ich ihn beim Wildern erwisch, ich sag's nicht zweimal«, ließ der Jäger erneut keinen Zweifel an seinen Absichten.

Karl schluckte seinen aufkeimenden Zorn und zwang sich, ruhig zu bleiben. Am liebsten hätte er ... – aber er sagte nur: »Sie sehen doch, dass er gehorcht. Außerdem ist er noch viel zu schwach.«

Der Jäger ging nicht darauf ein, sah ihn nur abschätzig an. »Ich hab's Ihnen gesagt.« Und ging. Seine Hunde zerrten und hechelten.

Jetzt erst kam Bruno zu Karl, kratzte ihn kurz am Bein und winselte. Wollte er ihm etwas sagen?

»Ist schon gut, mein Großer, du brauchst keine Angst zu haben«, kraulte ihn Karl hinterm Ohr, »die zwei sind doch an der Leine, außerdem tun sie dir nichts.«

Jagdhunde sind gut dressiert, dachte er sich, die hören aufs Wort. Sie zogen weiter über die Flanken des Berges. Bruno wich Karl jetzt nicht mehr von der Seite.

Irgendwann später brach wie blind ein Reh durchs Unterholz, ganz nah, mit weißen Geiferspritzern am Hals von der Flucht, die Augen stark geweitet, Karl sah deutlich das Weiße. Das Reh erschrak wie panisch, schlug einen Haken und stürmte an beiden vorbei mit weiten Sprüngen den Hang hinunter durch die Wiese, da folgten schon die Hunde – die beiden Jagdhunde des Jägers. Mehr quiekend als kläffend jagten sie das Reh wie im Rausch. Dann kam der Jäger aus dem Wald gehetzt und pfiff und fluchte, die Hunde aber hörten nicht, sie waren wohl doch nicht so gut dressiert. Der Jäger stand und schnaufte.

»Und, werden die jetzt auch erschossen?«, konnte Karl es sich nicht verkneifen.

Der Jäger sah ihn an, die Augen hasserfüllt, nahm seine Flinte, legte an – zuerst auf Karl, dann schwenkte er auf Bruno. Der Hund quiekte laut auf und zog den Schwanz ein, kroch auf seinen Hinterläufen, wand sich. Schlagartig wusste Karl Bescheid!

»*Sie* also haben ...!«, sagte er langsam und sah den Jäger forschend an.

»*Was* habe ich?« Der Jäger ging verbal sofort zum Gegenangriff über, doch nahm er seine Flinte jetzt von Bruno weg und hängte sie sich wieder um, den Lauf nach unten, ganz nach Vorschrift.

Karl überlegte kurz und sah dem Jäger in die Augen, dann nickte er nur mit dem Kopf. Er hatte alles verstanden.

»Sie haben mich soeben mit Ihrer Jagdflinte bedroht. Das kann Sie Ihren Jagdschein kosten.«

»*Was* habe ich?«

»Sie wissen ganz genau Bescheid.«

»*Was* habe ich?« Der Jäger wurde lauter und kam näher.

»*Was* habe ich, haben Sie da gesagt?« Er schrie schon fast und stand direkt vor Karl. Da knurrte Bruno, stellte die Nackenhaare auf und fletschte leicht die Zähne. Der Trieb, vielleicht auch die Aufgabe, seinen Herrn zu schützen, war jetzt stärker als die Angst.

»Komm, Bruno«, sagte Karl zu ihm und damit auch zum Jäger, »lass uns gehen, wir wissen jetzt Bescheid.«

Er wendete sich ab und ging. Weit hinten im Tal jagten die Hunde immer noch das Reh.

Zwei Tage später hatte Karl nicht nur den Namen des Jägers in Erfahrung gebracht, sondern auch noch, wo er wohnte. In Ermreus drüben, nur einen Katzensprung von hier den Hang hinunter. In einem alten Hof. Und er ahnte, wer das Kind war, das Bruno wahrscheinlich gerettet und zurückgebracht hatte: das einzige Kind in nächster Nachbarschaft zum Hof, in dem der Jäger wohnte. Ein Mädchen namens Karla. Und dass sie sich ein Fahrrad wünschte, das dann auch Tage später dort an der Hauswand lehnte, mit einem kleinen Zettel daran. »Für Karla.«

Der Herbst verging, der Winter kam, es wurde Frühling, Sommer, Herbst und wieder Winter, Frühling, Sommer, Herbst. Karl zog mit Bruno ständig durch die Felder, Karl klaubte Äpfel auf, sie kehrten ein, die Wirte gaben Bruno Knochen, Karl trank sein Bier und wurde langsam älter. Dem Jäger begegneten sie niemals mehr, der jagte längst nicht mehr. Doch hin und wieder hörte Karl, wenn er im Wirtshaus saß, am Stammtisch die Gespräche. Es ging um Haberkorn, den Jäger, der einfach irgendwann verschwunden war, doch niemand wusste, wo er war.

»Dass's so was gibt!«

»Ja, ja.«

»Dass ahner eimfach so verschwindt.«

»Ja, ja.«

Dann schwieg man wieder, dachte nach, oder auch nichts.

»Die Weld is manchmoll komisch.«

»Ja, ja.«

Und schwieg und schwieg und trank. Das Beste, was man machen konnte.

»Wos sagsdn du dazu, Herr Lehrer?«

Karl zuckte nur die Schultern, und Bruno grunzte wohlig zu seinen Füßen.

»Wenn die Schdudierdn schon niggs wissen ...«

»Es wahs doch kahner was.«

»Ja, ja.«

»Naa, naa.«

»Ja, ja.«

»Hasd rechd, die Weld is manchmoll komisch.«

Anne Hassel
Der Glaube an Gerechtigkeit

Es war spät geworden.

Viel zu spät.

Das Treffen mit Freunden hatte länger gedauert als beabsichtigt, Mittagessen, Kaffee trinken, ein Wein zum Ausklang.

Nun rannte Lena die unterirdische Einkaufspassage entlang, Treppen hoch, dann durch das Nürnberger Bahnhofsgebäude zum Bahnsteig Nummer sieben. Hastete in den Regionalzug nach Würzburg, ließ sich in das weiche Polster des Sitzes gleich neben der Tür fallen.

22.06 Uhr – die Fahrt begann langsam.

Lena nahm ihr Buch aus der Tasche, blätterte, suchte nach der Stelle, bei der sie gestern auf dem Weg nach Nürnberg das Lesen unterbrochen hatte.

Inzwischen erreichte der Regionalzug eine höhere Geschwindigkeit. Ließ Fürth hinter sich, sekundenlang tauchten Lichter auf, um anschließend in der Dunkelheit zu verschwinden.

Dem Zugbegleiter zeigte Lena ihre Fahrkarte, las anschließend weiter.

Nach einiger Zeit sah sie zur Fensterscheibe, in der sich ihr Gesicht spiegelte. Und als sie den Kopf ein wenig zur Seite drehte, bemerkte sie erst richtig den Mann ihr gegenüber.

Er starrte sie an.

Unentwegt.

Senkte den Blick auch nicht, als sie ihn ebenfalls ansah. Schnell vertiefte sich Lena wieder in die Lektüre, doch sie spürte, dass sie immer noch fixiert wurde. Als sie nach einer Weile das Buch zuschlug, beugte sich der Mann nach vorne. Sie nahm den zarten Hauch eines Deos wahr.

»Entschuldigung, dass ich Sie einfach anspreche«, sagte der Fremde leise, nahm die Brille ab, schaute nach links und nach hinten. Niemand saß da, erst viel weiter vorne, fast am Abteilausgang, befand sich eine ältere Frau.

»Es ist sonst nicht meine Art, aber Sie haben so eine verblüffende Ähnlichkeit mit meiner Schwester, dass ich es kaum glauben kann. Wie Sie sich hinsetzen, das Buch halten, beim Lesen einer, wie ich annehme, interessanten, aufregenden Stelle die Stirn leicht nach oben ziehen. Wie Sie lächelten, als vorhin Ihre Fahrkarte kontrolliert wurde. Alles an Ihnen erinnert mich an meine Schwester, fasziniert mich. Sogar die Farbe der Haare stimmt überein. Ella war ebenfalls blond, eine Kurzhaarfrisur, nur ein wenig mehr nach innen gebogen.«

»Ach ja?«, antwortete Lena knapp, denn sie hatte kein Interesse an einer weiteren Konversation.

»Meine Schwester lebt nicht mehr«, fuhr er fort. »Sie wurde umgebracht.«

Lena betrachtete den Mann nun genauer. Sichelförmiger Mund, nach unten gebogene Lippen, dichtes braunes Haar, das ihn jünger wirken ließ, als er wahrscheinlich war, denn Falten um Augen, Mund und Hals zeigten Spuren fortgeschrittenen Alters. Auf den Wangen lag eine leichte Röte, während der Mann nun die Hände ineinander verschlang, wieder auseinandernahm und auf die Knie legte, mit der Innenseite nach oben.

»Ihr eigener Mann hat sie ermordet. Ihr eigener Mann! Leider ...«, er lachte bitter, »leider konnte man es ihm nicht nachweisen, doch ich bin mir sicher. Wissen Sie, es sind diese tausend Kleinigkeiten, die sich zu einem Bild zusammenfügen, von denen die Polizei nichts ahnt. Die interessieren doch nur Fakten, keine Vermutungen. Mein Schwager verstand es geschickt, keinen Verdacht zu erregen und die wenigen Angriffspunkte aus der Welt zu schaffen. Aber er hat mit hundertprozentiger Sicherheit das Auto meiner Schwester so manipuliert, dass sie verunglückte und ihm niemand einen Mord nachweisen konnte. Ich jedoch weiß es ... ich weiß es ganz genau!«

Lenas Buch sank zu Boden. Sie hob es auf.

»Das ist ja furchtbar«, flüsterte sie, obwohl niemand sonst es hören konnte.

»Ja! Meine Schwester war eine Frau, die immer für andere sorgte. Eine liebenswerte Person, ohne Argwohn. Deshalb konnte das ja auch passieren, denn keine Sekunde ihres Lebens hatte sie ihrem Mann misstraut. Sie liebte ihn, vertraute ihm blind. Und ich, ich kann an nichts anderes mehr denken als an sie. Kann nicht mehr schlafen, solange ihr Tod nicht aufgeklärt ist, solange es ihrem Mörder gut geht, während sie nicht mehr lebt.«

Wehmut klang in der Stimme des Fremden, und er schwieg für einen Augenblick. Dann holte er ein Foto aus seiner Brieftasche und zeigte es Lena, die fassungslos auf das Gesicht starrte: Es wirkte auf sie wie ihr Spiegelbild. Stockend sprach er weiter. »Sehen Sie! Ich glaube an Gerechtigkeit, daran, dass mein Schwager irgendwann überführt werden wird. Und als ich Sie sah ... als ich diese verblüffende Ähnlichkeit bemerkte, da wusste ich, dass das möglich ist. Sie sind doch aus Würzburg, oder?«

Lena spürte den Atem des Fremden, als sie nickte, so nahe kam er ihr nun. Es schien fast, als wolle er ihr Gesicht in seine Hände nehmen, und sie wich so weit in den Sitz zurück, wie es nur möglich war.

»Sie brauchen keine Angst zu haben, ich tue Ihnen doch nichts. Ich möchte Ihnen nur ein Geschäft vorschlagen.« Wieder machte er eine Pause, blickte der älteren Frau nach, die durch den Gang in Richtung Toilette ging.

»Ich sagte es ja schon, ich will Gerechtigkeit, einfach nur Gerechtigkeit, sonst nichts. Hören Sie sich bitte erst in Ruhe meinen Vorschlag an.«

Er legte den Zeigefinder der rechten Hand auf seinen Mund, um einen eventuellen Einwand Lenas gar nicht erst zuzulassen. »Es ist nicht viel, um das ich bitte. Mein Schwager soll nur für seine Tat büßen. Vielleicht verrät er sich bei Ihrem Anblick. Ich würde gerne sehen, wie er sich verhält, wenn er Sie sieht. Wenn er denkt, seine Frau wäre wieder am Leben. Zurückgekehrt, um ihren Tod zu rächen. Nein, noch nicht antworten ...«, sagte er abermals und drehte den Kopf kurz zu der Frau, die an ihnen vorbei zu ihrem Sitzplatz ging.

»Durch die Konfrontation macht er vielleicht einen Fehler. Gibt den Mord zu. Das wäre doch möglich, oder?«

Lena nickte abermals, spürte, wie sie die Geschichte des Fremden mehr und mehr gefangen nahm.

»Es geht mir nur darum, dass er nicht einfach so weiterleben darf, dass er nicht ungestraft davonkommt. Bereits jetzt ist bei ihm keine Spur von Trauer mehr zu erkennen, obwohl das angebliche Unglück noch gar nicht lange her ist. Er feiert, genießt sein Leben als Single. Ja, genießen kann er nun – er erbte alles, alles, was meine Schwester besaß. Und das ist nicht wenig, glauben Sie mir.« Während er bis jetzt relativ leise gesprochen hatte, schrie er nun fast: »Es muss doch Gerechtigkeit geben!«

Nun war es Lena, die beruhigend die Hände auf seine legte.

»Ich verstehe Sie, doch was könnte ich dabei konkret tun?«

»Sie sind dabei? Sie würden mir wirklich helfen?«

Obwohl er sie darum gebeten hatte, lag nun ein ungläubiges Staunen auf dem Gesicht des Fremden. »Wirklich? Sie helfen mir, den Mörder zu überführen? Natürlich sollen Sie es auch nicht umsonst machen. Zweitausend Euro ... wäre das in Ordnung?«

Lena wehrte ab. Zwar konnte sie das Geld gut gebrauchen, denn mit ihrem Gehalt kam sie gerade so über die Runden. Aber sie wollte trotzdem nichts, das Schicksal der unbekannten Frau berührte sie sehr.

»Doch! Sie würden mir einen großen Gefallen tun, wenn Sie es annehmen. Es wäre auch im Sinne meiner Schwester. Sie hätte es gut gefunden«, sagte er, und dann erklärte er seinen Plan.

Lena sollte sich nur am Abend vor dem Haus des Schwagers im Würzburger Stadtteil Frauenland aufhalten, bis dieser erscheinen würde. Auf ihn zugehen, ihn mit seinem Vornamen ansprechen, fragen, ob er sich noch an sie erinnere, und dann wieder verschwinden. Eine Kleinigkeit, zugegeben. Aber auch eine Chance, einen eventuellen Mörder zu überführen. Das Geld würde der Fremde an die Adresse senden, die Lena ihm nach dem anfänglichen Zögern aufschrieb.

Als der Zug in Würzburg hielt, Lena und der Mann ausstiegen, waren Ort und Zeit vereinbart. Lena befremdete zwar die ganze Situation schon ein wenig, doch dann beruhigte sie der Gedanke, dass nur der Gerechtigkeit zum Sieg verholfen werden würde. Und sie, Lena, tat ja schließlich nichts Unrechtes.

***

Es war ein Tag, an dem die blasse Novembersonne nur kurz zu sehen war und sich nun in der Dunkelheit verlor. Lena wartete vor dem Tor des avisierten Hauses. Eine ruhige Wohngegend mit vielen Bäumen, nur wenige Autos fuhren vorbei. Eine Frau mit einem Hund begegnete Lena, sah sie an, stutzte, schien erschrocken, stammelte »Guten Abend« und ging dann schnell weiter. Dass sie sich ein paar Mal umdrehte, bekam Lena nicht mit.

Keine zehn Minuten später fuhr der Wagen heran, den ihr der Fremde im Zug beschrieben hatte. Der Mann, der ausstieg, beachtete Lena offensichtlich nicht, die unruhig hin- und hergelaufen war und sich nun ein wenig von ihm entfernt befand.

Sie hastete los, versperrte ihm den Weg zum Eingangstor.

»Hallo, Winfried.« Lena versuchte, ihre Stimme fest klingen zu lassen. »Wie geht es dir? Denkst du noch gelegentlich an mich? An meine letzte Fahrt?«

Der Mann starrte sie an, in den Augen Entsetzen, den Mund zu einem Schrei geöffnet.

Sofort drehte sich Lena um. Sah nicht einmal zurück, als sie ein Stück weiter entfernt die Straßenseite wechselte, in ihr Auto stieg, startete.

Der Auftrag war erfüllt, der Mörder hoffentlich so durcheinander, dass er sich durch einen Fehler verraten würde.

Möge er zur Hölle fahren!

***

Wochen danach verabredete sich Lena mit einer Freundin in einem Café in der Würzburger Innenstadt. Wie beide im Laufe des Gesprächs darauf kamen, wusste sie später nicht mehr. Nur, dass diese irgendwann vom tragischen Tod ihres früheren Arbeitgebers, eines Unternehmers aus dem Frauenland, erzählte.

»Er hat seine Frau durch einen unerklärlichen Autounfall verloren. Wenig später ist mein ehemaliger Chef einem Herzinfarkt erlegen, nach einer sehr mysteriösen Begegnung. Er hatte schon immer mit Herzproblemen zu kämpfen, jede Aufregung in der Firma war Gift für ihn«, sagte die Freundin.

»Wie meinst du das, eine mysteriöse Begegnung?«, fragte Lena.

»Angeblich hat seine verunglückte Frau in einer Novembernacht vor dem Haus auf ihn gewartet. Stell dir das mal vor! Wäre dort auf- und abgegangen. Das berichtete eine Nachbarin, die ihren Hund an jenem Abend ausführte. Sie war sich ganz sicher, dass es sich um die Verstorbene gehandelt habe, schließlich kannte sie diese von früher sehr gut. Sie könne das sogar beschwören. Aber das musst du doch in der Würzburger *Main-Post* gelesen haben, oder etwa nicht?«

Da Lena nicht antwortete, fuhr die Freundin mit dem Erzählen fort.

»Geerbt hat nun alles der Bruder der Toten, der einzige Familienangehörige. Ein unangenehmer Mensch, skrupellos und über Leichen gehend, sagten bei uns Leute im Betrieb, die ihn kennen. Man munkelt sogar, er sei schuld am Unfall seiner Schwester, habe irgendetwas am Auto manipuliert. Doch die Polizei fand damals keine Beweise. Hoffentlich wird er eines Tages auch seine gerechte Strafe erhalten.«

Die Freundin hielt inne, sah Lena an und fragte: »Ist dir nicht gut? Du bist auf einmal so blass!«

Thomas Kastura
Die Göögägäng

Neulich kummt der Küps aufm Schbeedsi, wasst scho, der Kommissar, der glaa Dick. Er ziecht sei Jubbn aus, und wie er sich noohöggt, steht sei Seidla scho doo.

Miä schdosn oo und dringn.

Heilichäs, wie des widdä schmeggt! Also wenn's des Schbeedsibier net gebn däät, wär die Welt nur halb so schöö.

Der Schnee is scho fast weggedaut. Vo die Baam drobft's Wassä nundä, und übä Bamberch liecht aweng a Neebl. Bald kummt der Frühling, hasst des. Dann könn mer widdä draußn sidsn und den Gänsäblümla beim Wachsn zuguggn.

Heut hammä an Fall glöst, socht der Küps.

Ihr habt an Fall ghabt?, frooch ich.

Freilich, socht er, an ganz großn Fall. Des woä a richdiches grimminalisdisches Räädsl. Wie bei die Dschendlmän biddn zur Kasse.

Ich überleech a weng. Dschendlmän ..., Dschendlmän ... Maanst du den oldn Film? Midm Derrigg?

Genau den, socht der Küps. Aber der Derrigg hat damols nuch net den Derrigg gschbielt, sondern den Meidscher.

Den Meidscher?, frooch ich.

Den Major, socht er, auf Englisch, verschdesst? Des woä der Scheff von der Bandn, voll der Dschendlmän, wie der Name scho socht.

Und wos woä des edsäd fürä Fall?, frooch ich.

Der Küps wardet aweng zwengs der Dramaddigg und socht: Miä homm die Göögägäng gfasst.

Die Göögägäng?, frooch ich. Dunnerkeil!

Die Göögägäng, socht der Küps, des worn ganz raffinierde Einbrecher, die homm Bamberch seit Jahren unsicher gmacht. Und miä worn immä hindäher, homm obä nie aan erwischt.

Des worn Doldis, wenn's mich froochst. Die brechn nochds Imbissbudn auf und glaun des Wechslgeld. Weechn fuffzich Euro werd mer doch net grimminell.

Obä die homm ja net nur des Wechslgeld mitgnomma, socht der Küps. Jedsmol homm die nuch a boä Göögä eigsaggt, färdich gewürzda Göögä, mit Salz und Babbrigga und so weidä, obä nuch roh und aus der Kühlung. So wor's sogoä im Äffdee dringschdandn.

Die müssn an gscheidn Hungä ghobt hom, sooch ich und lach mich fast hie.

Obä wasst du, wos net im Äffdee dringschdandn wor?, socht der Küps. Miä homm bei der Bollizei nämlich an Bekennerbrief gricht.

An Bekennerbrief?, frooch ich.

So mit ausgschniddna Buchschdobn auf an Zeddl gebabbt, socht der Küps. »Wir haben es satt«, is do gschdandn. »Gegen Massentierhaltung! Für gutes Essen und gute Landwirtschaft!«

Glabbst des aa!, sooch ich.

Anfangs hommä gedacht, dass des a boä verrüggde Schdudendla worn, socht der Küps, odä Öggofanaddiggä, odä milidande Dierfreunde. Und dass des widdä aufhört, wenn miä den Bekennerbrief net an die Bresse weidärleidn. Obä des is alls so zuganga mit die Einbrüch und die Briefla. Und mit die geglaudn Göögä.

Weil des Gschubbsde worn, sooch ich. Wer Göögä zwiggt, is doch gschubbsd.

Jednfalls homm miä net weidägwusst, socht der Küps. Und die Leut homm sich scho lusdich gmacht über die Bollizei. Ob miä scho die entführdn Göögä gfundn homm, hods gheißn. Odä ob miä die Göögä selbä gfressn homm. »Herr Wachtmeister«, hod so a Blödl bei der Verkehrskondrolln gsocht, »ich hob graad an Göögä kafft. Schaun's mol nach, ob der gsucht werd. Der kummt mer verdächdich vor.«

Des Leben is hart, sooch ich.

Obä dann hod sich der Brandeisen in die Ämiddlung eigmischt, socht der Küps. Weil er unsä Elend nimmä mitanschaun gekonnt hod.

Der Schdaadsanwalt?, frooch ich. Mooch der aa Göögä?

Halt dei Maul, socht der Küps, der Brandeisen hod a Idee ghobt. Inzwischn is in neun Imbissbudn eibrochn worn, in manche sogoä zwaamol. Mä konnt also davon ausgehn, dass es nuchamol bassiert.

Saubä gombiniert, sooch ich, weil mei Maul lass ich miä vom Küps beschdimmt net verbiedn, so weit kummt's nuch.

Willst es eds hörn, wos miä gmocht homm?, froocht der Küps.

Freilich, sooch ich. Wos hobd'är denn gmocht?

Miä homm an Beilsender in die Göögä neigedaan, socht der Küps.

An Beilsender?, frooch ich. Wie beim Dscheims Bond?

Des is so a glaans Käsdla, vielleicht so groß wie a Fuffzgäla. Mit am Dschie-Bie-Ess-Dräggä konnst des überall ordn.

Dschie-Bie-Ess hob ich in meim Naffi aa, sooch ich. Kurz und gut, socht der Küps, miä homm a boä Beilsender in a boä Göögä neigmöhrt, und dann homm miä die bräbarierdn Göögä auf a boä Imbissbudn verdeilt. Die Göögäläsbroodä homm sich zwoä aweng angschdellt, obä des woä uns wurscht, miä sin ja die Bollizei.

Edsäd werd's ja richdich schbannend, sooch ich. Und der Fritz schdellt uns zwaa neua Seidla hin, weil miä beim Raadschn immä so an Dorscht homm.

Es dauert net lang, socht der Küps, und die Göögägäng schlägt widdä zu, diesmol in der Bödldorfä Strass. Und badsch!, glaun sie aan von unsära Göögä. In der Zentrale homm miä so an Riesnbildschirm, auf dem könna miä genau sehn, wo der Göögä grood is. Der Brandeisen gondrolliert des und gibt mir über Funk durch, wo ich hiefohrn muss mit meiner Sondäeinsadsdrubbn.

Um des Verschdegg vo der Göögägäng zu findn, sooch ich.

Genau, socht der Küps. Miä also dem Göögä hindäher, middn in der Nocht. Übän Bälinä Ring is ganga naus Hallschdott ins Indusdrievierdl. Und vo dort in an Feldweech nei, bis miä zu so am verhaudn Häusla kumma sin. Und dann wor des Signal blödslich wech.

Des Signal von dem Beilsender?, frooch ich.

Des wor wech, hod der Brandeisen gfungt.

Vielleicht hod die Göögägäng den Sender entdeggt und schnell hiegmacht, sooch ich.

Des hom miä uns aa gedacht, socht der Küps. Und dass miä uns schiggn müssn, damit uns die Kaschbä net entwischn. Miä also in vollä Mondur aus die Büssla raus, mit Helme und kuuchlsichära Wesdn und Schdurmgewehre und an mordsdrümmä Rammbogg –

Des wor ja wie im Griech, sooch ich.

Wie im Griech, socht der Küps, weil der Brandeisen hod nämlich a Deorie ghabt, wos hindä die geglaudn Göögä schdeggt. Und in derä Deorie geht's um Droogn.

Um Droogn?, frooch ich.

Wie beim Meiämi Weis, socht der Küps. Folchendes: Noch Frangn wern ja Droogn neigschmugglt, Goggain und Heroin und Grägg und Grisdal und wie des alles hasst. Und miä von der Bollizei froong uns immä, wie die Dreggsägg des mochn, direggt vor unsära Nosn. Und der Brandeisen is draufkumma, dass die Dreggsägg die ganzn Droogn in roha Göögä neiduun, und übä die Imbissbudn werns dann verkafft. Die Göögäläsbroodä sin dann quasi die Dielä, die schdeggn alla miteinandä undä aanä Deggn.

Des wär dann braggdisch a Göögäkardell, sooch ich. Obä warum sin dann die Imbissbudn aufgebrochn und die Göögä geglaut worn?

Weil die Göögägäng a neua Bandn is, socht der Küps. Die wolln des Revier vom Göögäkardell übänehma, verschdesst? Und die Bekennerbriefla worn nur zur Darnung odä a Jux vo irchendwelchä Oäschgsichdä.

Dann wär des a Droogngriech, sooch ich. Bei uns in Bamberch? Heilandsagg!

Miä schdehn also voll undä Schdrom und schdürma des Häusla, socht der Küps, miä rammln die Tür ei, die Gewehre im Anschlooch, und wos glabbst, wos mer findn?

Ich glaab der bald goä nix mehr, sooch ich und könnt den Küps umhaun, weil er sei Gschichdla widdä so nauszöchert, so mocht der des immä.

Sidst do so a olds Männla, socht der Küps.

Des werd doch net der Scarface gwesn sei, sooch ich.

Naa, socht der Küps. Wie sich rausschdellt, wor des a Rendnä mit am Hund.

Mit am Hund?, frooch ich.

Mit am Bernhardiner, socht der Küps. Der wor nuch äldä wie des Männla und hod grood den ledsdn Göögä neigedreht. Weil füä Hundefuddä hod die Rendn vo dem Rendnä nimmä greicht, und dodrum hod er die Imbissbudn aufgebrochn. Und die Bekennerbrief müssn Driddbreddfahrä verschiggt ham oder waaß der Deufl wer.

Miä dringn unsä Bier und soong a Zeit lang nix. Und ich bin froh, dass ich mir mei Schbeedsi nuch leisdn koo, weil es gibt halt aa Leut, die könna des net, sogoä in Bamberch odä Hallschdott.

Miä homm dann unsärn Grembl zammgebaggt und sin widdä abgezong, socht der Küps.

Host du den Rendnä net festgnumma?, frooch ich.

Naa, hob ich net, socht der Küps. Und werd ich aa net.

Fei echt?, frooch ich.

Ich hob des dann auf sich beruhn lassn. Die Göögäläsbroodä homm eh zu viel Zasdä, socht der Küps, so aweng Wechselgeld und a boä Göögä weenicher schood denna net. Und weil die Einbrüch aufghört hom, hot der Äffdee nix mehr drüber gebracht, und die Witzla über die Göögägäng sin eigschloofn.

Und des olde Männla?, frooch ich.

Des ärbärd edsäd bei uns in der Bförnälooschn, socht der Küps. Do isses schö warm, und sein Hund konn er aa mitbringa.

Is des legal?, frooch ich.

Wos isn scho legal?, froocht der Küps.

Christian Klier
Klotz und die Fahrt ohne Wiederkehr

»Wer hätte das gedacht,
Es ist ein Heimatlied.«
Sportfreunde Stiller, *Heimatlied*

»Bist du denn wahnsinnig? Bist du völlig bescheuert?«
Klotz trat mit voller Kraft auf die Bremse. Griff das
schlingernde Lenkrad jetzt fest mit beiden Händen. Versuchte verzweifelt gegenzulenken. Während er den Camaro wieder auf Spur brachte, starrte er auf das schwarze
Heck des Mercedes vor ihm. Diese Drecksmühle, die es
gewagt hatte, hier mitten auf der Autobahn, ohne zu
blinken oder zu schauen, einfach von der rechten auf die
linke Spur zu wechseln, um eine Kolonne Lkws zu überholen! – Klotz hasste die A 3.

Er fuhr auf den nächsten Parkplatz. Stieg aus und
stellte sich vor seinen Wagen. Fixierte die Fläche der Motorhaube und hoffte, dass die Lackierung in *Cool Down
Pink* ihre Wirkung tun würde. *Ganz ruhig, Werner. Wir
kühlen wieder ab. Finden zur inneren Mitte zurück.* Was
in Schweizer Gefängniszellen funktionierte, das musste
doch auch bei ihm anschlagen, dachte er, und fragte sich,
warum man eigentlich diese magische Beruhigungsfar-
be, die aus schwersten Gewaltverbrechern angeblich die
reinsten Lämmer machte, nicht generell im Straßenver-
kehr einsetzte. Alle Kraftfahrzeuge in der Bundesrepub-
lik nur noch in *Cool Down Pink*. Für eine unfallfreie Fahrt
auf Deutschlands Straßen. Gelebte Solidarität in Rosarot.

Vermutlich wäre der ADAC dagegen, brachte Klotz den Gedankengang zu Ende und ging zurück zu seinem Camaro.

Er war gerade dabei, sich in den fließenden Verkehr einzuordnen, als das Handy klingelte. Kommissar Escherlich war am Apparat. Frau Katzenkraut befinde sich bei ihm in Nürnberg, bei der Kriminalpolizei am Jakobsplatz. Sie wolle wissen, wie es mit den Ermittlungen im Falle ihres vermissten Ehemanns vorangehe. »Du sprichst am besten selber mit ihr«, sagte Escherlich und reichte den Hörer weiter.

»Frau Katzenkraut? ... Ja, wir haben heute begonnen ... Wir haben es Ihnen doch schon am Freitag gesagt. In einer Vermisstensache, sofern es sich um Erwachsene handelt, dürfen wir erst nach drei Tagen die Ermittlungen aufnehmen. Das geht einfach nicht früher ... Ja, ja. Ich befinde mich nur noch wenige Kilometer von Würzburg entfernt. Dort werde ich das Immobilienbüro aufsuchen, wo Ihr Mann am Freitag den Termin hatte ... Ich weiß, dass er dort nicht aufgetaucht ist, Frau Katzenkraut. Aber darum geht es ja. Ich will mir ein Bild vor Ort machen. Mal schauen, vielleicht weiß ja der Maklerkollege Ihres Mannes, dieser Herr Meisch, irgendetwas. Vielleicht wurde Ihr Mann in der näheren Umgebung des Maklerbüros gesehen. Wir sind da sehr gründlich, wissen Sie ... Wir müssen jetzt einfach die Ermittlungen abwarten. Glauben Sie mir, wir tun da wirklich alles, was möglich ist ... Ja, auf Wiederhören, Frau Katzenkraut.«

Klotz setzte zum Überholen an und gab Gas. Plötzlich begann der Motor zu stottern. Ein Blick auf die Anzeige. Die Nadel, die den Kraftstoffverbrauch anzeigte, zitterte im unteren roten Bereich. *Scheiße!* In all der Aufregung hatte er vergessen, rechtzeitig zu tanken. Daran war nur dieser dämliche Mercedes schuld!

So sanft es irgendwie ging, trat er auf das Gaspedal. Angstvoll sah Klotz auf die Straße. Da, ein Schild! Das war die Rettung! Eine Abfahrt in fünfhundert Metern. Klotz schaltete die Warnblinkanlage ein und steuerte den Wagen nach rechts. Irgendwo musste da doch eine Tankstelle sein. Wenn er sich richtig erinnerte, hatte er sogar ein Hinweisschild gesehen, das einen Autohof ankündigte.

Markt Rüdenhausen. Abblätternde Schrift auf verbeultem Grund. Das Ortsschild stand schief und war durchlöchert wie ein Sieb. Vermutlich Schrotkugeln, dachte Klotz und blickte auf eine räudige Katze, die am Straßenrand saß und an den Gedärmen eines Fuchses herumkaute.

Rechts der Autohof. Geschlossen und völlig verwaist. Da stand ein Abschleppwagen, älter noch als sein 79er Camaro. Daneben eine verrostete Zapfsäule. Klotz lenkte den *American Muscle Car* in die Einfahrt. Das Gefährt gab einen Stotterer von sich, machte noch einen Satz nach vorne, dann tat es einen Schlag. Aus dem Spalt zwischen Motorhaube und Kotflügel rauchte es. Knirschender Kies unter den ausrollenden Reifen. Klotz zog die Handbremse und stieg aus.

Wo war er hier bloß gelandet? Er sah in den morgendlichen Sommerhimmel. Eine Sonnenscheibe, die einen brennend heißen Tag ankündigte. Klotz öffnete die beiden obersten Knöpfe seines Holzfällerhemdes. Was war das für ein Vogel da oben in der Luft?

Er schaute Richtung Ort. Da war eine Art Kneipe, ein Kasino für Freunde des schnellen Glücksspiels. Weiter hinten, auf der Straßenseite gegenüber, eine Tankstelle. Dort würde man ihm sicher weiterhelfen können. Doch zuerst würde er in das kleine Kasino gehen. Ein Werbebanner verriet, dass es dort Kaffee gab.

Außer ihm selbst befanden sich drei abgerissene Gestalten in dem Etablissement. Zwei davon schienen ihn gar nicht wahrzunehmen. Auf hohen Hockern sitzend verfolgten sie vor ihren Automaten irgendwelche Zahlen und Symbole, die sich ständig drehten und wild durcheinanderblinkten. Der dritte war der Barmann. Er trug eine abgegriffene Schirmmütze, hatte schwarze Trauerränder unter den Fingernägeln und machte auch darüber hinaus keinen besonders vertrauenswürdigen Eindruck. »Macht einen Euro«, brummte er, während er Klotz einen dampfenden Pappbecher vor die Nase knallte.

Klotz zog seinen Geldbeutel hervor. Nach einer eingehenden Sondierung seiner Bargeldeinlagen stellte er fest, dass er – abgesehen von einem Fünfzig-Cent-Stück – nur über einen Zweihundert-Euro-Schein verfügte. Er hatte das Papiergeld bereits zur Hälfte aus der Geldbörse gezogen, da murrte der Barkeeper auch schon: »Sie glauben doch nicht im Ernst, dass ich das wechseln kann?« Klotz schob den Schein zurück. »Nehmen Sie auch Karte?«

»Erst ab zehn Euro.«

Klotz nippte an seinem Heißgetränk und verzog das Gesicht. Sein Blick fiel auf einen Spielautomaten, der etwas abseits aufgestellt war. Zwei, drei Mal in seinem Leben hatte er so ein Ding bedient. Abgesehen von ein paar rudimentären Kenntnissen hatte er von der Handhabung dieser Geräte keine Ahnung. Allerdings konnte

Klotz lesen, und er fragte sich, ob die hier Anwesenden einschließlich des Barmannes dieser Fähigkeit ebenfalls mächtig waren. In dem Feld nämlich, neben dem deutlich das Wort »Freispiele« gedruckt war, wurde in digitalen Ziffern eine »40« angezeigt. Das Guthabenfeld hingegen war leer.

Klotz erhob sich. Wahrscheinlich hatte ein Kind, das sich nicht auskannte, Geld in den Automaten geworfen, mutmaßte er und warf sein Fünfzig-Cent-Stück ein. Die Rollen begannen sich zu bewegen, links und rechts leuchteten rote Felder auf. Klotz vermied es, irgendwelche Tasten zu drücken. Nach zwei Minuten spuckte der Automat die ersten Geldstücke aus; Freispiele gab es noch sechsunddreißig. Klotz warf wieder fünfzig Cent ein und ließ das restliche Geld im Ausgabefach liegen.

Der Kaffee war bereits geleert, die Freispiele aufgebraucht. Klotz griff gerade in den Haufen Kleingeld, als ihm jemand auf die Schulter klopfte. »Was machst du da an meinem Automaten?«

Klotz drehte sich um. Vor ihm befand sich eine behaarte Brust, die einen strengen Geruch ausströmte. Der gewaltige Bauch darunter drückte gegen den seinen. Klotz ließ seinen Kopf in den Nacken fallen, um in das Gesicht des Hünen zu blicken: gefletschte Zahnreihen, faulig-schwarz, stellenweise klaffte die eine oder andere Lücke. *Aha! Da braucht einer Geld für ein neues Gebiss.* Klotz beschloss, auf keinen Fall klein beizugeben.

Ein Fehler, dachte er fünf Minuten später, als die »Diskussion« zu ihrem Ende gefunden hatte. Er hätte vielleicht doch nachgeben sollen.

Klotz lag im Dreck vor dem Kasino, hielt sich abwechselnd das Kinn, dann wieder den Bauch, schließlich die Rippen. Die Faustschläge des dicken Hünen waren ihm nicht bekommen.

Er stand auf, renkte den Kiefer ein und klopfte sich ab. Staub wirbelte aus seinen Klamotten. Er musste husten. Was nun? Er sah in den Himmel, und es schien ihm, als sei der Vogel, der da oben kreiste, plötzlich sehr nahe.

Er musste weg hier, so schnell wie möglich. Er musste nach Würzburg und herausfinden, wo dieser Emil Katzenkraut abgeblieben war. Hier an der Tankstelle würde man ihm sicher helfen können. Im schlimmsten Fall würde er einen Kollegen anrufen müssen, der ihn abholte. Klotz stapfte durch die Tür des Tankstellen-Shops.

»Guten Tag. Haben Sie vielleicht einen Automechaniker hier am Ort?« Klotz wischte sich den Schweiß von der Stirn.

Die Servicekraft hinter dem Tresen telefonierte. Man musste den Eindruck gewinnen, als hätte sie den potenziellen Kunden nicht bemerkt. »... ja, er ist hier ... klar, kannst dich auf mich verlassen ... mach ich, Horst ... Tschüssi!«

Die Dame in dem OMV-Kittel nahm den Apparat vom Ohr und starrte noch einige Sekunden auf das Display, bevor sie den Hörer weglegte. »Wie kann ich Ihnen helfen?«

»Ich brauche dringend einen Mechaniker. Mein Wagen steht hier gegenüber. Da vorne«, Klotz deutete schräg hinter sich. »Wahrscheinlich nur eine Kleinigkeit. Gibt es hier jemanden, der ...«

»Bedaure«, unterbrach die Tankstellenfrau, »aber hier ist niemand, der Ihnen helfen kann. Am besten, Sie rufen den ADAC.«

Für einen kurzen Moment bereute Klotz, vor einem halben Jahr aus dem skandalgeschüttelten Verein ausgetreten zu sein. »Könnte ich vielleicht kurz bei Ihnen telefonieren?« Ein erwartungsvoller Blick streifte den Telefonapparat hinter dem Tresen.

»Tut mir leid, aber bedauerlicherweise ist unser Telefon kaputt.«

Fassungslos sah Klotz der Frau mit dem schütteren Haar in die Augen. »Aber Sie haben doch gerade noch ...«

»Das Telefon ist kaputt, sage ich!«

Klotz streckte die Hand nach dem Gerät aus, doch die Frau war schneller. »Verlassen Sie sofort meinen Laden!« Die Frau schwenkte das Telefon über ihrem Kopf hin und her. »Verschwinden Sie, sonst rufe ich die Polizei!«

»Ich *bin* die Polizei, verdammt noch mal! Seid ihr denn völlig durchgeknallt hier?«, brüllte Klotz und suchte nach seinem Dienstausweis.

Den er nicht fand. Was er allerdings fand, war seine Dienstwaffe. Sie steckte in einem Holster unter seinem Holzfällerhemd. Kaum hatte er die Heckler & Koch hervorgezogen, ertönte eine Sirene. Die Frau hinter dem Tresen ließ den Alarmknopf los und warf sich auf den Boden. Unsicher blickte Klotz um sich. Draußen an den Tanksäulen blitzte ein rotes Licht auf. Ein Mann ließ vor Schreck seinen Zapfhahn fallen und rannte davon. Klotz bemerkte eine blinkende Kameralinse, die in einer Ecke oberhalb der Zigaretten angebracht war. »Das ist doch alles nur ein Missverständnis!«, rief er in das Objektiv und fuchtelte entschuldigend mit seiner Waffe herum. Die Servicekraft hinter der Theke schrie um Hilfe.

Klotz steckte die Waffe ins Holster und stürmte aus dem Laden. Schnell wieder zurück auf die andere Straßenseite. Als er das Kasino erreicht hatte, begab er sich auf die Rückseite des Gebäudes. Schließlich hielt er an. Der Schweiß rann ihm in Strömen über den Körper. »Ich Idiot!«, sagte er nach einer Weile und stieß sich mit dem Handballen an die Stirn. »Mein Handy!« Er kramte das Gerät aus seiner Hosentasche.

Ach du Schande! Das Display war gebrochen. Es hatte wohl etwas abgekriegt, als er aus dem Kasino geflogen war. Ob der Apparat noch funktionierte?

Mit zitternden Händen drückte er einen Knopf. Der Bildschirm schaltete sich ein. Ein Glück! Der Himmel meinte es gut mit ihm! Aber was war das? Warum war da mit einem Mal alles in einer Schrift, die er nicht lesen konnte? War das etwa Arabisch?

Das ist jetzt alles nicht wahr, versuchte er sich zu beruhigen. Während er verzweifelt die Anwenderoberfläche für das Telefontastenfeld suchte, hörte er plötzlich einen Motor aufheulen. Er sah zur Seite. Der Abschleppwagen drüben bei dem stillgelegten Autohof bewegte sich. Klotz trat aus dem Schatten, um besser sehen zu können. *Oh mein Gott! Mein Auto! Der Abschleppwagen hat meinen Camaro am Haken!*

Er rannte los. »Bleib stehen, sofort!« Obwohl Klotz nicht gerade zu den Sportlichsten gehörte, holte er auf. Ein 79er Camaro war für so einen alten Abschleppwagen halt dann doch ein bisschen schwer. Er glaubte, den fetten Riesen aus dem Kasino hinter dem Steuer des Schleppers erkannt zu haben. Nur noch wenige Meter!

Er griff nach seiner Dienstwaffe. *So, jetzt hab ich dich!*
»Sofort anhalten, Polizei!«

Es war eines der Schlaglöcher, von denen der ausrangierte Asphaltbelag des ehemaligen Rastplatzes nicht gerade wenige aufwies. Der Hauptkommissar strauchelte, sein Fuß war hängen geblieben. Klotz verzog das Gesicht, fluchte und schrie. Er sah das Handy, das er die ganze Zeit über festgehalten hatte, in hohem Bogen durch die Luft wirbeln. Beinahe zeitgleich klatschten das Mobiltelefon und er auf den Boden. Gott sei Dank hatte er seine Waffe nicht verloren. Klotz war so wütend, dass er abdrückte, irgendwohin. Der Schuss zerriss die stehende Luft. Noch einmal schrie Klotz auf. Aus dem Himmel fiel ein schwarzes Federtier, direkt neben ihn auf den Asphalt. Klotz hielt sich den Knöchel und sah hinüber zu dem Vieh. War das ...? Aber das konnte nicht sein! Geier waren in Deutschland doch längst ausgestorben! Anscheinend nicht hier, in diesem Rüdenhausen.

Er stand auf. In der Ferne auf einem Feldweg wirbelte eine Staubwolke. Auto, ade! Er beugte sich zum Boden und starrte ungläubig auf die Reste seines Handys. Das Ding war geliefert, kein Zweifel. Was sollte er tun? Mit ein wenig Restpietät neigte er sich über den toten Vogel. Er war beringt. Auf dem Reif prangte die Plakette einer Tierschutzorganisation. *Schöne Scheiße.*

Als Klotz das Blaulicht und die Sirenen wahrnahm, die von der Straße herkamen, begriff er, dass sich seine Frage von selbst beantwortet hatte.

Die Idee, den Uniformierten in Grün-Weiß zu erklären, dass man ein Kollege war und dass sich alles um ein Riesenmissverständnis handelte, war grundsätzlich nicht schlecht. Ein fehlender Dienstausweis und -wagen, seine verdreckten, zerschlissenen Klamotten und sein verschrammtes Gesicht allerdings würden kurzfristig eher gegen ihn sprechen. Klotz brauchte nicht lange, um zu kapieren, dass dieser Weg mit Sicherheit der falsche war.

Er entschied sich für einen anderen und floh. Mit letzter Kraft erreichte er ein Maisfeld und arbeitete sich tief hinein. Als er sich zwischen den Stauden in Sicherheit wähnte, wurde ihm bewusst, wie müde er war. Er ließ sich niedersinken und schlief auf der Stelle ein.

Als er erwachte, war die Sonne deutlich gewandert. Es dauerte ein paar Sekunden, bis er sich besann, wo er sich befand und was inzwischen alles geschehen war. Emil Katzenkraut, der vermisste Immobilienmakler, erinnerte er sich. Wenn das so weiterging, konnten sie bald ihren nächsten Vermisstenfall öffnen.

Inzwischen musste es später Nachmittag sein, mutmaßte Klotz und erhob sich. Er schmierte sein fettig verschwitztes Haar nach hinten, zog ein gebrauchtes Taschentuch aus der Hose und wischte sich das Gesicht ab.

Er musste weg hier, so schnell wie irgend möglich, wiederholte er sich immer wieder, als er auf die Straße trat.

Es dauerte nicht lange, und er hatte den Ortskern erreicht. Wie benebelt stand er auf einem kleinen Platz, sah durch ein schmiedeeisernes Gitter hindurch, über Bäume und Büsche hinweg zu einer Schlossanlage. Gegenüber befand sich ein langer Fachwerkbau, von den Fassaden der Gebäude rings um das Schloss blätterte der Putz. Sein Ohr vernahm das Plätschern eines Brunnens.

Wo war er hier? War das noch die Wirklichkeit? Oder war er hier im Märchen?

»Hallo, Fremder!« Klotz erschrak. Rasch wandte er den Kopf. Auf einer Bank hinter ihm, die vorhin noch leer gewesen war, saß ein alter Mann. Er trug einen dunklen Schlapphut, unter dem eine verschmitzte Miene hervorgrinste. Ansonsten steckte der Mann in einer schwarzen Handwerkskluft. Klotz hatte den Eindruck, als begegnete er einer Figur aus einem vergangenen Jahrhundert.

»Guten Tag«, begrüßte Klotz die seltsame Erscheinung. Der Alte lachte. »Wer Wind sät, wird Sturm ernten. Und außerdem sagt man hier ›Grüß Gott‹.«

»Wer sind Sie, und was machen Sie hier?«

»Das Gleiche könnte ich dich fragen, du Jungspund! Hast du dich etwa verlaufen?«

»Ich, ich ...«, stotterte Klotz, »ich suche jemanden. Einen Vermissten.«

Unter einem abgewetzten Ärmel wurde eine knochige Arbeiterhand sichtbar. Ein Finger, der sich in Richtung eines Fachwerkhauses reckte, das auf der anderen Straßenseite lag.

»Dort!« Die Stimme des Alten hatte einen verschwörerischen Klang angenommen. »Dort!«, flüsterte er noch einmal.

Plötzlich ertönte ein durchdringender Schrei. Laut und unheilschwanger. Instinktiv drehte sich Klotz um. Das kam vom Schloss her, dachte er.

»Der Schrei des Pfaus«, sagte der Alte in seinem Rücken, »der warnende Pfauenschrei. Bald wird es ein Gewitter geben. Besser, du haust ab von hier, Jungspund!«

Klotz drehte sich zu der Bank. Doch der Alte war verschwunden.

Dass er das nicht schon vorhin bemerkt hatte! Neben dem plätschernden Brunnen erhob sich ein Marterpfahl der Deutschen Telekom. Und dabei war das Magenta, mit dem diese neuartigen Telefonstationen abschlossen, doch kaum zu übersehen. Klotz lief auf das zu, was sich öffentlicher Fernsprecher nannte. Nahm den rosa Hörer von der Gabel und freute sich. Außer dem Zweihundert-Euro-Schein hatte er keinerlei Kleingeld mehr in seinem Geldbeutel. Aber das war egal. Er würde einfach den Polizeinotruf wählen. Die Kollegen würden ihn dann schon weiterverbinden. Das Freizeichen ertönte. Alles war gut. Klotz drückte die Eins, noch mal die Eins, schließlich die Null. Dann spürte er eine Hand auf seiner Schulter.

Die Frau war dunkelhaarig und hatte ein ausnehmend schönes Gesicht. Klotz sah in ihre rehbraunen Augen, auf ihren geschwungenen Mund, der sich nun öffnete und sprach: »Könnten Sie mir helfen?«

Sein Blick glitt über ihre sanft geschwungenen Hüften und blieb schließlich in ihrem Ausschnitt hängen.

»Hallo? Verstehen Sie, was ich sage?«

Wie in Trance hängte Klotz den Hörer zurück auf den Telefonapparat.

»Ich soll Ihnen helfen?«, säuselte er und sah der Frau dabei zu, wie sie sich vorbeugte, um etwas abzustellen. Die Aussicht wurde noch ein wenig tiefgründiger. Klotz rief sich zur Besinnung und riss sich los von den perfekt geformten Gliedmaßen, die sich vor ihm unter dem bordeauxroten Kleid abzeichneten.

»Dieser Eimer Wandfarbe«, die Frau deutete vor sich auf den Boden, »ist sehr schwer. Da kann man ganz schön ins Schwitzen kommen.«

Oh, ja! Mit dir gemeinsam schwitzen und kommen ...
Klotz griff nach dem Metallbügel und hob den Zwanzig-Liter-Eimer an. »Wohin soll ich den ...?«

»Folgen Sie mir.« *Nichts lieber als das, mein Engel.*

Als sie die Eingangstür des Hauses erreicht hatten, stob sie ein Windstoß an. Klotz wandte seinen Blick für einen Moment von der unbekannten Schönen ab und sah in den Himmel. Da kreiste kein Geier mehr, dafür zogen dunkle Wolken auf. Das Unwetter, von dem der Alte gesprochen hatte. »Kommen Sie?«

Klotz überquerte die Schwelle des Hauses.

»Und Sie wohnen allein hier?« Das Treppenhaus war voll mit Gemälden. Altertümlich wirkende Ortsansichten.

Die Frau kicherte. »Hier geht's nach oben, bitte.« Sie betrat die ersten Stufen einer Holztreppe.

Klotz stellte die Wandfarbe in der Mitte des Raumes ab. Der Boden war komplett mit Zeitungspapier ausgelegt. Auf dem Fensterbrett lagen Rollen, Pinsel und andere Malutensilien.

»Möchten Sie etwas trinken, ein Bier vielleicht?«, hörte er die Frau fragen, die in ein angrenzendes Zimmer gegangen war. Erst jetzt fiel Klotz auf, dass er seit Stunden nichts mehr zu sich genommen hatte. Die Ereignisse in diesem Dorf waren so aufregend gewesen, dass er eine geregelte Nahrungsaufnahme schier aus den Augen verloren hatte.

»Gerne!«, rief er freudig. Wenige Augenblicke später erschien die Schöne mit einem Tablett. Darauf ein gefüllter Maßkrug und ein Brot, das dick mit Presssack belegt war. Beherzt griff Klotz zu.

»Mein Name ist übrigens Valentina«, sagte sie. »Und wie heißt du?«

Klotz achtete darauf, dass er sich nicht verschluckte. Er setzte den Humpen ab und wischte sich mit dem Handrücken den Bierschaum von den Lippen. »Werner. Mein Name ist Werner Klotz.« Wieder kicherte Valentina ihr kokettes Lachen.

»Und, Werner? Sollen wir anfangen?«

Klotz nahm die Hand vom Henkel des Maßkrugs. Dann fiel ihm die Kinnlade herunter. Valentina begann, sich vor ihm zu entblättern. Nachdem sie ihre Schultern von dem lästigen Kleid befreit hatte, drehte sie sich um. »Könntest du mir helfen, Werner?«, hauchte sie. Klotz griff nach dem Reißverschluss und zog das Ding hinunter bis zu Valentinas Steiß. »Valentina«, atmete er schwer. Alles drehte sich. »Valentina!« Das Kleid fiel auf den Boden, jetzt wandte sie sich ihm wieder zu. Sein Blick verschlang ihre Brust, die aus einem türkisfarbenen Spitzen-BH herausquoll.

»Was schaust du denn so?«, fragte sie erstaunt.

Klotz nahm kaum wahr, wie die ersten dicken Regentropfen an das Fenster klatschten. »Würdest du mir bitte meinen Arbeitsmantel reichen?« Valentina deutete über seine Schulter hinweg. »Hinter dir.«

Langsam wendete Klotz den Kopf. Auf einem Haken hing ein fleckiger Kittel. Als er gerade seine Hand danach ausstrecken wollte, blitzte es. Im selben Moment sprang die Tür auf. Klotz zuckte zusammen.

»Was wird das hier?« Von draußen grollte der Donner.

Das Bild, das sich dem Hauptkommissar bot, übertraf in seiner Absonderlichkeit bei Weitem jenes des Alten mit dem Schlapphut. Da stand ein Mann, gekleidet in einen schwarzen Frack mit Zylinder auf dem Kopf. Über seiner Schulter hing ein Gewehr.

»Wer sind Sie?«, fragte Klotz nun seinerseits. Der stechende Blick des Schwarzfracks wanderte vom Gesicht des Hauptkommissars zu Valentina. »Du elendigliches Gehur!« Der Mann riss sich das Gewehr von der Schulter und legte an. Ein krachender Donner ließ die Wände erzittern. Noch bevor Klotz seine Waffe zog, hatte der Zylinderkopf abgedrückt. Valentina kreischte laut auf. Ein Blitz tauchte die Szenerie in ein helles Licht. Alles war triefend weiß. Der Wahnsinnige hatte den Farbeimer getroffen! Endlich hatte Klotz seine Pistole in der Hand. Er richtete sie auf den Eindringling, der damit beschäftigt war, sich die Wandfarbe aus dem Gesicht zu wischen. »Waffe fallen lassen, sofort!«

Klotz hatte noch nicht zu Ende gesprochen, da klapperte die Flinte schon auf den Boden. »Verlassen Sie sofort mein Haus!«, brüllte der Frack. Ohne Klotz eines Blickes zu würdigen, bewegte sich der Mann schnellen Schrittes auf Valentina zu. Die lag zwischen zerknülltem Zeitungspapier in einer Farbpfütze und wimmerte vor sich hin. »Das wird dir noch leidtun!«, polterte der Mann weiter, ging in die Hocke, hob Valentina vom Boden auf, um sie sich übers Knie zu legen. Während er ihr den Hintern versohlte, bedachte er die schöne Valentina mit den schlimmsten Ausdrücken. Nach einer Weile dämmerte es Klotz, dass es sich bei dem Wahnsinnigen um den Herrn des Hauses handeln könnte.

Er überlegte noch, ob er der vermeintlichen Ehebrecherin zu Hilfe eilen sollte. Immerhin hatte man es hier ja mit einem Fall von häuslicher Gewalt zu tun. Schließlich rang er sich dazu durch, seine Pistole wegzustecken und das Anwesen zu verlassen.

Blitz und Donner mischten sich in den prasselnden Regen. Es schüttete wie aus Kübeln. Klotz stellte sich mitten auf die Straße, reckte sein Gesicht dem grollenden Himmel zu und schloss die Augen. Er war dankbar für das kühle Nass, das die weiße Wandfarbe von ihm abwusch. Doch diese Reinigung, hatte er das Gefühl, war nicht nur äußerlicher Natur. Es kam ihm vor, als würde er von all den absurden Zufälligkeiten gereinigt, die er hier in den letzten Stunden durchlebt hatte. Er tat einen tiefen Atemzug. Erleichterung machte sich in ihm breit.

»Deine Ernte.« Klotz erschrak. Die Stimme war direkt neben ihm. Er öffnete die Augen und blickte in das spöttische Gesicht des alten Schlapphuts. Sein knochiger Finger deutete in den Himmel hinein. Dem Alten tropfte das Wasser von der Hutkrempe, sodass es aussah, als wären sie durch einen Schleier voneinander getrennt.

»Was machen *Sie* denn ...?«

»Und?«, unterbrach ihn der Alte. »Eine schöne Zeit mit der Frau des Bürgermeisters gehabt?« Der Mann in der heruntergekommenen Zimmermannskleidung lachte anzüglich. »Ach, Jungspund! Du musst noch viel lernen. Jeder bekommt das, was er verdient.«

Plötzlich fühlte Klotz nichts mehr von der inneren Reinigung, die er sich eingebildet hatte. Sein Körper begann zu zittern. Er fror.

»Da! Da drüben!« Der Alte deutete auf das Fachwerkhaus, auf das er schon am Nachmittag seinen Finger gerichtet hatte. »Du wolltest doch wissen, wer ich bin, oder?«

Klotz nickte. Der Alte lachte wieder. Dann lief er los, durch den peitschenden Regen auf den Eingang des Schlosses zu. »Ich bin der«, rief er über die Straße, »der diesen Ort bewacht!« Es donnerte. Und der sonderbare Alte verschwand.

Das Haus. Nirgendwo Licht. Vergilbte, teils zerrissene Vorhänge an den Fenstern. Das Anwesen musste verlassen sein. Klotz ging zur Eingangstür, drückte die Klinke. Abgeschlossen. Irgendwo klapperte ein Fensterladen. Klotz folgte dem Geräusch. Nachdem er sich durch einen schmalen Gang zwischen zwei Gebäuden hindurchgedrückt hatte, erreichte er einen Innenhof. Ein Baum, dessen Stamm gefährlich schwankte. Das Rauschen der Blätter, durchgewirbelt vom Wind. Ein Blitz. Klotz erkannte das klappernde Fenster.

Er war mit seinem Schuhabsatz an dem Rahmen hängen geblieben. Jetzt stolperte er in den Innenraum hinein, fiel auf sein Knie. Ein Schmerz wie ein Stromschlag. Klotz zog eine Grimasse. Egal, dachte er. Völlig egal. Wenigstens war er hier im Trockenen.

Als der Schmerz nachgelassen hatte, richtete er sich auf. Er starrte in die Dunkelheit und wartete darauf, dass sich seine Augen an die Umgebung gewöhnten. Bald vermochte er Konturen und Gegenstände zu unterscheiden. Ein Kachelofen, ein Stuhl, umgeworfen auf dem Boden. Eimer und Kisten, gefüllt mit Besteck und Geschirr. Er begab sich in den nächsten Raum. Fliesenboden, Küchengeräte, metallisch glänzend. Er ging weiter, bis er den Gastraum erreichte. Blieb stehen neben einer griechischen Säule. Tische und Stühle, sogar Aschenbecher. Das Restaurant musste noch vor Inkrafttreten des bayerischen Rauchverbots geschlossen worden sein. Klotz griff nach einer Schachtel Streichhölzer, die auf einem der Tische lag. Dann trat er an den Tresen. Neben einer Speisekarte lag eine Illustrierte. Klotz zündete ein Streichholz an. Er las die Datumsangabe auf der Zeitschrift: Mai 2006.

Das Anwesen war riesig und davon abgesehen vor allem eines: eine Ruine, ein zerfallender Steinhaufen, den irgendjemand Knall auf Fall verlassen hatte. Überall standen Kartons und Kisten herum, aus denen Kleidung, Bücher und diverse Einrichtungsgegenstände herausquollen. Ein heilloses Durcheinander, das seit Jahren darauf wartete, endlich beseitigt zu werden.

Klotz drückte die Klinke einer Brandschutztür. Er hatte vermutet, dass sich dahinter der Heizungskeller befand. Doch dem war nicht so.

Erst rieb er sich die Augen. Dann pfiff er durch die Zähne. Er stand in einer Garage. Bei den Lichtverhältnissen war es unmöglich, die Farbe der Lackierung festzustellen. Den Umrissen nach zu urteilen, handelte es sich bei dem Wagen um einen Camaro aus den späten Siebzigern. Wieder zündete Klotz ein Streichholz an: *Cool Down Pink.* – Hier also hatte der fette Hüne seinen Dienstwagen versteckt.

Klotz öffnete die Fahrertür und ließ sich in den Sitz sinken. Als er das weiche Polster spürte, übermannte ihn eine schwere Müdigkeit. Er war schon dabei, in einen Traum abzugleiten, als ihn plötzlich etwas aufschrecken ließ.

Der Geruch! Es war dieser durchdringende, süßliche Geruch. Mit einem Mal war der Hauptkommissar hellwach. Wenn er etwas kannte, dann war es dieser Geruch. Hastig kramte Klotz ein Streichholz aus der Schachtel.

Die vielen Jahre bei der Mordkommission hatten ihn gelehrt, dass der Tod immer und überall lauerte. Und meistens dort, wo man ihn am wenigsten vermutete. Diesmal waren es nur wenige Zentimeter, die ihn, den Lebenden, vom Angesicht des Todes trennten.

Auf dem Beifahrersitz saß eine Leiche. Augen und Mund waren aufgerissen. Die blau verfärbte Zunge, die aus der letztgenannten Öffnung hing, gereichte der Gesamterscheinung des Toten nicht zum Vorteil. Daran konnten auch eine goldfarbene Krawatte und ein Nadelstreifenanzug nichts ändern, der allerdings von Schrotkugeln durchlöchert war. Klotz erinnerte sich an das ramponierte Ortsschild, das er heute Morgen passiert hatte.

Während er das dritte Streichholz abbrannte, bemerkte Klotz die weiße Farbe unter den Fingernägeln der Leiche. In seinem Ermittlerhirn begann es zu arbeiten. Schließlich griff er, einem schon mehrfach ausgeführten Reflex folgend, dem Toten in die Innentasche des Jacketts. Ein wenig stolz auf seinen untrüglichen Ermittlerinstinkt zog er neben einem Handy eine Brieftasche hervor. In dem Augenblick, als er den Ausweis aus dem Portefeuille nahm, verglomm das Streichholz.

Bevor er ein weiteres anzünden konnte, wurde das Garagentor aufgerissen. Mit einem Mal waren die Geräusche des Unwetters wieder nah und unmittelbar. Klotz ließ alles fallen, was er in Händen hielt, griff in sein Holster und riss seine Pistole in die Luft.

Von den ursprünglich zwölf Patronen, die sich in dem Magazin seiner Heckler & Koch P 2000 noch befunden hatten, waren ganze zwei übrig geblieben. Einige hatten sich über den Hof verteilt. Der Löwenanteil der Geschosse jedoch steckte in dem aufgedunsenen Leib eines Riesen, der sich nun zur Seite neigte. Aus Mund und Nase floss das Blut und klatschte auf die Erde. Mit einem hellen, metallischen Klappern fiel die Axt, die der Angreifer eben noch drohend über seinem Kopf geschwenkt hatte, auf den steinernen Boden.

Noch immer hielt Klotz die rauchende Pistole durch die nicht mehr vorhandene Windschutzscheibe. Wie in Zeitlupe schmetterte der fette Riese auf den harten Grund. Der Hauptkommissar stieg aus dem Wagen und ging zu dem Hünen.

»Warum?«, fragte Klotz nur.

Als Antwort erhielt er ein wütendes Röcheln.

Ein Blitz knallte in den schwankenden Baum. Der Stamm donnerte auf den sterbenden Riesen. In der letzten Sekunde sprang Klotz zur Seite.

Als er sich wieder in dem Wagen befand, fingerte er die fallen gelassenen Gegenstände aus dem Fußraum. Er machte da weiter, wo er vorhin aufgehört hatte. Der Ausweis. Er brauchte kein Streichholz mehr. Das Licht des Gewitters genügte, um den Namen lesen zu können.

Er schaltete das Handy des Toten ein. Klotz wunderte sich noch, warum der Mörder seinem Opfer weder Brieftasche noch Handy abgenommen hatte. *Alles Dilettanten!* Dann wählte er Escherlichs Nummer.

»Ich habe unseren Vermissten gefunden.«

»Da wird sich Frau Katzenkraut aber freuen.«

»Eher nicht.« Klotz wagte einen Seitenblick auf den verstorbenen Immobilienmakler, der bereits in den Verwesungszustand überging. Eine Böe versprengte ein paar Regentropfen in sein wächsernes Gesicht.

»Ich verstehe nicht ganz ...«

»Emil Katzenkraut hat inzwischen das Zeitliche gesegnet.«

»Oh!«

»Ich brauche die ganze Truppe hier. Kriminaltechnik, Gerichtsmedizin und so weiter. Und frische Klamotten brauche ich auch.«

Als Klotz aufgelegt hatte, sah er hinaus in den Regen. Das Unwetter hatte nachgelassen. Hier und da konnte man sogar wieder die Vögel zwitschern hören. Neben dem zerschmetterten Riesen und dem umgestürzten Baum erschien plötzlich ein Flackern. Klotz kniff die Augen zusammen. Der alte Zimmermann sah ihn an, aus lachenden Augen. Dann legte er – wie zum Gruß oder zum Abschied – eine Hand an den Schlapphut. Klotz rieb sich die Augen. Als er wieder auf den Hof schaute, war der Alte fort.

Tod aus Eifersucht, Habgier und Hass

Alles begann mit einer Vermisstenmeldung: Ein Mann aus Nürnberg war verschwunden. Im Prinzip Routine für die Ermittler der Kriminalpolizei. Worauf Hauptkommissar Werner Paul Klotz jedoch dann stieß, erwies sich als ganz und gar nicht harmlos.

Rüdenhausen – Wie jeden Freitag wartete Dieter M. in der Würzburger Filiale einer großen Immobilienfirma auf seinen Chef und Vorgesetzten. Doch Emil K. tauchte dort nie auf. Zu Hause bei seiner Frau meldete sich der erfolgreiche Geschäftsmann auch nicht. Am Montag, dem 28. Juli, nahm die Nürnberger Kripo dann ihre Nachforschungen auf.

Im Laufe der Ermittlungen geriet Helmut W. in Verdacht, der Bürgermeister des unterfränkischen Rüdenhausen, eines romantischen Marktfleckens im Kreis Kitzingen. Bei ihm konnte inzwischen die Tatwaffe sichergestellt werden, mit der Emil K. ermordet wurde. Es handelt sich um eine historische Flinte, die üblicherweise beim Aufmarsch der Bürgerwehr zum Einsatz kam. Helmut W. ist in vollem Umfang geständig: Seinen Aussagen zufolge hat er Emil K. getötet, weil dieser eine Affäre mit seiner Frau, Valentina W., unterhalten habe.

Um die Ermittlungen gegen ihn zu unterbinden, hetzte der Rüdenhäuser Bürgermeister den ihm treu ergebenen Horst A. auf den Chefermittler der Nürnberger Kriminalpolizei. Bei Horst A. handelt es sich um einen ehemaligen Autodieb und nunmehrigen Kasinobetreiber am Ortsrand von Rüdenhausen, dem für seine Mithilfe vom Bürgermeister billiges Bauland und ein zinsgünstiger Kredit in Aussicht gestellt wurde.

Nachdem Horst A. das Dienstfahrzeug des Hauptkommissars gestohlen hatte, brachte er den Wagen in den seit mehreren Jahren verwaisten *Casteller Hof*. Dort lagerte bereits die Leiche von Emil K. Im Rahmen einer großangelegten Observation enttarnte Hauptkommissar Klotz das Versteck. Der vorbestrafte Horst A. griff zur Waffe. Dem Kripobeamten blieb nichts anderes übrig, als von seiner Dienstpistole Gebrauch zu machen. Noch am Tatort erlag Horst A. seinen Verletzungen.

Gefahndet wird indes nach einem wichtigen Zeugen. Hier die Personenbeschreibung:

Alter: ca. 75–85 Jahre

Größe: ca. 170 cm

Äußere Erscheinung: schlank

Bekleidung: schwarze Berufskleidung für Zimmermänner (Zunftkleidung), Hosenträger, schwarzer Zimmermannshut.

Sachdienliche Hinweise nimmt jede Polizeidienststelle entgegen.

Tessa Korber
Spiegelbilder

Es regnet. Natürlich regnet es. Ich brauche nicht hinzu-
sehen, um das zu wissen. Ich höre es, ich fühle es. Das
ganze Leben fühlt sich anders an, wenn es regnet. Als ob
einem das Wasser durch die Seele rinnt.

Draußen ist das Licht blau. Der Himmel grau. Die
Stämme der Birken im Park leuchten kalt. Ich betrachte
den Regen nicht. Nicht das feuchte Laub, nicht das Wasser, das über die Scheiben fließt. Heute regnet es Tropfen,
morgen Fische. Übermorgen Blut. Ich betrachte mich im
Spiegel und warte. Warte darauf, dass sich etwas zu bewegen beginnt, obwohl ich nicht einmal blinzle.

Meist dauert es lange, doch es geschieht. Dann tritt
ein anderer Blick in meine Augen, mein Kinn verschiebt
sich, der Hals wächst, ein neues Bild entsteht, und der
Moment ist da, in dem ich die Fingerspitzen auf das Glas
legen kann und eindringen. Ich bin dort. Ich bin hier.
Ich bin.

Heute geschieht nichts dergleichen. Ich sehe nur
mein müdes Gesicht, das wartet. Ich warte schon sehr
lange. Früher, da war ich in Bewegung. Ich stand im
Krieg. Floh, griff an, lauerte in der Tiefe. Jetzt bin ich
gefangen, und die silberne Fläche ist hart wie Eis. Enttäuscht wende ich mich ab. Es liegt an den Medikamenten, dass es mir nicht gelingt.

Halt, werden Sie jetzt sagen, wovon redet diese Frau
da? Tabletten, Park? Warte mal. Und Sie werden den Fo-
kus erweitern und mein Zimmer in den Blick nehmen:

das Metallbett, die weißen Wände, den schmalen Wandschrank mit dem Schloss, den Kunstdruck von Klee an der Wand. Das Waschbecken im selben Raum. Und Sie werden sagen: Das ist ja ein Klinikzimmer, in einem Sanatorium vielleicht. Sie ist eine Patientin, psychisch krank, eine Irre.

Das erklärt natürlich alles.

So denken Sie, ich weiß.

Und Sie haben natürlich richtig gesehen: Dieser seelenlose Raum gehört zu einer Anstalt. Ich lebe hier nicht. Wer könnte das auch? Ich bin als Patientin hier. Paranoid, schizophren, psychotisch, suchen Sie es sich heraus. Ich wurde eingewiesen, als völlig verrückt, als durchgeknallt. Man hat mich weggesperrt. Doch, und das sollten Sie bedenken: All das heißt nicht, dass ich nicht recht habe.

***

»Und, wie sieht es aus?«, fragte Dr. Pilgrim. Er rückte die Krawatte zurecht, die unter seinem weißen Kittel hervorschaute und griff nach dem Ordner.

Sein Kollege lehnte sich zurück. Doch der Stift in seiner Hand tanzte einen nervösen Tanz. »Tja, Jochen. Wir waren erfolgreich, in gewisser Weise.«

»Was heißt, in gewisser Weise? Du ziehst ein Gesicht, als wäre sie wieder auf dich losgegangen, Michael.«

Dr. Michael Jerk schüttelte den Kopf. »Die geht auf niemanden mehr los. Dafür sorgt das Adefluin. Sie verträgt die höhere Dosis gut, ist ansprechbar, nicht völlig apathisch. Der Blutdruck bleibt stabil unter 150. Nein, was ich meine, ist: Wir waren erfolgreich darin, ihr einen Teil ihrer Wahnvorstellungen auszureden.«

Jochen Pilgrim blätterte in dem Ordner. Er hatte die Ideengebäude dieser Patientin schon immer faszinierend gefunden. Offensichtlich beeinflusst aus der Literatur, das ja. *Alice hinter den Spiegeln, Coraline* – wie viele Bücher und Filme gab es nicht, die ihre Helden durch einen Spiegel gehen ließen? Wie viele Zauberspiegel kannte allein das Märchen?

Doch das hier war ein eigener Entwurf. Die Welt hinter dem Glas war darin weit gefährlicher als eine böse Mär. Und man ging nicht auf eigene Faust hinein in die Spiegelwelt, nein, die Menschen wurden hineingeworfen, von einem Mann, einem Bösen, dessen Identität ihre Patientin nicht kannte. Nach dem sie aber suchte, sagte sie, um alle, die er in den Spiegeln gefangen hielt, zu retten. Wie war sie nur darauf gekommen?

Einmal glaubte sie ihn gefunden zu haben, den Spiegelmeister. Die Leiche des Mitpatienten Bierbaum war vor vier Wochen zur Beerdigung freigegeben worden. Jetzt ging es um die Frage von Schuldfähigkeit und Gefahr.

»Sie glaubt uns, dass Bierbaum nicht derjenige war, den sie suchte. Dass sie einen Unschuldigen umgebracht hat. Sie bedauert die Tat.« Er dachte an die Fotos, die er von dem Toten gesehen hatte. »Das ist die gute Nachricht.«

»Und die schlechte?« Pilgrim schaute auf. Er riss sich nur ungern von den Gesprächsprotokollen los. Originelle Patienten waren eine Seltenheit.

»Sie ist wieder auf der Suche.« Jerk verzog das Gesicht zu einem halben Lächeln. »Sie gibt es nicht direkt zu. Sie taktiert, gibt erwünschte Antworten, soweit ihr benebeltes Bewusstsein das zulässt. Aber ich bin mir sicher.« Er fuhr sich mit allen zehn Fingern durchs Haar.

»Verdammt, in all der Zeit bin ich nicht so viel«, er zeigte den Abstand mit Daumen und Zeigefinger, »nicht so viel an sie herangekommen.«

Pilgrim legte die Akte beiseite. »Die eigentliche Wahnvorstellung also ist permanent.« Er kaute auf seiner Unterlippe herum. »Dann sollten wir sie uns zunutze machen, meinst du nicht?«

Jerk schaute ihn an und runzelte die Stirn.

»Wir kennen ihr Verhaltensmuster und wissen, dass sie zuverlässig reagieren wird.« Pilgrim neigte sich vor und legte dem Kollegen die Hand auf den Arm. »Geben wir ihr, was sie sucht, und schauen, was passiert, wenn sie ans Ziel gelangt.«

»Du meinst ...«

Pilgrim lächelte. »Geben wir ihr den Meister der Spiegel, Michael. Was haben wir zu verlieren?«

***

Der Krankenpfleger schüttelte den Kopf. »Nein, nein.« Die Beamten wollten ihn nicht verstehen. Sie hatten ihm Kaffee in den Verhörraum gebracht und gefragt, ob er etwas zu essen wollte. Aber sie verstanden einfach nicht. »Das war doch alles Teil des Planes. Dr. Pilgrim hatte es uns vorher erklärt. Er hat sich das alles mit Dr. Jerk zusammen ausgedacht. Die Klinikleitung hat zugestimmt. Es steht doch alles in der Erklärung.«

Er wies mit dem Kopf auf das Dokument, das der Kommissar in den Händen hielt. Was wollten sie denn nur von ihm?

»Nur die Ruhe, Kevin. Wir möchten einfach noch mal alles der Reihe nach hören.«

Er seufzte. Wie oft denn noch? Er hatte doch geahnt, dass das Schwierigkeiten geben würde. Aber war das sein Bier? »Also, die beiden Doktoren haben mir gesagt, sie gehen zu ihr rein. Und dass sie mit einem Angriff rechnen.«

»Wie, mit einem Angriff?«, fragte der Kommissar und griff nach einem der Croissants, die in einer aufgerissenen Papiertüte auf dem Tisch lagen. Er machte einen gewaltigen Krümelhaufen auf den Tisch, den Kevin anstarrte.

»Na, mit der Pistole, mit den falschen Patronen. Die haben sie ihr doch vorher extra ins Zimmer geschmuggelt. Und der Doktor Jerk, der hatte einen Beutel Blut unter der Kleidung aus der Blutbank, das war alles mit der Klinikleitung geklärt. Den sollte er nach dem Schuss platzen lassen und dann hinfallen. Der Pilgrim, also der Doktor Pilgrim, würde sofort dazustürzen und nach dem Notarzt rufen und ihn abschirmen. Wir sollten die Patientin überwältigen, aber so, dass sie sieht, wie der Jerk blutüberströmt auf einer Trage rausgebracht wird. Und bevor wir sie sedieren, sollten wir uns zurufen oder so, dass der Jerk es nicht geschafft habe. Damit sie glaubt, sie habe ihn auch wirklich umgebracht.«

»Klingt für mich ziemlich schräg.« Der Kommissar wischte sich die Krümel vom Kinn.

»Das müssen Sie mit dem Doktor ausmachen. So war ich instruiert. Deshalb hat sich ja auch zuerst keiner aufgeregt, als der Pilgrim schrie und alles. Als er dem Jerk die Hand hielt und ihn schüttelte und schüttelte. Wir dachten höchstens, der spielt das aber gut. Ich glaub, der Hausmeister hat sogar noch applaudiert, als wir dann an ihm vorbeirannten.«

Er starrte auf die Croissants und überlegte, ob er eines nehmen sollte. Es war schon spät und würde noch später werden. Doch er hatte keinen Hunger. Durst hatte er dafür, und das trockene Zeug machte ihn schon vom Hinschauen durstig. Der Kaffee half da nichts, der ließ nur seine Hände zittern. Und die zitterten sowieso.

»Wir haben eine Ambulanz aus der Garage gefahren, wie ausgemacht. Die Patientin sollte ja durchs Fenster das Blaulicht sehen. Aber der Fahrer löste Sudokus. Und die Sanis waren gar nicht erst mitgekommen. Mensch, wir dachten doch alle, der Jerk und der Pilgrim, die klopfen sich da drin im Krankenwagen gegenseitig auf die Schultern, weil alles so gut gelaufen war. Aber der Pilgrim hat nicht aufgehört mit Schreien. Und irgendwann haben wir es dann kapiert. Dass etwas nicht stimmte. Und dass es ernst war. Verstehen Sie?«

Der Kommissar schaute ihn an. »Ich geb mir Mühe.«

***

Jochen Pilgrim betrat sein Haus. Geschafft! Er spürte unmittelbar, wie er sich entspannte. Er räkelte sich, als er aus der Lederjacke glitt, schleuderte die Schuhe mit Schwung fort. Elisabeth saß im Wintergarten. An ihrer Haltung erkannte er, dass man sie schon informiert hatte. Natürlich, die Polizei hatte ihn lange aufgehalten. Wie es aussah, hatte sie bereits die Gelegenheit gehabt, das eine oder andere Glas auf die Tatsache hin zu kippen, dass ihr heimlicher Geliebter tot war. Die Flasche vor ihr war beinahe leer. Sie schaute nicht auf, als er im Flur rumorte, wandte nicht für einen Moment den Kopf. Offenbar würde sie ihn heute nicht mehr stören. Ihm war es recht. Man würde die nächsten Tage abwarten müssen, sehen, wie sie es nahm.

Er ging die Treppe hinauf, ins Studio. Das war sein Reich, sein Büro, sein Musikzimmer mit der Anlage, seine Bar. Das Sofa war dem Freuds nachgestaltet, nur bequemer. In manchen Nächten schlief er auch hier. Die Aussicht auf die Flussauen war grandios.

Pilgrim schenkte sich einen Whisky ein und stellte sich vor die Panoramascheibe. Regen streifte das Glas. Der Himmel war so kalt und grau wie ein Fischbauch. Nur ein trübes Abendrot gab der Szenerie etwas Farbe. Schlierig, wie Blut.

Pilgrim roch an seinen Fingern. Er war Psychiater, kein Notarzt. Und obwohl er gewusst hatte, dass das Blut auf Michaels Haut und Hemd nicht sein eigenes war, warm und lebendig, angetrieben von seinem Herzschlag, hatte es ihn doch geekelt. Da, unter den Fingernägeln war noch ein Rand. Ein Glück, dass er sich um Spuren nicht zu scheren brauchte. Alle Spuren, die nötig waren, hatte er selbst gelegt.

Sie hatten das zugefeilte Stück Metall in Michaels Herzbeutel schnell entdeckt, schneller, als er erwartet hatte. Doch was tat das schon? Die Überwachungskameras aus dem Zimmer würden zeigen, wie sie Jerk anschoss, dann auf ihn lossprang, den Rest verdeckte sein Körper, als er hinzustürzte. Sie war nahe genug an ihm dran gewesen, sie konnte die Nadel in Jerks Körper gestoßen haben. Im Zweifelsfall würde er sich an eine entsprechende Geste von ihr erinnern. Es war der dünn gefeilte, zugespitzte Griff eines Kaffeelöffels, der Jerks Herz zum Stillstand gebracht hatte. Ein Löffel der Sorte, die es in der Klinik gab. Hinter dem Klee-Bild würde man die Feile finden. Alles andere verliefe im Sande.

***

»Von einer Feile weiß ich nichts.« Kevin, der Pfleger, setzte sich zurecht. »Die Pistole, in vier Teilen, das war der Plan.« Sein Durst brachte ihn fast um. Er traute sich nicht, nach einem Wasser zu fragen. »Ja glauben Sie denn, man kann einen Menschen hundert Prozent überwachen? Können Sie das in Ihren Gefängnissen?« Er schaute den Kommissar an.

***

Pilgrim trat vor den Spiegel. Er legte die Fingerspitzen auf das Glas, prostete sich zu. Alles war nach Plan verlaufen. Er trank, hielt inne. Wartete. Es dauerte nicht lange, bis der Hintergrund des Zimmers verschwamm. Ein rötlicher Nebel setzte ein, drehte sich, stumm, eine ferne Galaxie. Sein Gesicht wurde trüb, zog sich in die Länge, klärte sich wieder. Nun blickten seine Augen traurig, traurig und müde. Seine Züge waren die einer Frau. Einen Moment lang war er überrascht. Doch er fing sich schnell. Nein, sie war wehrlos. Ihre Amygdala, eine entwaffnete Amazone, sendete umsonst Impulse in ihr Gehirn. Jede Bewegung verfing sich in dem Netz, das die Medikamente über ihre Synapsen gespannt hatten. Sie war für immer seine Gefangene. Ihr blieb die Rolle der Zuschauerin für den Rest ihres Lebens. Langsam, fast zärtlich, fuhr er mit den Fingern die Linie ihrer Lippen nach.

»Na?«, sagte er. Fast nötigte es ihm Respekt ab, dass sie sich so schnell von der Sedierung erholt hatte, die Kevin und Kramer für sie vorbereitet hatten. Dass sie aufrecht stand. Er lächelte. »Wieder der Falsche«, stellte er fest. »Was soll's. Sei nicht zu enttäuscht.« Er wollte einen neuen Schluck nehmen, ihr zutrinken. Die Finger der Linken stützten sich gegen den Spiegel, als er den Kopf zurücklegte. Da glitten sie durch die Oberfläche hindurch.

Sie packte seine Hand und zog. »Ich bin nicht enttäuscht«, sagte sie.

Sie legte den Kopf in den Nacken und knallte ihre Stirn gegen seine Nase. Es war eine kurze Bewegung, wohlbemessen, berechnet. Als er zurücktaumelte, ließ sie seine Finger los. Mit einem kurzen Moment des Bedauerns. Sie glitten aus ihrem Griff, lösten sich, ließen Leere zurück, verschwanden, in die andere, kalte, blaue Welt. Sein Blut ließ auf dem Glas eine kleine Schliere zurück.

Jochen Pilgrim stolperte rückwärts. Er landete auf dem Sofa, wo er sitzenblieb, aufrecht. Nur ein dünner Blutfaden rann aus seiner Nase. Und der Whisky wurde verschüttet, aber das fiel ebenso wenig auf. Der Ausdruck in seinem Gesicht war sehr, sehr erstaunt.

***

»Die Sedierung?« Kevin schaute auf. »Die haben wir vergessen in dem ganzen Durcheinander. Wir wurden dann ja auch bei Jerk gebraucht. War echt wichtiger. Aber was soll's? Sie ist eingesperrt und kann keiner Fliege was tun.« Er schaute den Kommissar treuherzig an. »Jetzt könnte ich aber wirklich was zu trinken brauchen«, sagte er.

***

Einen Moment lang meine ich, an den Vibrationen seiner Fingerspitzen zu fühlen, wie sein Nasenbein bricht und sich hochschiebt, hinein in das Gehirn, wo der kleine, scharfe Knochen Nervenleitungen trennt, Zentren zerfetzt, Kontakte unterbricht. Alles ausschaltet. Es ist der letzte elektrische Impuls, den ich zucken fühle. Oder vielleicht bilde ich es mir nur ein. Ich will Sie nicht mit Mystifikationen langweilen.

Es regnet noch immer, natürlich regnet es. Morgen wird es Fische regnen, übermorgen Blut. Aber ich werde nicht mehr da sein. Ich bin hinter den Spiegeln. Nach den anderen suchen. Sehen, wen ich zu retten vermag. Vielleicht werden Sie nichts davon in der Zeitung lesen. Aber das bedeutet nicht, dass ich nicht recht habe.

Dirk Kruse
Das Verdi-Komplott

1. Satz: Scherzo. Allegro agitato e appassionato

Hitzige Wortgefechte und handgreifliche Auseinander-
setzungen zwischen den Anhängern Richard Wagners
und Giuseppe Verdis tobten in diesen Frühlingstagen
allerorten im vereinten Deutschland. Seit dem berüch-
tigten Buffonistenstreit Mitte des achtzehnten Jahrhunderts in Paris zwischen Parteigängern der italienischen
und der französischen Oper hatte es keine solch leiden-
schaftlichen und aufsehenerregenden Konfrontationen
um das Musiktheater mehr gegeben. Und am heftigsten
tobte dieser Streit in der Stadt, in der er vor drei Monaten
erstmals ausgebrochen war und der Richard Wagner eines seiner großartigsten Werke gewidmet hatte: in Nürnberg.

Angefangen hatte alles im Opernhaus der Franken-
metropole, das vor einigen Jahren von der Bayerischen
Staatsregierung zum Staatstheater erhoben worden war.
Der Intendant, ein neutraler Schweizer, wollte die beiden bedeutendsten Musikdramatiker des neunzehnten
Jahrhunderts anlässlich ihres gemeinsamen runden Ge-
burtstages gleichermaßen ehren, indem er an zwei Tagen hintereinander zuerst eine Oper des Deutschen und
dann eine des Italieners neu inszenieren ließ. Obwohl
Wagners zweihundertstes Wiegenfest erst am 23. Mai
und Verdis zweihundertster Geburtstag gar erst am
9. Oktober stattfinden würden, ließ Nürnbergs Opern-

chef die Premieren schon am ersten Januarwochenende über die Bühne gehen. Im Jahr dieses legendären Doppeljubiläums konnte man nicht früh genug damit beginnen, sich die Aufmerksamkeit von Kritik und Publikum zu sichern. Dass die mediale Berichterstattung dann ein solches Ausmaß annehmen würde – selbst TV-Sender in den USA und Japan berichteten darüber – konnte der Intendant nicht ahnen.

Die Samstags-Premiere der *Meistersinger von Nürnberg* verlief recht erfolgreich. Eine moderat moderne Inszenierung, die zwar keine Butzenscheibenromantik aufkommen ließ, aber auch niemandem wehtat, wurde höflich beklatscht, während Chor, Orchester und Solisten frenetisch gefeiert wurden – allen voran der fulminante Sänger des Hans Sachs in einer der mörderisch anstrengendsten Bass-Bariton-Partien der Operngeschichte. Die Sonntagspremiere der *Aida* dagegen geriet zum Fiasko. Statt Elefanten gab es Panzer, Aida war eine kotbespritzte Klofrau, Oberpriester Ramphis ein Taliban, Amneris eine KZ-Aufseherin, und es flossen literweise Blut und Jauche über die Bühne. Dazu kam, dass die Sopranistin indisponiert war, der Bariton eine Fehlbesetzung, das Gesangstalent des Tenors schlicht nicht vorhanden war und das Orchester die verkorkste Inszenierung nur lustlos begleitete. Immer wieder wurden die ersten beiden Akte von Buhs und »Aufhören«-Rufen aus dem Publikum gestört. Doch zum Eklat und zum Abbruch der Premiere kam es in der Pause. Wütende Verdi-Anhänger vermuteten eine Verschwörung und gerieten daraufhin mit schadenfrohen Wagnerianern in Streit. Ein Wort gab das andere, zornig ausgeschüttete Sektgläser trafen Unbeteiligte, Kanapees flogen, die Menge im überfüllten

Gluck-Saal wogte hin und her, und schließlich artete die ganze Angelegenheit in eine veritable Massenprügelei aus, bei der nicht nur teure Abendkleider und aufwendige Frisuren ruiniert wurden, sondern auch echtes Blut floss. Dreiundvierzig Verletzte und Sachschaden in Höhe von rund achtzigtausend Euro waren die Bilanz dieser Saalschlacht, die in den Medien als »Verdi-Komplott« bezeichnet wurde. Doch auch als die Schäden bereits beseitigt und die Blessuren geheilt waren, tobte der Streit zwischen Verdi- und Wagner-Anhängern weiter. Bei Konzerten, im Theater, in der Kneipe, ja selbst auf der Straße konnten die verfeindeten Fans aneinandergeraten. Es gab kaum jemanden in der Stadt, der dazu keine Meinung hatte. Sogar Menschen, die noch niemals in der Oper gewesen waren, schlugen sich lautstark auf die eine oder die andere Seite. Schon bald griff dieser Konflikt auch auf andere Städte im Land über, selbst auf solche, die gar kein Opernhaus besaßen. Und er löste sogar diplomatische Verwicklungen aus. Der frisch wiedergewählte italienische Ministerpräsident Berlusconi statuierte ein Exempel und zog seinen Botschafter unter Protest aus Berlin ab, weil italienische Wagner-Liebhaber aus Mailand beim Besuch einer *Tannhäuser*-Vorstellung in der Münchener Staatsoper als vermeintliche Verdi-Aktivisten von rabiaten Wagnerianern aus dem Theater gejagt worden waren. Dass die Bundeskanzlerin bekanntermaßen eine Wagner-Verehrerin war und jedes Jahr zur Festspielzeit einen Teil ihres Urlaubs auf dem Grünen Hügel in Bayreuth verbrachte, trug nicht eben zur Deeskalation der aufgeladenen Situation bei.

***

2. Satz: Andante misterioso

»Was ist denn hier los?«, fragte Anne Kamlin und löste sich aus Frank Beauforts Arm. Der Gelegenheitsdetektiv und die Journalistin waren eben am Dokumentationszentrum um die Ecke der monumentalen Kongresshalle gebogen und spazierten auf den Neuen Musiksaal der Nürnberger Symphoniker zu, als sie mehrere Streifenwagen unter den parkenden Autos bemerkten. Auch ein Mannschaftsbus der Bereitschaftspolizei stand dort, aus dem gerade mehrere Beamte in Stiefeln, Schutzkleidung und Schlagstöcken ausstiegen.

»Vielleicht eine Demonstration?«, mutmaßte Beaufort. »Oder ein Fußballspiel?«

Seine Freundin schüttelte den Kopf. »Heute ist Donnerstag. Der Club spielt erst übermorgen im Frankenstadion. Und drüben in der Arena kann auch nichts los sein. Die Ice-Tigers haben ein Auswärtsspiel in Köln.«

»Glaubst du, die sind wegen des Konzerts da? Das wären ja reichlich übertriebene Sicherheitsvorkehrungen. Schließlich singt weder die Netrebko noch spielt Lang Lang. Das ist ein ganz normaler Kammermusikabend.«

»Aber immerhin ist es ein italienisches Streichquartett. Und es spielt Verdi. Du weißt doch, was zurzeit los ist. Ich kann mir gut vorstellen, dass die Stadt lieber auf Nummer sicher geht, wenn irgendwo Verdi oder Wagner draufsteht.« Anne fixierte die Streifenwagen. Da hellte ihr Gesicht sich auf. »Den Einsatzleiter kenne ich aus dem Stadion. Ich versuche mal, ihn ein bisschen auszuquetschen. Wir sehen uns gleich im Foyer, okay?«

Noch ehe Beaufort etwas dazu sagen konnte, stöckelte Anne davon. Als Radioreporterin, die hauptsächlich für

Sport und aktuelle Berichterstattung zuständig war, bevorzugte sie eher sportive Outfits, doch heute trug sie ein elegantes Abendkleid aus dunkelblauer Seide und dazu passende High Heels. Er beobachtete aus der Ferne, wie sie sich mit einem durchtrainierten Beamten in Uniform unterhielt, ab und zu ihre lange dunkle Mähne schüttelte und immer wieder in kurzes Lachen ausbrach. Beaufort seufzte. Flirten, das wusste er aus eigener Detektiverfahrung, war ein probates Mittel, um an Informationen heranzukommen, aber er musste ja nicht auch noch dabei zuschauen. Also trollte er sich langsam Richtung Musiksaal und hielt die Augen offen. Tatsächlich standen am Künstlereingang, am Hinterausgang, am Tor zum Serenadenhof und oben am Haupteingang je zwei Polizisten Wache. Gemächlich stieg er zusammen mit anderen Konzertbesuchern die moderne breite Stahltreppe hinauf und betrat durch große Glastüren und meterdicke Mauern das Foyer, das mit seinen unverputzten Backsteinwänden und den Aluminiumrohren an der Decke mehr wie eine Fertigungshalle aussah. Er schob sich Richtung Garderobe, verstaute seinen Mantel in einem Spind, richtete kurz seine Krawatte und stellte sich an der Bar an. Gerade als er einen Zehn-Euro-Schein für die beiden Prosecco über die Theke schob, berührte Anne ihn sanft an der Schulter.

Frank reichte ihr ein Glas. »Mission erfüllt?«, fragte er.

Sie lächelte schief: »Nicht so ganz. Aber ein bisschen was habe ich doch herausgebracht. Ein Routinefall ist das hier jedenfalls nicht. Der Einsatzleiter hat mir gesteckt, dass sie aus einem besonderen Grund hier sind.«

»Hat er dir auch gesagt aus welchem?«

Anne schüttelte den Kopf. »Ich habe ihn gefragt, ob sie eine Demonstration von Wagnerianern erwarten. Schließlich steht heute Abend neben Brahms auch Verdi auf dem Programm, aber kein Wagner. Doch er hat nur vielsagend gelächelt und sich aufs Berufsgeheimnis herausgeredet.«

»Na, dann Prost.« Sie nippten an ihren Gläsern. »Im Übrigen kann das Manzoni-Quartett überhaupt nichts von Wagner spielen«, erklärte Beaufort. »Außer ein paar kleineren, unbedeutenden Klavier- und Orchesterstücken hat der gute Richard ausschließlich Opern komponiert.«

»Das dachte ich von Verdi auch immer. Bis heute hatte ich keine Ahnung, dass es von ihm ein Streichquartett gibt.«

»Das ist tatsächlich erstaunlich. In der deutschesten aller Gattungen versucht sich nach den Großmeistern Haydn, Mozart und Beethoven ausgerechnet ein Italiener und macht seine Sache auch noch richtig gut. Du wirst es ja gleich hören. Ich kann mir vorstellen, dass Verdi das auch komponiert hat, um Wagner ein wenig zu ärgern.«

»Wieso das?« Anne mochte seine Begeisterung für die Kultur. Er spielte hervorragend Klavier, sammelte exquisite Kunst, lebte in einer riesigen Bibliothek und las seine Bücher auch.

»Die beiden waren ja die genialsten Opernkomponisten ihrer Zeit und als solche die größten Konkurrenten. Obwohl sie sich niemals persönlich begegnet sind, beobachteten sie sich gegenseitig ganz genau. Dabei sprach Wagner noch nicht mal Verdis Namen aus. Er redete immer nur herablassend von Donizetti und Co., wenn er eigentlich ihn meinte. Verdi dagegen achtete Wagners Werk, wurde aber immer mal wieder kritisiert, dass er sich zu sehr an dessen Musikdramen orientieren würde. Das muss Verdi wirklich gewurmt haben, denn schließlich ist die Oper in Italien erfunden worden und genießt dort oberste Priorität. Ich vermute, dass Verdi daraufhin beschloss, Wagner auf einem urdeutschen Gebiet zu zeigen, was eine italienische Harke ist. Er hat sich das Quartett 1873 während der Proben zu seiner *Aida* in Neapel regelrecht aus dem Ärmel geschüttelt. Was für ein Wurf. Und was für eine Genugtuung.«

»Na, dann hätten die Wagnerianer doch tatsächlich einen Grund, heute Abend gegen Verdi zu demonstrieren«, bemerkte Anne lächelnd.

»Das kann ich mir nicht vorstellen. Meine These wird von der Musikwissenschaft nicht vertreten, soviel ich weiß.«

»Schade. Ich hätte zu gern gewusst, wonach die Polizei hier sucht. Ich musste am Eingang sogar meine Handtasche öffnen. Und ich war nicht die Einzige.«

Nachdem sie erst ihre Gläser und dann ihre Blasen geleert hatten, betraten Anne und Frank den Neuen Musiksaal, der linkerhand einen schönen Ausblick auf den Dutzendteich bot, aber nur etwa zur Hälfte gefüllt war. Ob es daran lag, dass komplexe Streichquartettmusik nicht gerade zur populärsten Klassik zählte, oder daran, dass etliche Konzertbesucher sich von den Verdi-Wagner-Unruhen abschrecken ließen, war nicht zu klären. Während das Paar die Stufen Richtung Bühne hinabschritt, um seine Plätze in einer der vorderen Reihen zu erreichen, hielt Beaufort automatisch nach Bekannten Ausschau, die er nickend grüßte. Er wollte sich eben neben Anne niederlassen, als er am Rande der ersten Reihe einen kleineren drahtigen Mann mit kurzen blonden

Haaren stehen sah, der eindringlich die Bühne musterte. Sofort machte Frank sich auf den Weg zu ihm.

»Ekki? Was tust du denn hier?«, fragte er ungläubig.

Der Angesprochene drehte sich ob dieser Störung unwirsch um, doch als er Beaufort erkannte, grinste er freundlich. Es war Justizsprecher Eckehard Ertl, Franks bester Freund.

»Na, Musik hören natürlich«, antwortete Ekki lapidar. Die beiden schüttelten sich herzlich die Hände.

»Das soll ich dir glauben?«, rief Beaufort aufgeräumt. »Du warst doch dein Lebtag noch in keinem Klassikkonzert. Du kannst diese Musik nicht ausstehen.«

Ertl zog Beaufort beiseite und zischte leise: »Musst du das so rausposaunen. Ich will hier kein Aufsehen erregen.«

»Entschuldige.« Frank dämpfte seine Stimme. »Du bist nur der Letzte, den ich hier erwartet hätte.« Er schaute sich suchend um. »Da steckt doch bestimmt eine Frau dahinter, der du imponieren willst.«

Der Justizsprecher verdrehte die Augen. »Ich bin dienstlich hier.«

»Hat das etwas mit dem Polizeiauftrieb hier zu tun?«, flüsterte sein Freund aufgeregt. »Befürchtet deine Behörde Ausschreitungen wie Anfang Januar in der Oper?«

Ekki sah Frank schweigend in die Augen und überlegte, ob er ihm die Wahrheit sagen sollte. Er kannte Beauforts Neugierde und Penetranz, aber auch dessen Verschwiegenheit und detektivisches Gespür.

»Viel schlimmer«, entgegnete Ertl ernst. »Die Musiker haben Morddrohungen erhalten.«

***

3. Satz: Allegro doloroso più morendo

Frank Beaufort saß neben seiner ausnehmend schönen und herausgeputzten Geliebten, sah einem hervorragenden Ensemble von internationalem Ruf bei der künstlerischen Arbeit zu, hörte mit dem *Streichquartett in c-Moll* von Johannes Brahms eines seiner Lieblingsstücke des Komponisten und bewunderte den Einfall, mit Werken von Brahms und Verdi zwei Quartette gegenüberzustellen, die beide im selben Jahr entstanden waren. Doch richtig genießen konnte der Amateurdetektiv das Konzert nicht mehr. Seine Gedanken kreisten um das, was er eben von Ekki erfahren hatte. Und seine Sinne waren damit beschäftigt, auch die kleinsten Details im Musiksaal aufzunehmen.

Die Morddrohungen an die Mitglieder des Manzoni-Quartetts waren heute Morgen zeitgleich per SMS auf den Handys der Musiker eingegangen, als diese gerade am Nürnberger Flughafen von ihrem Konzertagenten empfangen wurden. Die Kurzmitteilungen lauteten identisch: *Schert euch aus der Stadt oder einer von euch wird heute Abend sterben. Vivat Wagner!* Der Impresario war darüber so beunruhigt, dass er umgehend die Polizei einschaltete und Strafanzeige stellte. Die sofort eingeleiteten Ermittlungen, zu denen auch der Justizsprecher hinzugezogen wurde, ergaben nach der gerichtlich genehmigten Telefonortung, dass die Morddrohungen von einem unbekannten Prepaid-Handy abgesendet worden waren, und zwar direkt vom Airport aus. Da der potenzielle Attentäter seine zukünftigen Opfer also bereits im Fadenkreuz visiert haben musste, nahm die Polizei den Vorfall sehr ernst. Die Musiker wurden gebeten, das Konzert am Abend abzusagen. Doch sie wollten auftreten, allen voran der Chef des Quartetts, der erste Geiger Alessandro Manzoni. So erhielten die Gäste für die Dauer ihres Aufenthalts Personenschutz, und das Konzert durfte unter erhöhten Sicherheitsvorkehrungen stattfinden. Sogar ein Sprengstoffspürhund war vor der Vorstellung durch den Saal und die Garderoben geführt worden, hatte Ekki erklärt.

Beaufort beäugte skeptisch die Konzertbesucher in seiner Nähe. Trug der hingebungsvoll lauschende Mann neben ihm etwa eine Pistole unter seinem Jackett? Hatte die Frau in dem blutroten Abendkleid vor ihm in ihrer dazu farblich passenden flachen Handtasche womöglich ein scharfes Küchenmesser versteckt? Und war der grimmig dreinblickende Kerl mit dem Stiernacken und dem weiß-blauen Schlips dort vorne nicht ein militanter Wagnerianer? Frank tastete nach Annes Hand, die seinen Druck zärtlich erwiderte. Er sah Gespenster. Wenigstens wusste seine Freundin noch nichts von der Angelegenheit, sodass sie das Konzert unbeschwert genießen konnte. Es war keine Zeit mehr gewesen, sie einzuweihen. Wie bedauerlich, dass er so weit vorne saß. Weiter hinten hätte er einen besseren Überblick übers Publikum. Er konnte sich ja schlecht dauernd umdrehen, um nach möglichen Meuchelmördern Ausschau zu halten. Andererseits würde er dort hinten wohl noch mehr Hirngespinste produzieren. Ziemlich sicher war er sich allerdings, dass die beiden jungen Männer in der ersten Reihe, die in ihre Anzüge wie hineingesteckt wirkten, Zivilbeamte waren. Um die Zuschauer nicht zu beunruhigen, befanden sich keine Uniformierten im Saal. Aber sie bewachten sämtliche Ausgänge. Er hatte sogar eine Polizeikluft durchblitzen sehen, als die Musiker die Bühne betraten.

Im abschließenden Allegro gaben die vier Streicher noch einmal alles. Manzoni, ein Gigolo mit dunklen Locken und einem kunstvoll ausrasierten schmalen Bärtchen, feuerte seine Kollegen zu Höchstleistungen an. Die zweite Geigerin und der Cellist wirbelten mit ihren Bögen über die Saiten. Nur der Bratschist schien nicht vollständig bei der Sache zu sein und das Tempo etwas zu verschleifen, was der erste Geiger mit strengen Blicken quittierte. Doch am Schluss waren alle wieder hundertprozentig zusammen. Erstaunlich, dass sich die vier Musiker angesichts dieser Bedrohung überhaupt konzentrieren konnten. Es gab einen kurzen, intensiven Applaus. Dann war Pause.

»Wow«, sagte Anne, »starkes Finale. Und ein beeindruckender Geiger. Der kann aus seinen schwarzen Augen ja richtige Blitze schießen.«

»Für meinen Geschmack ist er etwas zu dominant. Goethe hat ja mal gesagt, dass sich in einem Streichquartett vier kluge Leute musikalisch miteinander unterhalten. Aber so ganz auf Augenhöhe führen die da ihr Gespräch nicht. Gleichberechtigung ist etwas anderes.«

»Worüber hast du denn vorhin so lange mit Ekki geredet?«

Frank öffnete einen der Notausgänge zum Serenadenhof. »Komm hier mit raus, da kann ich es dir ungestört erzählen. Außerdem brauche ich ein bisschen Frischluft.«

Sie gingen an einem Bereitschaftspolizisten vorbei die schmale Treppe hinunter in den Innenhof, wo im Sommer Freiluftkonzerte stattfanden. In der Dunkelheit spazierten sie umher, während Beaufort seine Freundin über die Morddrohungen informierte. Die Journalistin hätte am liebsten sofort ihre Redaktion benachrichtigt, aber Frank hielt sie davon ab. Ekki hatte ihm die Informationen nur unter dem Siegel der Verschwiegenheit mitgeteilt. Als sie wieder zurückgingen, weil es Anne kalt wurde, und in der Nähe der Künstlergarderoben vorbeikamen, wurden sie Zeugen eines heftigen italienischen Wortwechsels. Der Quartettchef machte seinem rauchenden Bratschisten lautstark und gestenreich irgendwelche Vorwürfe, die dieser stoisch über sich ergehen ließ. Als Manzoni, immer noch händeringend, wieder abrauschte, warf der Bratschist wütend seine halb aufgerauchte Zigarette auf den Boden, zertrat sie, murmelte das Wort »Wichser« und folgte dem Geiger langsam.

»Immer auf die Bratschisten«, murmelte Beaufort mitleidig. »Dabei müssen die schon genug Spott ertragen.«

»Wieso das?«

»Sie spielen ja nun nicht gerade das virtuoseste Instrument und werden von ihren Kollegen gern als langsam, faul, untalentiert und dumm aufgezogen. Es gibt Hunderte von Bratschistenwitzen.«

»Echt? Ich habe noch nie einen gehört.«

»Woran erkennt man einen Bratschisten im Spielsalon?«

Anne zuckte mit den Schultern.

»Er weiß nie, wann er seinen Einsatz machen muss.«

»Der ist aber mau«, winkte sie ab.

»Was steht in den Noten der Geiger, wenn sie schnell spielen sollen?«

Anne zögerte: »Vivace?«

»Genau«, sagte Frank anerkennend. »Und was steht drin, wenn sie langsam spielen sollen?«

»Lento?«

»Nein – wie Bratsche.«

Jetzt musste Anne doch lachen.

»Und was ist der Unterschied zwischen einem Bratschisten und einem Terroristen?«

»Keine Ahnung.«

»Terroristen haben wenigstens Sympathisanten.«

Zehn Bratschistenwitze später waren sie angesichts der Bedrohung unangemessen gut gelaunt wieder im Musiksaal angekommen. Nach einem kurzen Gespräch mit Ekki erfuhren sie, dass es keine weiteren Vorkommnisse gegeben hatte und dank der Sicherheitsvorkehrungen alles ruhig geblieben war.

»Hoffen wir, dass es so bleibt«, erklärte Beaufort und begab sich mit Anne zu ihren Plätzen zurück.

Der erste Satz von Verdis *Streichquartett in e-Moll* begann zupackend. Die beiden Themen mit ihren unterschiedlichen Tempi kamen präzise. Auch die Dynamik war außerordentlich. Nach einem Seitenthema im Pianissimo steigerten sich die vier Stimmen eine nach der anderen in eine wilde Motorik. Die Notenblätter wirbelten nur so beim Umschlagen. Doch auf einmal waren merkwürdige Töne zu hören. Das Kratzen und Quietschen kam nicht vom Bratschisten, sondern vom ersten Geiger, der kreidebleich aussah. Mit seinem Ärmel wischte sich der Musiker den Schweiß von der Stirn und versuchte weiterzuspielen. Doch dann ließ er den Bogen sinken, sodass auch seine Kollegen ihr Spiel unterbrachen. Er sackte ein wenig in sich zusammen, bäumte sich plötzlich wie unter großen Schmerzen auf und fiel krachend vom Stuhl. Einige Damen im Publikum stießen entsetzte Schreie aus. Manzonis Körper zuckte wie bei einem epileptischen Anfall. Zwischen seinen Lippen quoll blutiger Schaum hervor. Dann erschlaffte er. Totenstille breitete sich aus.

***

4. Satz: Finale. Adagio brillante

Ein Mann in einem weißen Einwegoverall ging mit gesenktem Blick über die Bühne, stoppte, bückte sich, nahm mit einer Pinzette etwas vom Boden auf, ließ es in eine kleine Plastiktüte gleiten und reichte sie seiner identisch gekleideten Kollegin, die die Tüte beschriftete. Beaufort saß allein in einer der mittleren Reihen und sah der Spurensicherung dort unten bei ihrer Arbeit zu. Die Kriminalpolizei hatte die Ermittlungen übernommen. Er verdankte es nur Ekkis Protektion, dass er nicht wie alle anderen den Saal verlassen musste.

Der bewusstlose Alessandro Manzoni war unmittelbar nach seinem Zusammenbruch von zwei Polizisten hinter die Bühne getragen und reanimiert worden. Trotz der Wiederbelebungsversuche konnte der Notarzt wenig später nur noch den Tod des Künstlers feststellen. Das Publikum musste den Musiksaal nacheinander und einzeln verlassen. Von jedem Besucher wurden im Foyer die Personalien und eine Aussage über verdächtige Beobachtungen aufgenommen. Es dauerte fast anderthalb Stunden, bis der letzte Konzertbesucher draußen war. Anne, die als Vollblutjournalistin immer ihr Aufnahmegerät dabeihatte, machte Interviews mit bestürzten Zuschauern, dem Einsatzleiter der Polizei sowie dem Justizsprecher. Danach fuhr sie in ihre Redaktion, um eine Meldung für die *BR*-Nachrichten zu schreiben, die Onlineredaktion mit Handyfotos zu versorgen und Hörfunkbeiträge für die Frühsendungen zu schneiden. Beaufort betrachtete die Realityshow auf der Bühne, wartete auf Ekkis Rückkehr, der vor über einer halben Stunde im Künstler- und Direktionstrakt verschwunden war, und dachte nach.

Endlich tauchte der Justizsprecher auf der Bühne auf und erhielt postwendend einen Anraunzer von einem Spurensicherer, dass er mal schleunigst seinen verfluchten DNA-Pool aus der Untersuchungszone schieben solle. Da er ja nicht unmittelbar an den Ermittlungen beteiligt sei, wäre es überhaupt das Beste, zusammen mit seinem neugierigen Kollegen dort oben aus dem Saal abzuhauen und sie hier in Ruhe ihre Arbeit machen zu lassen. Ertl überlegte kurz, ob diese Beschimpfung justiziabel war, verbuchte sie dann aber unter erhöhter Arbeitsbelastung, ging zu seinem Freund hoch und verließ mit ihm gemeinsam den Ort des Verbrechens. Der Vorraum war menschenleer und das Licht heruntergedimmt.

»Wie sieht es hinter der Bühne aus?«, fragte Frank.

»Ich brauche erst mal was zu trinken.« Mit diesen Worten trat Ekki hinter die Bar, machte die Kühlschranktür auf, holte zwei Bierflaschen heraus und öffnete sie. Wortlos reichte er eine davon Beaufort, setzte die andere an seine Lippen und nahm einen tiefen Zug aus seiner Flasche.

»Das war jetzt genau das Richtige«, erklärte er zufrieden.

»Für einen Mitarbeiter der Justiz hast du aber ein merkwürdiges Verhältnis zu fremdem Eigentum.«

Ekki blickte zur Tafel hoch, legte sechs Euro in den Kühlschrank und kam wieder hinter dem Tresen hervor. »Manzonis Leiche ist gerade abtransportiert worden.«

»Weiß man schon etwas über die Todesursache?«

»Der Arzt meint, dass es Gift war. Konkreter wissen wir das erst nach der Obduktion. Fragt sich nur, wie das Gift in seinen Körper gelangt ist. Denn seine drei Kollegen haben per Dolmetscher übereinstimmend ausgesagt, dass Manzoni Stunden vor einem Auftritt nichts aß und trank, weil er eine übertriebene Sorge davor hatte, während der Vorstellung aufs Klo zu müssen.«

»Vielleicht war es ein Kontaktgift, das man über die Haut oder die Schleimhäute aufnimmt?«

»Das müsste aber ein ziemlich wirksames Gift sein«, wandte Ertl ein.

»Es gibt hochtoxische Substanzen, die sogar farb- und geruchlos sind. Denk nur an den Giftanschlag in der Tokioter U-Bahn. Da gab es ein Dutzend Tote, die alle Sarin eingeatmet hatten.«

»Wenn der Täter das benutzt hätte, wären die anderen Musiker doch auch gestorben.«

»Genau. Deshalb vermute ich ja, dass das Gift speziell für den Geiger präpariert worden ist. Ich hätte auch schon eine Idee, wie.«

»Dann spuck's mal aus, du Meisterdetektiv.« Ekki nahm noch einen Schluck aus der Bierflasche.

»Du sagst das so despektierlich. Darf ich dich daran erinnern, dass ich dir schon so manches Mal geholfen habe, einen Täter zu überführen.«

»Jetzt sei nicht so zimperlich. Du bist ja fast so empfindlich wie der Typ von der Spurensicherung eben.«

Beaufort zog eine Augenbraue hoch. »Ist dir aufge-

fallen, wie Manzoni auf der Bühne seine Noten umge-
blättert hat?«

»Nein. War daran etwas besonders?«

»Er hatte diese schreckliche Angewohnheit, immer
erst kurz seinen Finger abzulecken, ehe er umblättert.
Da stellen sich mir als Bibliophilem die Nackenhaare
auf, weil er damit auf Dauer das Papier zerstört. Ich habe
schon wertvolle Bücher in einem Zustand gesehen, das
kannst du dir …«

»Du meinst, die Noten könnten vergiftet gewesen
sein?«, unterbrach ihn Ekki aufgeregt.

»Und das Gift gelangte von dort über seinen Finger
in den Mund. Genau. Umberto Eco: *Der Name der Rose.*
Vielleicht war aber auch der Bogen vergiftet. Das wäre
für den Tod eines Streichers natürlich noch stilvoller.«

Ertl rief sofort den leitenden Kommissar an, der die
Untersuchung des Instruments und der Noten im La-
bor umgehend veranlasste.

»Habt ihr denn schon eine heiße Spur oder wenigstens eine Vermutung, wer den Geiger vergiftet haben
könnte?«, wollte Beaufort wissen. »Ich nehme an, die
kampfbereiten Wagnerianer der Stadt müssen sich auf
harte nächtliche Verhöre gefasst machen.«

»Diese Leute sind, wenn es sie denn überhaupt gibt,
doch gar nicht aktenkundig. Außerdem hatten die kaum
eine Chance, an die Musiker heranzukommen. So wie
die heute von der Polizei abgeschirmt wurden, kann es
eigentlich nur jemand aus dem engsten Umfeld sein,
oder einer hier aus dem Haus.«

»Habt ihr schon mal an die Musiker selbst gedacht?«

»Aber die sind doch alle bedroht worden.«

»Ich habe den Eindruck, dass Manzoni gefährlicher lebte. Er war ein ziemlicher Arroganzling.« Frank erzählte von dem Streit, den er und Anne in der Pause beobachtet hatten. »Und nicht nur der Bratschist dürfte einen Hass auf ihn gehabt haben. Bestimmt hat jeder der drei ein Motiv. Nimm nur die Geigerin. In vielen Quartetten ist es üblich, dass sich die erste und die zweite Geige in ihrer Führungsrolle abwechseln. So nach dem Motto: Wenn ich den Brahms führe, darfst du den Verdi machen. Aber Manzoni hat seine Kollegin nie an die erste Stelle gelassen, auch auf keiner der CD-Einspielungen, die ich von dem Quartett besitze.«

»Und Gift ist auch eher eine weibliche Mordwaffe«, ergänzte Ekki. »Aber trotzdem hast du nicht recht. Schließlich war jemand am Flughafen, der die Morddrohungen gesimst hat.« Er ließ die leere Flasche auf die Theke sausen.

»Es sei denn, diese fünfte Person gibt es überhaupt nicht. Willst du noch ein Bier?« Beaufort erhob sich vom Barhocker und machte sich auf den Weg zum Kühlschrank.

»Wie soll das denn gehen?«

»Indem ich dir eins rüberreiche«, grinste er.

»Jetzt mach keine Witzchen mit mir, sondern erzähl von deinem Verdacht.«

Beaufort kramte im Eisschrank. »Ich glaube, dass dieser Mord von einem der Musiker schon länger geplant war und dass er die Konflikte hier um Verdi und Wagner nutzen wollte, um die Polizei auf eine falsche Fährte zu locken. Wenn der Täter den dominanten Manzoni loswerden, aber weiterhin in der Formation unter dessen weltberühmtem Namen auftreten wollte, musste der

Geiger sterben. Denn hätten die drei ihren Chef verlassen, hätte der ja einfach ein neues Quartett mit seinem Namen gründen können. Hinter diesem Giftmord stecken vermutlich auch knallharte Geschäftsinteressen.«

Ekki nahm die Bierflasche, die Beaufort ihm reichte. »Und was ist mit der fünften Person?«

»Die gibt es nicht, weil einer der drei Musiker die Morddrohungen unmittelbar nach der Landung in Nürnberg selbst per SMS abgesetzt hat. Mit einem eigens dafür gekauften Mobiltelefon, das er dann hat verschwinden lassen. Ist doch auch merkwürdig, wie ein hiesiger Verdi-Verächter alle vier Privatnummern der Musiker herausbekommen haben soll.« Beaufort stellte eine fast volle Flasche auf den Tresen. »Ich glaube, mir ist nach einem Schlückchen Prosecco zumute.« Er goss sich ein Glas voll und trank genüsslich. »Sind die drei Italiener und der Dolmetscher noch hinten? Du musst sie nur getrennt voneinander fragen, wer sich nach der Landung mal kurz von der Gruppe abgesondert hat, und du hast vermutlich den Täter.«

»Genial«, rief Ekki, tätschelte Frank über die Bar hinweg anerkennend die Schulter, wobei er ein wenig Prosecco verschüttete, und spurtete unter Protest der Spurensicherung quer über die Bühne Richtung Künstlergarderobe.

Beaufort hatte sein Glas bereits mehrfach nachgefüllt, als Ertl mit der freudigen Nachricht hereinstürmte: »Es war der Bratschist! Er hat gerade gestanden, dass er die Noten vergiftet hat.«

»Das, mein lieber Freund, war mir aus zwei Gründen von Anfang an klar.« Beaufort reichte Ertl mit leicht motorischer Unsicherheit das Konzertprogramm, auf dem er um das Foto des Bratschisten einen Kreis gezogen und das Wort Mörder notiert hatte. »Erstens ist Ettore Schmitz Südtiroler und als Einziger des Quartetts der deutschen Sprache mächtig. Wer, wenn nicht er, soll die SMS sonst geschrieben haben? Wohlsein.« Er leerte das Glas in einem Zug.

»Und zweitens?«

»Zweitens«, fügte er leicht verschwommen hinzu, »gilt unter Musikern eine unumstößliche Regel: Der Mörder ist immer der Bratschist.«

Hans Kurz
Nur über deine Leiche

Dichter Nebel lag über den Kreuzweihern. Kögel hörte hastige Schritte hinter sich. Sie kamen näher und schienen schneller zu werden. Dann spürte er den Atem, der nur noch stoßweise ging, in seinem Nacken. Als Kögel sich umdrehte, da war er auch schon vorbei, der Jogger.

Kögels Blick wanderte zurück zu den Kreuzweihern. Aus dem größten der historischen Karpfenteiche – verzeichnet bereits auf einer Landkarte aus dem sechzehnten Jahrhundert – hatte man gestern den Bürgermeister von Stegaurach rausgezogen. Tot.

Es war jedoch nicht so, dass Kriminalkommissar Sigi Kögel frühmorgens an den Tatort zurückgekehrt wäre, um neue Erkenntnisse zu sammeln. Nach der Nachtschicht bei der Kripo Bamberg hatte er das Auto vor seiner Wohnung in Stegaurach abgestellt. Und weil dort alles dunkel war und er seine Freundin Miriam nicht aufwecken wollte, hatte er sich zu Fuß auf den Weg zur Agip-Tanke gemacht. Die war gleich neben den Kreuzweihern. Und dort gab es Kaffee. Als Kögel den Verkaufsraum betrat, kam ihm der Jogger entgegen. Er biss gerade in einen Müsli-Riegel. Kögel bestellte einen doppelten Espresso und rührte zwei Tütchen Zucker hinein.

Ob der Bürgermeister überhaupt ein Fall für die Kripo war, das stand immer noch nicht fest. Bislang hatten die Pathologen keinen Hinweis auf einen gewaltsamen Tod finden können. Aber die Untersuchung lief noch. Das war zumindest der Stand der Dinge gewesen, als

Kögel gestern Abend den Dienst angetreten hatte. Und über Nacht hatte sich daran nichts geändert. Kögel trank den Kaffee aus und nahm sich für den Heimweg noch ein belegtes Brötchen mit.

Inzwischen brannte Licht im Haus. »Du bist mal wieder spät dran«, empfing ihn Miriam. Kögel nickte, fand es unnötig ihr mitzuteilen, dass er schon früher dagewesen wäre, sie aber nicht habe wecken wollen, gab ihr einen Kuss, sagte Danke für den frischen Kaffee, den sie ihm hinstellte und trank auch diesen aus. Dann küsste ihn Miriam und bugsierte ihn sanft ins Bett.

»Nur über deine Leiche.«

Natürlich machte dieser Satz Kögel hellhörig. Auf dem Weg zum nächsten Dienst hatte Kögel auf einen Espresso noch den Umweg zur Agip gemacht. Der schmeckte ihm besser als allein zu Hause oder mit den Kollegen im Büro. Draußen am großen Kreuzweiher war der Fotograf vom *Fränkischen Tag* rumgestiefelt, und drin in der Tanke stand die Schreibera mit der Kassiererin und zwei Stammgästen.

»Was gibt's Neues?«, wollte die Lokalreporterin des *Fränkischen Tags* gleich von ihm wissen. Es war Freitagfrüh, und sie brauchte sicher noch eine gute Story für die Wochenendausgabe.

»Eigentlich habe ich gehofft, dass das heute im *FT* steht«, meinte Kögel. Denn diese Geschichte hätte er wirklich gerne in seiner Zeitung gelesen. Dort war aber nur das gestanden, was die Pressestelle des Polizeipräsidiums in Bayreuth rausgelassen hatte. Dass die Ermittlungen andauerten und in alle Richtungen geführt würden, es aber bislang keinerlei Hinweise auf eine

Fremdeinwirkung gebe. Mehr konnte – und vor allem durfte – er der Schreibera auch nicht sagen. So war nun mal die Hierarchie. Das wussten sie beide.

Stattdessen hatte Kögel aus seiner Tageszeitung erfahren, dass sich in Stegaurach eine Bürgerinitiative gegen den Neubau der Bücherei formierte. Auch das hatte er mit Interesse gelesen. In der letzten Gemeinderatssitzung am Montagabend war es bei dem Thema offenbar mal wieder hoch hergegangen. Die einen wollten den billigsten Entwurf, die anderen den besten. Und einige Anwohner, die um ihre Ruhe und vor allem um freie Parkplätze am Straßenrand fürchteten, wollten gar nix. Die Fronten waren verhärtet. Vor allem zwischen Bürgermeister Manfred Hecht von den Schwarzen und Gemeinderat Peter Schwarz von den Roten.

Sigi Kögel und Anette Schreiber standen mittlerweile allein vor der Tankstelle. »›Halt endlich mal dein Maul‹, hat der Hecht den Schwarz angefahren«, berichtete die Schreibera über einen Disput, den sie in dieser Form nicht in ihrem Zeitungsartikel wiedergegeben hatte. »›Nur über deine Leiche!‹, hat der Schwarz zurückgeblafft.«

Am Tag darauf war der Bürgermeister und über die Ortsgrenzen hinaus bekannte Gastronom weder im Rathaus noch in seinem Gasthaus aufgetaucht. Zu Hause hatte ihn auch niemand vermisst. Hecht bekannte sich als »glücklich geschieden«, was ihn bei der letzten Wahl sicher einige konservative Wählerstimmen gekostet und auch eine gewisse Gegnerschaft in den eigenen Reihen eingebracht hatte.

Am Mittwochmorgen hatte ein Spaziergänger »ein großes Tier, wahrscheinlich einen Biber« im Kreuzweiher treibend beobachtet. Es war Hecht, den zwei von der Tankstelle herbeigeeilte Männer schließlich aus dem Wasser zogen.

Kögel überlegte. Schwarz war der Jogger, dem er heute Morgen begegnet war. Nun gut, das hatte nichts zu sagen. Der trabte jeden Tag kreuz und quer durch die Gemeinde.

»Der Obduktionsbericht ist noch nicht da«, informierte Kögel die Reporterin. »Wenn was ist, gebe ich dir Bescheid. Und wenn du noch was hörst ...«

»Alles klar, Sigi«, verabschiedete sich die Schreibera.

Als Kommissar Kögel in sein Büro kam, legte ihm sein Vorgesetzter gerade den Obduktionsbericht auf den Tisch. »Der ist schlicht und einfach ersoffen«, fasste er den Inhalt zusammen. »Besoffen in den Teich gerutscht und ersoffen. Unfall also. Wir warten noch ein paar Tage, wenn dann keine neuen Hinweise auftauchen, schließen wir die Akte.«

Warten? Warten, ob Hinweise auftauchen? Das war es nicht, was Kögel unter Polizeiarbeit verstand. Er sagte dem Chef aber nicht, dass er schon einen Hinweis hatte, sondern nur: »Ich kümmere mich um die Sache.«

Der Chef war weg. Kögel griff zum Obduktionsbericht. Der Tote hatte Wasser in der Lunge. Er war also tatsächlich in dem nicht mal halbmetertiefen Tümpel ertrunken und nicht, wie Kögel vermutet hätte, im Schlamm erstickt.

Erstickt war er offenbar auch nicht an der Gräte, die in seinem Hals steckte. Der Gräte von einem Karpfen, den Hecht erst kurz vor seinem Ableben verspeist hatte. Die Reste waren noch weitgehend unverdaut in seinem

Magen gewesen. Kögel würgte es. Er mochte Karpfen nicht. Dieser modrige Geschmack ...

Ihm war aber nun klar, dass er in den diversen Karpfenkneipen der Gegend recherchieren musste. Der Bürgermeister hatte den Fisch nämlich nicht in seinem eigenen Lokal verspeist, wie Kögel bei seinen bisherigen Nachfragen erfahren hatte. Merkwürdig, galt der *Gasthof Hecht* doch als erste Adresse in Sachen Karpfen im gesamten Aurachtal. Ebenso merkwürdig war, dass der Bürgermeister dem Obduktionsbericht zufolge höchstens zwölf Stunden im Wasser gelegen hatte. Er hatte also nach der Gemeinderatssitzung noch die ganze Nacht und den darauf folgenden Dienstag gelebt – war aber anscheinend von niemandem mehr gesehen worden.

Gegen die Unfalltheorie seines Chefs sprach für Kögel auch der Alkoholkonsum. 0,9 Promille wies der Bericht aus. Das war bei Weitem nicht genug, um einem kirchweih- und feuerwehrfestgestählten Dorfbürgermeister einen rauschbedingten Sturz zu attestieren.

Kögel legte den Bericht beiseite, griff zunächst zum Telefonhörer. Die Schreibera sei auf einem Termin und frühestens in einer Stunde wieder in der Redaktion, teilte ihm einer der Kollegen der Journalistin mit. Kögel schnappte sich seinen Trenchcoat und machte sich auf den Weg zum Architekturbüro Schwarz & Weiß in Bamberg.

Er war überrascht, dass der Chef selbst die Tür öffnete. Der war es aber offenbar nicht darüber, dass Kriminalkommissar Sigi Kögel vor ihm stand.

»Kommen Sie herein, Herr Kögel«, meinte Peter Schwarz.

»Sie wissen, weshalb ich hier bin?«, fragte Kögel, als er sich auf dem schicken Designerstuhl im Büro des Architekten niederließ.

»Ich kann es vermuten. Es hat eine heftige Auseinandersetzung im Gemeinderat gegeben am Abend vor dem Tod von Bürgermeister Hecht.«

»Und?«

»Nein, ich bin ihm nicht hinterher und habe ihn auch nicht umgebracht«, erklärte Schwarz. »Unsere Beziehung ist rein politisch. Da gehört so etwas dazu.«

Kögel erkundigte sich dennoch nach seinem Alibi. Da war Schwarz ganz offen. Nach der Sitzung, die mal wieder bis kurz vor Mitternacht gedauert habe, sei er mit Gemeinderäten der Grünen, der Freien und der Überparteilichen noch bei einem Bier zusammengesessen, um über die verfahrene Situation zu sprechen. Schwarz nannte alle Namen. Um zwei Uhr sei er dann zu Hause gewesen, was nur seine Frau bezeugen könne.

»Wo um alles in der Welt kann man in Stegaurach noch bis kurz vor zwei bei einem Bier zusammensitzen?«, erkundigte sich Kögel. Es war noch früh am Tag, aber er bekam allmählich Durst.

»Beim Grünen Heinrich«, meinte Schwarz. Kögel stutzte. »Privat bei Gemeinderat Heinrich Hümmer«, führte Schwarz aus.

Kögel verabschiedete sich. Das Alibi würde er überprüfen lassen. Oder besser noch, selbst überprüfen, sehen, wie die Leute auf seine Fragen reagierten. Gaben sich die Gemeinderäte nur gegenseitig ein Alibi? Hatten sie sich gar den ungeliebten Bürgermeister gemeinsam geschnappt und schließlich in den Weiher geworfen? Aber wann und wo hatte der dann den Karpfen verspeist?

Verdächtig war jedenfalls, dass Schwarz vom Abend vor dem Tod des Bürgermeisters gesprochen hatte, wo Hecht doch erst am übernächsten Morgen im Kreuzweiher aufgefunden worden war.

Zurück im Büro versuchte Kögel erneut sein Glück in der *FT*-Redaktion. Diesmal war Anette Schreiber da.

»Ich hab eine Info für dich, Schreibera. Aber schreib's bitte noch nicht. Der Hecht ist erst in der Nacht auf Mittwoch ersoffen. Verstehst schon, ermittlungstaktische Gründe.«

»Sicher, Sigi. Aber warum?«

»Weil er den ganzen Dienstag noch gelebt, aber keiner ihn mehr gesehen hat. Zumindest keiner, den ich bisher danach gefragt habe.«

»Ich etwa?«

»Wenn ja, dann sag's. Oder gib mir wenigstens einen Tipp, wo er am Dienstagabend noch einen Karpfen verspeist haben könnte – ohne dass er dabei erkannt wurde.«

»Vielleicht im Aischgrund«, meinte die Schreibera. »Hier ist der Hecht jedenfalls bekannt wie ein bunter Hund. Da müsste er also schon privat unterwegs gewesen sein. Oder irgendwo im Nebenzimmer. Vielleicht beim *Fischer*. Bei dem wäre er sicher nicht gern gesehen worden.«

»Warum? Weil sie Konkurrenten sind?«

»Nein. Weil der Fischer selber Bürgermeister werden will. Seither reden die nimmer miteinander. Und wenn der Hecht jetzt zum Fischer geht, würd's heißen, er kriecht zu Kreuze.«

Kögel dankte der Lokalreporterin für den Tipp. Die bat ihn, im Gegenzug ihr zuerst Bescheid zu geben, wenn die Info frei war oder es noch mehr gab. Auf alle Fälle, bevor die in Bayreuth die Pressemitteilung rausschickten. Der Kommissar versprach es ihr.

Kögel fuhr nach Stegaurach. Der *Fischer-Wirt*, die andere Karpfen-Traditionsgaststätte, hatte geschlossen. Auch auf sein Klopfen am Küchenfenster und am Hintereingang reagierte niemand. Also machte sich Kögel auf dem Weg zum Nächsten auf seiner Liste. Gemeinderat Heinrich Hümmer war Lehrer. Gute Chancen also, ihn am helllichten Freitagnachmittag zu Hause anzutreffen.

So war es dann auch. Der Grüne Heinrich reagierte weniger gelassen auf den Besuch des Kommissars als der Rote Schwarz.

»Also in den Streit zwischen dem Schwarz und dem Hecht, da mische ich mich nicht ein«, begrüßte Hümmer den Kriminalpolizisten. Auch er schien gleich zu wissen, worum es ging.

»Wäre ohnehin zu spät«, stellte Kögel lapidar fest. »Darf ich reinkommen?«

»Wenn's unbedingt sein muss ...«

Heinrich Hümmer wand sich um konkrete Aussagen. Und das, obwohl Kögel ihm noch nicht einmal konkrete Fragen gestellt, geschweige denn, ihn mit Verdächtigungen konfrontiert hatte. Ja, es habe das Treffen bei ihm gegeben. Nein, keiner sei daraufhin losgezogen, um den Bürgermeister zur Rede zu stellen. Das wollte man sich für die nächste Gemeinderatssitzung aufsparen.

»Den brauchten wir doch gar nicht mehr umbringen, wir hatten schließlich endlich eine Mehrheit gegen ihn zusammen.«

Wer denn die entscheidende Stimme aus den Reihen der Schwarzen liefern sollte, wollte Kögel wissen.

»Der Fischer«, meinte Hümmer. »Und die Stimme vom Müller, der war nämlich den ganzen nächsten Abend bei mir, die kriegt der Hecht ... hätte der Hecht auch nimmer gekriegt, weil der Müller inzwischen ganz und überhaupt gegen eine Bücherei ist. Und wenn der Hecht keine Mehrheit für seine Billigbibliothek kriegt, dann werden ein paar Schwarze lieber für unseren Vorschlag stimmen, weil eine komplette Anti-Haltung jetzt vor der Wahl ne Menge Stimmen kosten würde ...«

Kögel hatte genug gehört und verabschiedete sich. »Wer ist jetzt eigentlich Bürgermeister?«, erkundigte er sich im Hinausgehen noch.

»Ich«, sagte Hümmer – und es sprudelte plötzlich nur so aus ihm heraus. »Als Zweiter Bürgermeister muss ich das jetzt machen. Bis zum Ende der Wahlperiode. Zum Glück sind das nur noch ein paar Monate bis zur nächsten Wahl. Als Pädagoge bin ich doch schon in meinem Beruf vollkommen über ... äh ausgelastet. Es heißt ja immer, wir Lehrer hätten so viel Freizeit. Aber das ist jetzt noch ein Vollzeitjob. Und diese Verantwortung. Und die Bürger ... schlimmer als die Schüler. Wenn da mal nicht der Burn-out kommt. Niemals hätte ich den Hecht umgebracht, wenn ich gewusst hätte, was mir das einbringt ... Nein, natürlich habe ich ihn nicht umgebracht, Herr Kriminalinspektor ...«

»Inspektor gibt's keinen, nur Kommissar. Und würden Sie bitte morgen mal auf die Polizeiinspektion Bamberg-Land kommen, damit wir Ihre Aussage protokollieren können!«

»Oh je, was habe ich nur gesagt. Und wie soll ich das machen? Schule, Rathaus, Polizei?«

»Schon gut, Herr Hümmer. Sie schaffen das schon«, sagte Kögel, grinste, verabschiedete sich erneut – und stoppte dann doch noch mal. »Was ich noch fragen wollte: Wer kandidiert denn nun bei der Bürgermeisterwahl?«

»Ich! Und ich werde auch vom Schwarz, also von den Roten, unterstützt.«

»Ich dachte, Sie finden den Job so schrecklich.«

»Ich werde dann ja hauptamtlicher Erster Bürgermeister, also Wahlbeamter. Da ruht natürlich für die nächsten sechs Jahre mein Lehreramt.«

»Sie scheinen sich ja sicher zu sein«, meinte Kögel. »Gibt es keine Gegenkandidaten?«

»Leider nicht mehr den Hecht. Der hätte bestimmt keine Mehrheit mehr bekommen. Darum haben ja sogar schon die Schwarzen angefangen, an seinem Stuhl zu sägen. Wenn jetzt der Fischer ins Rennen geht und die Freien keinen eigenen Kandidaten aufstellen, wird's eng.«

Draußen wehte ihm eine frische Herbstbrise entgegen und trieb ihm Regen ins Gesicht. Kögel schlug den Kragen seines Trenchcoats hoch und zurrte den Gürtel fest. In einem scharfen Verhör würde sich dieser Hümmer sicher um Kopf und Kragen reden. Und ein geschickter Staatsanwalt hätte ebenfalls kein Problem, ihn anschließend vor Gericht zu zerlegen. Aber Kögel hatte keine Lust, dem nächsten bayerischen Justizskandal Vorschub zu leisten. Da verließ er sich lieber auf sein Gespür. Das führte ihn als Nächstes zur Gemeindebücherei.

Auf dem Weg zur Ausleihe stolperte Kögel über Stapel von Büchern, die darauf warteten, Platz in den Regalen zu finden. »Höchste Zeit, dass die neue Bücherei gebaut wird«, sagte er zu der Frau hinter der Theke.

»Ja, wenn die Leute nicht so viel ausleihen und lesen würden, wüssten wir gar nicht mehr, wohin damit«, meinte die.

»Was geht denn so?«

»Krimi geht immer«, sagte die Frau verschmitzt und fügte hinzu: »Herr Kommissar.«

»Sie kennen mich?«

»Hier kennt doch fast noch jeder jeden. Na ja, eigentlich nimmer. Ist ja kein Dorf mehr. Für viele nur noch Schlafplatz im Bamberger Speckgürtel. Ich habe Sie am Kreuzweiher gesehen, als der Hecht rausgezogen wurde. Das war schon eine Schau.«

»Mit einem neuen Bürgermeister könnt's doch jetzt aber vorangehen mit der neuen Bücherei.«

»Da müssen Sie schon die Chefin fragen. Die kennt sich besser in der Politik aus. Der Hecht war ja immerhin zuletzt auch irgendwie dafür. Zumindest, dass wir ein paar neue Regale kriegen. Aber wenn jetzt ein neuer Bürgermeister auf die hört, die am lautesten schreien, dann kann es gleich wieder vorbei sein. Meinen Sie, die haben den Hecht deswegen ersäuft?«

Die Bürgerinitiative gegen die Bücherei hatte Kögel bisher nicht auf der Rechnung. Andererseits hatte er mitbekommen, dass die Emotionen in seiner Gemeinde – das heißt, eigentlich stammte er ja aus Burgwindheim und bewohnte nur seit zwei Jahrzehnten die Schlafstatt im Speckgürtel – in den letzten Jahren oft und schnell hochgekocht waren, wenn es um Bauvorhaben jenseits der Ausweisung von Wohngebieten für Einfamilienhäuser ging. Und selbst da legten sich vor allem die quer, die zuletzt in den Vorzug eines Bauplatzes am Ortsrand gelangt waren.

»Sind die wirklich so schlimm?«, fragte Kögel die Frau am Ausleihtresen noch.

»Neulich hat einer seinen Hund auf mich gehetzt, weil ich dem Lieferanten von der Buchhandlung gesagt habe, er kann ruhig auf dem Gehweg parken, solange er die Bücher auslädt.«

Kögel ließ sich noch zeigen, wo der Hundebesitzer wohnte.

Abgründe taten sich auf. Massenweise Mordmotive hier in seinem Dorf. Und sein Arbeitstag war inzwischen schon sehr lang, aber noch lange nicht zu Ende.

Miriam war bereits von der Arbeit zurück, als Kögel heimkehrte. Sie hatte keine Lust zu kochen. Kögel auch nicht. »Gehn wir essen«, schlug er vor. »Ich lade dich ein. Karpfen?«

Miriam sah ihn verwundert an. Es gab noch andere Themen, über die sie in Streit geraten konnten. Aber in Sachen Karpfen herrschte eine unüberbrückbare Differenz zwischen den beiden.

»Was hast du angestellt, Kögel?« Wenn ihr Sigi sie zum Karpfenessen einlud, dann musste es schon etwas sein, das auch mit dem größten Blumenstrauß nicht mehr auszubügeln war. »Wie heißt sie?«

»Es ist dienstlich«, meinte Kögel. »Dein Fisch geht also auf Spesen. Und für mich werden sie wohl wenigstens noch ein Schnitzel bereithalten.«

Miriam musste lachen. »Hätte ich mir eigentlich denken können. Ich liebe dich trotzdem, Sigi. Wohin? Zum *Hecht*?«

»Nein, zum *Fischer*. Der Hecht wird sowieso wegen Trauerfall zuhaben.«

»Okay, aber zieh bitte was anderes als den zerknitterten alten Trenchcoat an.«

Sie kehrten selten hier ein. Die Bedienung schien neu zu sein, kannte Kögel also nicht. Das mochte ein Vorteil für ihn sein. Miriam bestellte einen gebackenen Karpfen.

»Und der Herr auch? Oder blau?«

»Ich hätte lieber ein paniertes Schnitzel. Mit Kartoffelsalat.«

Die Frau schaute ihn an, als hätte er Lerchenzungen in Honig geordert.

»Steht doch auf der Karte«, hakte Kögel nach.

»Ja, aber da müssen wir in der Küche erst frisches Fett heiß machen.«

»Ich bitte doch sehr darum. Hat sich ja erst am Dienstag einer hier ordentlich an so einer Gräte verschluckt.«

»Ja, woher ... Wir hätten fei auch Karpfenfilet.«

»Schnitzel«, beharrte Kögel.

Die Bedienung verschwand in der Küche.

»Na bitte, Volltreffer. Er war also hier«, meinte Kögel.

»Ein Schnitzel für den Spitzel«, sagte Miriam und lachte still. »Also der Staatsanwalt, der dir das abkauft, muss erst noch geboren werden. Mit ›ach woher‹ hat die gute Frau wahrscheinlich sagen wollen ›von wegen!‹ oder ›i wo! Das kommt bei uns nicht vor.‹ Selbst wenn du recht hast, kann es ein anderer Gast gewesen sein. Karpfen haben nun mal Gräten. Und wie und wo willst du weitermachen?«

»Damit«, sagte Kögel. Die Bedienung hatte ihnen zwei Bier hingestellt. Kaum hatte Kögel den ersten großen, durstigen Schluck vom Hausbräu genommen, da kam auch schon der Karpfen für Miriam. »Schnitzel dauert noch zwei, drei Minuten«, meinte die Bedienung.

Extrawünsche werden sofort erfüllt, Wunder dauern etwas länger. Kögel verzichtete darauf, die Phrase zu dreschen und forderte seine Freundin auf, schon mal mit dem Essen zu beginnen. Kalter Karpfen war selbst Miriam zuwider.

Sie war noch mit den Gräten in der zweiten Hälfte beschäftigt, als Kögel sein Schnitzel bekam. Der Kommissar wurde die ganze Zeit den Verdacht nicht los, dass sie es doch zwischen zwei Karpfen in derselben Pfanne ausgebacken hatten. Aber vielleicht lag es auch nur an dem Geruch nach Fischfrittierfett, der permanent aus der Küche in den Gastraum waberte.

Für die Bedienung gab's schließlich ein ordentliches Trinkgeld. Sie schenkte Kögel dafür ein Extralächeln.

»Das war doch der Bürgermeister, da im Nebenzimmer, mit der Gräte«, schob Kögel wie beiläufig ein.

»Genau. Hat der geflucht. Weil er doch ein Filet bestellt hat. Aber nicht weitersagen. Das wäre schlecht für den Ruf. Das hat auch der Chef gesagt, als er danach raus ist.«

»Sicher«, versprach ihr Sigi Kögel.

»Na bitte!«, stellte Kögel im Hinausgehen triumphierend fest.

»Super, Sigi«, sagte Miriam. »Bist scho a Hund. Jetzt mach auch was draus.« Kommissar Kögel wusste das Lob aus dem Munde seiner aus Oberbayern stammenden Freundin sehr zu schätzen. Er würde schon was draus machen. Morgen. Jetzt war er hundemüde. Morgen, da war ja schon Samstag, fiel ihm noch ein. Da konnte er ausschlafen. Aber nicht zu lange. Denn jetzt war er dran an der Sache.

Miriam war nicht begeistert, als Kögel nach dem Frühstück seinen Trenchcoat anzog. Erst als er ihr versicherte, dass er dafür in der kommenden Woche einen freien Tag nehmen konnte, und ihr versprach, diesen gemeinsam mit ihr in Bamberg zu verbringen, ließ sie ihn ziehen, ihren Kommissar.

Eine halbe Stunde zu Fuß war sicher nicht schlecht für ihn, sinnierte Kögel. Zum einen hatte Miriam schon wieder spitze Bemerkungen über sein runder werdendes Bäuchlein gemacht, zum anderen konnte er dabei seine bisherigen Erkenntnisse sortieren. Als er das Anwesen von Franz Fischer, schwarzer Gemeinderat und Karpfenwirt wie Hecht, erreichte, war sich Kögel schon nicht mehr ganz sicher, ob er den richtigen Weg eingeschlagen hatte. Er klingelte trotzdem. Hunde bellten. Zwei Dobermänner sprangen auf den Zaun zu. Das Gartentor war zum Glück geschlossen. Dafür öffnete sich die Türe der Villa. Der Eigentümer selbst trat heraus. Kögel hatte ihn mal vor ein paar Jahren kennengelernt, nachdem im Gasthof angeblich der Koch mit einem Messer auf den Chef losgegangen war.

Fischer näherte sich dem Gartentor. »Sie sind früh dran, Herr Kommissar.«

Kögel sah auf seine Uhr. Es war schon nach elf. »Ich warte schon seit Mittwoch auf Ihren Besuch«, sagte Fischer. »Kommen Sie rein.«

Kögel schielte skeptisch auf die Hunde.

Fischer grinste. »Stoiber! Söder! Platz!«, befahl er schließlich. »Meine Generalsekretäre.« Er grinste noch breiter. Die Hunde schienen nun tatsächlich lammfromm.

Kögel wartete trotzdem, bis Fischer ihm das Tor öffnete. Und als sich die Dobermänner immer noch nicht rührten, trat er vorsichtig ein und folgte Fischer ins Haus.

Als der die Türe hinter ihnen schloss und die Dobermänner definitiv draußen blieben, legte Kögel los: »Bürgermeister Manfred Hecht war am Dienstagabend bei Ihnen zu Gast, im Restaurant. Haben Sie ihn gesehen?«

»Ja.«

»Haben Sie auch mit ihm gesprochen?«

»Ja.«

»Warum haben Sie das nicht der Polizei gemeldet? Sie waren der Letzte, der ihn lebend gesehen hat.«

»Dann war es also ein Unfall«, meinte Fischer. »Oder Selbstmord? Er hat nämlich noch gelebt, als er weggegangen ist.«

»Wann war das?«

»Kurz vor Mitternacht.«

»Wie lange war er hier?«

»Wir sind den ganzen Tag im Nebenzimmer beisammengesessen«, gab Fischer bereitwillig Auskunft. »Fraktionsklausur sozusagen.«

»Die ganze Fraktion? Worum ging es?«

»Nein. Nur noch der Müller Sepp. Wir wollten dem Manfred nahelegen, dass er nicht mehr als Bürgermeister kandidiert und dass es besser der Sepp macht.«

»Und? Haben Sie ihn überzeugen können?«

»Nein.«

»Darum mussten Sie also zu anderen Mittel greifen.«

Fischer grinste schon wieder übers ganze Gesicht. »Der Sepp hat ihm schließlich eine Gräte von sei nem gebackenen Karpfen heimlich ins Filet gesteckt. Da wäre der Manfred beinahe dran erstickt. Dann ist er aber fluchend rausgerannt. Der Sepp ist ihm noch nach, um sich zu entschuldigen. Nach einer halben oder Dreiviertelstunde ist er dann zurückgekommen. Er hat den Manfred nirgendwo mehr gesehen. Der hat unterwegs wahrscheinlich Durst bekommen oder wollte die Gräte runterspülen und hat versucht, den Kreuzweiher auszusaufen. Da ist er dann wohl reingefallen. Sie glauben doch wohl nicht, dass der Müller Sepp ihn reingeschmissen hat? Oder?! Die Zeit dazu hätte er ja gehabt ...«

»Klingt plausibel. Würden Sie am Montag auf der Polizeiinspektion vorbeikommen, damit wir das als Protokoll aufnehmen können. Mein Chef will die Akte nämlich möglichst schnell schließen.«

»Sicher«, sagte ihm Fischer zu und geleitete ihn zum Gartentor. Stoiber und Söder liefen hechelnd nebenher.

»Was haben Sie denn am Dienstagabend gegessen?«, wollte Kögel noch wissen.

»Nur einen Salatteller.«

Bei Gemeinderat Josef Müller reagierte niemand auf Kögels Klingeln. Schade, er hätte zu gerne von ihm selbst die Bestätigung bekommen. So aber musste er den Mörder auf andere Weise zur Strecke bringen.

Der *Gasthof Fischer* hatte geöffnet. Der Samstagmittagsbetrieb war inzwischen am Abflauen. Die Bedienung, die vom Vorabend, schien aber immer noch im Stress zu sein.

»Sie schon wieder. Die Küche macht gleich zu. Einen Karpfen könnten Sie gerade noch bekommen, aber was anderes nicht mehr.«

»Ich hätte aber gerne das, was der Chef am Dienstagabend gegessen hat.«

»Sie meinen, was er stehen gelassen hat, weil er dem fluchenden Bürgermeister noch was erklären musste?«

»Genau das!«

Die Bedienung verschwand wortlos in der Küche. Nach fünf Minuten kam sie mit einem dampfenden Teller zurück. »Es geht also doch«, meinte sie und stellte den gebackenen Karpfen vor Kögel hin.

Der Kommissar zögerte einen Moment, dann legte er ausreichend Geld auf den Tisch und verschwand. Er sagte kurz Miriam Bescheid und fuhr ins Büro. Dort fragte er seinen Kollegen Penninger nach dem diensthabenden Richter. Es dauerte ein Weilchen, bis Kögel einen Termin bei ihm bekam. Inzwischen rief er die Schreibera an, die Sonntagsdienst im *FT* hatte. Sie bestätigte ihm, dass sich da Abgründe zwischen Fischer, Hecht und Müller auftaten, getreu der Steigerung Feind, Todfeind, Parteifreund. Das musste fürs Tatmotiv reichen. In einem weiteren Telefonat mit Heinrich Hümmer bestätigte dieser Müllers Alibi für Dienstagabend. Damit war auch klar: Fischer hatte den gebackenen Karpfen gegessen. Und er hatte Hecht die Gräte ins Filet gesteckt, um Hecht auf die Palme zu bringen, als Müller schon längst weg gewesen war. Nicht Müller, sondern Fischer war dem Hecht hinterher, hatte ihn in den Karpfenteich getaucht und versuchte jetzt den Verdacht auf Müller zu lenken. Möglicherweise ließen sich sogar noch DNA-Spuren an der Karpfengräte feststellen. Es reichte schließlich, um den Richter zu überzeugen.

Als Franz Fischer am Montagnachmittag bei der Polizei erschien, wurde ihm der Haftbefehl eröffnet. Am

Abend gab die Pressestelle der Polizei eine knappe Mitteilung heraus, dass im Fall des toten Bürgermeisters von Stegaurach ein Tatverdächtiger ermittelt werden konnte. Im *Fränkischen Tag* stand bereits am nächsten Morgen eine ausführliche Geschichte.

»Interessanter Bericht heute im *FT*«, kommentierte Kögel, der es sich nicht verkneifen konnte, Anette Schreiber in der Redaktion anzurufen.

»Du willst dir doch bloß dein Lob abholen«, meinte die Schreibera. »Also, danke, Sigi. Darf ich dich mal zum Karpfenessen einladen?«

»So haben wir nicht gewettet«, sagte Kögel und legte wieder auf.

Killen McNeill
Langer Michel

Frank las den beigelegten Zettel noch schnell, dann legte er die mit krakeliger Schrift geschriebenen Seiten weg und rief Laura sofort an, aber ihr Brief war schon vor fünf Tagen aufgegeben worden. Während das Telefon schellte, spürte er in der Magengrube, dass es zu spät war. Eine Frau hob ab, und er musste sein Deutsch mühsam hervorkramen, um mit ihr zu reden. Sie war Lauras Nichte, sie hieß Julia. Sie war gerade in Lauras Haus und machte Ordnung. Laura war vor fünf Tagen gestorben. Sie hatte wohl monatelang ihre Tabletten gehortet und dann alle auf einmal eingenommen. Die Beerdigung würde morgen stattfinden. »Waren Sie mit ihr befreundet?«, fragte die Nichte.

»Ich war ihre große Liebe«, antwortete Frank. »Und sie war meine.«

»Ah«, sagte die Nichte, und dann sagte sie nichts mehr.

»Hallo?«, rief Frank. »Sind Sie noch da?«

»Die große Liebe«, sagte die Nichte. »Das ist schön.«

Am nächsten Tag flog er zur Beerdigung, von Belfast nach London und dann weiter nach Frankfurt, genauso wie er es als Student vor fast vierzig Jahren getan hatte. Er kam nicht umhin, die Reisen miteinander zu vergleichen: Die Flieger und die Flughäfen schienen ziemlich gleich geblieben zu sein, der einzige Unterschied lag in ihm selbst; damals war er ängstlich, erwartungs- und hoffnungsvoll gewesen, und was auch immer die einzelnen Bestandteile der faden Gefühlsbrühe in ihm ausmachten, nichts von alledem war mehr dabei. Im Zug nach Würzburg las er ihren Brief immer wieder. *Im Moment geht es mir ganz gut, aber gestern sind die Farben des Himmels wieder so zerbrechlich geworden, wie sie es anfangs immer sind. Und ich rieche Lavendel. Damit ist es klar. Die Finsternis rollt wieder heran, schlimmer denn je, wie eine riesige Sturmwolke über das Land. Weißt du, wie lange meine letzte Depression andauerte? Zwei Jahre. Das halte ich nicht noch mal durch. Ich muss hier raus, solange ich die Kraft dazu habe.*

Die Bilder unserer gemeinsamen Zeit sind im roten Album neben dem Telefon. Ich habe es gerade weggelegt. Du sollst es haben. Ich weiß, irgendwann wäre die Zeit gekommen, wo es mir nichts mehr bedeutet hätte, sie anzuschauen.

Sie musste wohl die Tabletten eingenommen haben, gleich nachdem sie den Brief aufgegeben hatte. Davor mochte sie monatelang voller Energie gesteckt haben, wie ein Dynamo, der auf Hochtouren läuft und seiner Umgebung die ganze Helligkeit raubt, alles um sich herum zur grauen Tristheit reduziert. So, wie sie war, als sich Frank vor all den Jahren in sie verliebte.

Außen vor dem Zugfenster änderte sich die Landschaft langsam. Die ersten Weinberge erschienen, ihre noch zarten Maitriebe hellten die düsteren Spessartwälder auf. Dann schwang sich der Main von rechts heran, und die Gleise bogen sich in die barocke Herrlichkeit Würzburgs hinein: ein Anblick, der bisher immer sein Herz hat höher schlagen lassen. Nur diesmal nicht.

Die alte Bahnstrecke, die am Ufer des Mains klebte, brachte ihn die letzten paar Kilometer nach Unternburg, genau wie damals, als er zu seiner Stelle als Assistant Teacher im Gymnasium anreiste, wo Laura Referendarin für Englisch und Französisch war. Er ging den letzten Weg durch die Stadt zu Fuß. Der *Schwarze Adler* hieß jetzt *Thessalia* und war ein griechisches Restaurant geworden. Wo früher der Zeitungsladen stand, war jetzt eine Vinothek, die Sparkasse hatte sich vergrößert und modernisiert, aber im Großen und Ganzen sah die Stadt immer noch aus wie der in den Fünfzigerjahren stehen gebliebene Ferienort, der sie war.

Am anderen Ende schlängelte sich der Friedhof an der alten Stadtmauer hoch. Als Frank die Handvoll Trauernde ganz oben sah, direkt unter der ersten Reihe von Weinstöcken, fing er auf einmal zu zittern an und musste sich in einem Bushäuschen hinsetzen. Bis er sich wieder im Griff hatte, war niemand mehr oben. Als er das Grab erreichte, standen noch die fast vollen Blumenvasen an beiden Seiten. Frank schaute auf den Sarg hinab. Erdklumpen und Blumen auf polierter Eiche. Unvorstellbar, dass Laura darunterlag. Sie war immer so voller Leben gewesen, es hatte für beide gereicht. Wie hatte sie zum Schluss ausgesehen? Vielleicht war es besser, dass er das nicht wusste. Die letzten Male, als er sie sah, war er immer zuerst erschrocken gewesen. Dann, nach einer Weile, wenn er wieder zu Hause war, arbeitete sein Gedächtnis ihr neuestes Erscheinungsbild so um, dass es in etwa der Schönheit entsprach, die sie gewesen war. Das letzte Mal vor vier Jahren; da war sie gerade aus der Nervenklinik in Miltenberg entlassen worden. Wieder einmal.

Er schaute zum Fluss hinunter. Da, in der Reihe der Villen aus der Jahrhundertwende, war das Haus ihrer

Familie, der Familie Sixtus, das sie damals schon alleine bewohnte, mit dem Holzbalkon nach hinten, von wo aus sie oft gemeinsam den Sonnenuntergang über dem Wald oberhalb der Stadt angesehen hatten. Ja, genau, da, das dritte von rechts. Aber daneben links hatte jemand einen potthässlichen Neubau aus grauem Beton mit angedeuteten Türmen und Zinnen, einen Swimmingpool und einen Carport mit oberbayerischem Holzdekor hingebaut, der die Sicht auf die wunderbaren Jugendstillinien von Lauras Haus verstellte. Jemand mit mehr Geld als Verstand.

Er schaute wieder ins Grab. Eigentlich sollte er eine Handvoll Blumen aus der Vase nehmen und hineinwerfen, aber in ihm kroch langsam von den Füßen her ein Gefühl der Lähmung hoch. Der Tag hatte sich vom Airbus über ICE, Regionalbahn, Gang durch die Stadt bis zum zum Stehen am Grab so entschleunigt, dass sein ganzer Impetus entwichen war. Frank spürte, wie sein Bewusstsein sich immer tiefer in ihm verkroch, wie bei einem schweren Fieber. Es schien ihm unmöglich, dass er sich jemals wieder bewegen würde.

Als Markus sich nach seiner Nachmittagsruhe wieder der Welt präsentierte, lief eine Gerichtsshow im Fernsehen. Er sah den breiten Schirm durch rot-grüne, hochgestellte Haare wie durch Schilf einen See. Ingo, der Punker-Freund seiner Tochter, saß davor. Markus ging in die Küche, wo seine Frau Marga den Kaffee und Kuchen vom Leichenschmaus wegräumte. Er betrachtete sie ebenfalls mit Missmut. Wenn er eine Ehefrau gewollt hätte, die ungeschminkt, mit grau herauswachsendem Haaransatz und Schürze herumlief, hätte er gleich bei seiner ersten Frau bleiben können. »Soll ich den Fernseher ausmachen?«, fragte er. »Es ist doch irgendwie unpassend heute, oder?«

»Schaut Ingo nicht zu?«

»Doch.«

»Also dann. Oder willst du dich mit ihm unterhalten?«

»Stimmt auch wieder. Wo ist Julia?«

»Fort. Ich weiß nicht wohin, ich habe bloß die Tür zuknallen hören.«

»Haben sie wieder gestritten?«

»Wahrscheinlich.«

»Vielleicht ist es diesmal aus.«

»Das wäre ja zu schön.«

Eins der wenigen Dinge, die Markus und seine zweite Frau noch verbanden, war die Hoffnung, dass Julia einen passenderen Freund finden möge. Einen vom Gymnasium und aus gutem Elternhaus, mehr müsste nicht sein. Den guten Geschmack könnte man ihm noch antrainieren. Früher hatte Julia dauernd streunende Hunde und Katzen nach Hause geholt, jetzt waren es Freunde aus der Unterstadt. Ingo war bereits der dritte. Und diesmal schien es leider etwas Ernsthaftes zu sein. Markus gab sich keine besondere Mühe, mit seiner Meinung über Ingos Schulbildung, seine Zukunftsperspektiven, seinen Kleidergeschmack, seine generelle Uneignung als Schwiegersohn in spe hinterm Berg zu halten, auch nicht in Julias oder gar Ingos Beisein.

»Der Mann ist immer noch da«, sagte Marga.

»Wer?«

»Der Mann oben am Grab.«

Markus schlurfte zu ihr ans Fenster und schaute hinauf zum Friedhof. »Ach Gott«, sagte er und haute sich mit der Handfläche auf die Stirn. »Klar.«

»Was?«

»Das ist Frank. Es kann nur Frank sein. Ich kenne die Haltung schon von hinten. Der stand schon als Student so gebückt, so vom Leben erdrückt. Julia sagte doch, dass irgendein Mann aus Irland angerufen hätte. Ich hab's im ganzen Stress total vergessen. Was will er wohl? Hoffentlich hat Laura keinen Blödsinn gemacht.«

»Was für einen Blödsinn?«

»Na ja, du kennst sie doch. Nicht, dass sie ihm etwas vermacht hat.«

»Um Gottes willen. Du meinst wohl nicht das Haus?«

»Es hat ja ihr gehört. Und sie hat kein Testament hinterlassen. Ich habe auf jeden Fall bisher keins gefunden. Ich werde wohl hingehen und mich ein bisschen unterhalten, schauen, ob ich etwas herausfinden kann. Ich kenne ihn von früher.«

»Lade ihn ja nicht hierher ein. Ich bin total fertig.«

»Ich schaue mal. Vielleicht lässt es sich nicht vermeiden.«

»Ist das nicht der, der an ihrer ganzen Krankheit schuld war?«

»Ach was. Sie hat schon immer gesponnen.«

»Bist du's, Frank?«

Frank erschrak, schwankte nach vorne, fiel dabei fast ins Grab, fasste sich noch. Ein Mann lief den Hang hinauf auf ihn zu, in einem langen, eleganten, schwarzen Kaschmirmantel, der seinen Bauch fast kaschierte. Er trug eine Brille, seine langen, silbernen Haare waren nach hinten gekämmt. »Kennst du mich nicht mehr? Ich bin's, Markus.«

»Großer Gott. Natürlich. Die Brille.« Markus hatte schon damals so eine kleine, runde John-Lennon-Brille gehabt. Nur damals war sie aus Kunststoff und hockte auf einem ernsten, bleichen, dünnen Gesicht, das von langen, schwarzen Haaren umrahmt wurde. Jetzt war sie vergoldet und prangte auf einer breiten Nase und über Hängebacken von den Ausmaßen der Gesichtszüge eines altrömischen Senators. Markus, Lauras Bruder. Was war er wieder als Student gewesen? Maoist? Trotzkist? Studiert hatte er in Berlin, auf jeden Fall, damit er nicht zum Bund musste. Da hatten ihn Laura und Frank in seiner Kommune besucht. Dauernd hatte er über fette Kapitalisten schwadroniert und dabei seine eigenen Zigaretten gedreht, wie wenn er Beschwörungsformeln mit hineinpacken wollte. Dabei war er, wie Laura natürlich auch, Kind eines reichen Zahnarztes aus Unternburg. Jura hatte er studiert; angeblich wollte er RAF-Inhaftierte verteidigen. Nach dem Studium hatte er nichts mehr davon wissen wollen. War in eine Kanzlei in Würzburg eingestiegen, deren Besitzer sein Vater kannte. Hatte sich auf Wirtschaftsrecht spezialisiert und richtig gutes Geld verdient.

»Grüß dich, Markus.« Sie gaben sich die Hände.

»Von unserem Haus aus können wir auf den Friedhof schauen«, sagte Markus. »Meine Frau hat dich seit über einer halben Stunde hier stehen sehen und sich gefragt, wer das ist. Ich sagte, es kannst nur du sein. Da dachte ich mir, ich schaue mal nach dir.«

»Ist euer Haus der Neubau da, neben Lauras Haus?«

»Ja. Schaut gut aus, oder?«

»Besser als die Häuser, die ihr in Berlin immer besetzt habt, auf jeden Fall.«

Markus lachte leicht gequält. »Mein Gott, waren das Zeiten. Jung und dumm waren wir halt. Aber irgendwann muss man doch erwachsen werden, oder?«

Frank sagte nichts dazu. Es war verblüffend, wie schnell ihm Markus auf den Wecker ging.

»Gehst mit auf einen Kaffee? Ich meine, in ein Gasthaus.«

»Nee, danke. Ich will nicht lange bleiben.«

»Oder willst du zu uns? Ich zeige dir meine Familie. Meine Tochter sieht Laura verblüffend ähnlich. Also, halt, wie sie früher war. «

»Nein, wirklich nicht. Ich will nur was erledigen. In Lauras Haus. Vielleicht kannst du mir aufsperren?«

»Was willst du denn erledigen?«

»Sie hat mir was vermacht.«

»So? Was denn?«

»Die Fotos aus der Zeit halt. Sie hatte die Fotos und ich die Briefe, so haben wir das ausgemacht. Jetzt kann ich beides haben und habe doch nichts. Na ja. Sie sind in ihrem Haus, neben dem Telefon.«

»Ach so.« Bevor Markus sich besann, hatte er in die Hände geklatscht. Er räusperte sich. »Mehr nicht?«

»Na ja, wenn man das Haus nicht zählt.«

»Wie meinst du das?«

»Sie hat doch immer gesagt, sie will mir das Haus vermachen.«

»Ach, die Laura hat viel gesagt.«

»Ja, aber jetzt hat sie es noch mal geschrieben.«

»Wie geschrieben?«

»In ihrem letzten Brief. Willst du es lesen?«

»Ja, bitte.«

Frank griff in seine Jacke, holte den Brief hervor, suchte den beigelegten Zettel heraus und gab ihn Markus.

Markus las vor. »Mein letzter Wille: Hiermit vermache ich Hausnummer 46, Mainuferstraße, Unternburg, mitsamt seinem ganzen Inventar, außer den Kleidern, die meine Nichte Julia Sixtus bekommen soll, Herrn Frank McBurney, 12 Kings Road, Belfast. Unternburg, 14. Mai 2013. Unterzeichnet: Laura Sixtus.«

»Dürfte juristisch äh, wie heißt es ...?«, sagte Frank und streckte seine Hand aus, um den Zettel zurückzunehmen.

»Unanfechtbar«, sagte Markus und gab ihm den Zettel.

»Genau, unanfechtbar sein. Entmündigt war sie ja nicht.« Frank steckte den Zettel wieder ein.

»Gibt's eh nicht mehr. Jetzt heißt es ›Einwilligungsvorbehalt‹.«

»Na, ja, wie auch immer. Jetzt habe ich einen Riesenstress mit dem Haus und weiß gar nicht, was ich damit anfangen soll.«

»Ich kann dir bestimmt helfen.«

»Diesmal nicht. Ich will nur die Fotos mitnehmen. Um alles andere kümmere ich mich, wenn ich das nächste Mal komme.«

»Fliegst du wohl heute gleich wieder heim?«

»Ja. Ich möchte nur schnell die Fotos holen und dann zum Langen Michel hinaufsteigen. Ich will dort oben an Laura denken. Wie sie war. Und dann bin ich wieder fort.«

Markus' Hirn arbeitete auf Hochtouren. »Ich sperre dir schnell auf. Ich habe sowieso immer einen Schlüssel dabei. Das war immer ratsam. Wir können gleich hingehen.«

Sie liefen los, zwischen den Gräbern den Hang hinunter.

»Hier hat sich nicht viel verändert«, sagte Frank. »Abgesehen von deinem Haus.«

»Es hat was, oder? Mal was anderes als die alten Hütten drum herum. Wie lange ist es her? Mit dir und Laura?«

»In zwei Jahren werden es vierzig sein.«

Markus fuhr mit der Hand durch seine immer noch prachtvolle Mähne. »Wie geht's denn so, Frank? Schaust gut aus. Familie? Kinder?«

»Natürlich nicht. Für mich gab es nur eine Frau, und das war Laura. Ich hatte immer ein Fünkchen Hoffnung, dass wir irgendwann wieder zusammensein würden. Man könnte sagen, ich bin nie über sie hinweggekommen.«

Markus nickte bemüht mitfühlend. »Natürlich war das ein richtiger Schock für uns alle. Wir haben nie damit gerechnet. Immer haben wir gehofft, sie würde sich davon erholen. Ich musste sie ja finanziell unterstützen. Zwischendurch war sie zeitweise ganz normal.«

»Mir hat es so gepasst. Es gab mir ein Gefühl der Sicherheit, zu wissen, dass sie immer in diesem Haus ist.«

»Trotzdem, wenn sie hätte arbeiten können, wäre es für uns alle eine Erleichterung gewesen.«

»Für mich nicht. Dann hätte sie vielleicht jemand anderen kennengelernt. Sie war meine große Liebe.«

Sobald er das ausgesprochen hatte, verlor Frank jegliches Interesse an einer Weiterführung des Gesprächs – auf dieser oder irgendeiner anderen Ebene. Für Markus, da war Frank sich sicher, hatte es niemals nur eine Frau gegeben, geschweige eine, die er niemals verwunden hatte. Er spürte Markus' Blick auf sich, schaute aber nicht zurück, und sie liefen schweigend weiter, der gewichtige Deutsche und der kleine, gebückte Ire, durch das Friedhofstor hinaus, an Markus' monströsem Haus vorbei zu Lauras Villa.

Markus war ebenso wenig an einer weiteren Unterhaltung mit Frank interessiert. Er musste denken. Schnell.

Er sperrte Lauras Haus auf und führte Frank ins Wohnzimmer mit Blick auf den Main. »Da wären wir.« Er zeigte auf die Kisten und Ordner, die im ganzen Raum verstreut auf dem Boden standen. »Falls du denkst, dass wir beim Aufräumen sind, das täuscht, so schaut es hier seit Jahren aus. Laura hat immer wieder etwas angefangen und nicht zu Ende geführt. Eigentlich wissen wir gar nicht, was wir mit dem ganzen Zeug machen sollen. Nun ja, ich überlasse jetzt alles dir. Nimm, was du willst. Ich schaue nachher wieder vorbei.«

Eine kalte Wut packte Markus, als er die Haustür hinter sich zuzog und nach Hause lief. Eine Wut, wie er sie schon lange nicht mehr erlebt hatte, eine Wut, die aus ihm herauszubersten drohte, wie damals auf dem Grundschulpausenhof, als der Sohn des Hausmeisters seine beste Murmel gewonnen hatte und Markus so auf ihn eindrosch, dass er alle Vorderzähne verlor und ins Krankenhaus musste. Oder später, bei der Klassenfahrt in die Jugendherberge in Burg Rothenfels, als die Jungs heimlich in die Kneipe gegangen waren und dann eine Kissenschlacht im Schlafsaal veranstaltet hatten. Nie hatte jemand Markus bei einer Kissenschlacht besiegt, und dann kommt der Sohn von Doktor Seidel, dem Arzt, und wirft ihn vom Bett. Markus war mit blanken Fäusten auf ihn losgegangen und hatte von den Klassenkameraden zurückgehalten werden müssen.

Und dass ein paar Wochen später der RO 80 von Doktor Seidel in den Main versenkt wurde, konnte niemandem angelastet werden.

Wie konnte Laura das tun? Wie konnte sie das Familienhaus so einem Volltrottel hinterlassen? So einem Jammerlappen. Frank war nicht nur jetzt ein Jammerlappen, er war es schon immer gewesen. Diese prüfenden Blicke von ihm, als ob es eine Sünde wäre, sich ein bisschen zu amüsieren. Eine Sünde, sein Leben im Griff zu haben. *Nie über Laura hinweggekommen.* Klar nicht. Das war doch seine ganze Existenzberechtigung. Er suhlte sich geradezu darin. *Die große Liebe.* Mein Gott. Viele kleine tun's auch. Und überhaupt Liebe. Da kommt doch dauernd der Sex dazwischen, vernebelt einem den Kopf. Oder ist es umgekehrt? Man müsste es irgendwie klar trennen. Einfach ist es nur bei den eigenen Kindern, wie bei Julia. Du nimmst sie nach der Geburt in den Arm und liebst sie. Ganz einfach. Julia war das Unkomplizierteste in seinem Leben. Das Reinste, das Wichtigste. Laura hätte das Haus Julia vermachen sollen, wenn sie es ihrem Bruder schon nicht hinterlassen wollte. Markus hätte schreien und aufstampfen können, so wie er es als Kind immer gemacht hatte. Frank hatte ja recht. Das Testament war rechtskräftig, mehr brauchte es nicht. Mein Gott, wie blöd war Markus gewesen, nicht dafür zu sorgen, dass ein Einwilligungsvorbehalt gegen Laura verfügt wurde. Sie war zwar in ihren manischen Phasen nie verschwenderisch mit Geld umgegangen, aber da wäre was zu machen gewesen. Jetzt war es zu spät. Es war ein himmelschreiendes Unrecht.

Vor allem jetzt, wo das Immobiliengeschäft in Lettland Markus um die Ohren krachte.

Er erreichte sein Anwesen. In dem Carport darunter, zum Mainufer hin, standen nebeneinander der Mercedes SLK Cabrio und der BMW X6. Er ging schnell in die

Werkstatt dahinter, kam mit einem vollen Sack zurück, warf ihn in den Kofferraum des BMWs, stieg ein und fuhr los.

Das Wohnzimmer strahlte Provisorisches, Wandel, Zwischenstation aus. Flucht, und die Vorbereitung darauf. Offenliegende Koffer, Kisten, Ordner. Auf einem Tisch lagen Stöße von Postkarten, nach Ländern geordnet. Anscheinend war Laura gerade dabei, die Chronologie aufzugeben und sie der Geografie unterzuordnen. An der Wand gegenüber dem Fenster standen zwei leere Bücherregale, und davor lagen Bücher, bereit zum Einräumen. Was hatte sie wohl hier vor? Ach ja, die Bücher waren nicht alphabetisch, sondern der Größe nach geordnet, von links nach rechts absteigend. An die Seitenwand rechts standen LPs gelehnt, die nach der Farbe ihrer Hüllen geordnet waren; sie gingen durch ein Farbenspektrum von Blau über Grün, Gelb, Braun bis Rot.

So war das Muster im ganzen Zimmer; eine Heerschar kleiner Universen, die an ihren Rändern chaotisch aussahen, aber in ihrem Kern einem logischen Plan folgten. Man musste ihn nur herausfinden.

Da war das Fotoalbum neben dem Telefon, genauso, wie sie es gesagt hatte. Frank nahm es in die Hand, räumte einen Sessel von Zeitungen frei, setzte sich und öffnete es. Mein Gott. Der Lehrerausflug nach Würzburg im Herbst 1973. Das erste Bild von Laura und ihm, wie sie nebeneinandersaßen. So sah man nicht, dass Laura etwas größer war als er. Ihre Blicke, wie sie in die Kamera schauten. So offen und zuversichtlich. So verliebt und schutzlos. Frank mit langen Haaren, Bart und Schiebermütze. Ire halt. Laura mit ihrem unvergleichlichen

Gesicht. Es war der Kontrast zwischen den geraden Augenbrauen, mandelförmigen Augen und breitem, entwaffnendem Lächeln. Und das Kleid, das sie trug, sein Lieblingskleid. Blau, mit allen möglichen anderen Farbtupfern, leicht, schwebend, fast durchsichtig. Ja, er spürte sie noch, genauso stark wie damals, seine Liebe zu ihr, aus einer inneren, unversiegbaren Quelle durchflutete sie ihn. Laura war noch hier.

Er blätterte weiter. Das Album erzählte die Geschichte ihrer Liebe beinahe vom Anfang bis fast zum Schluss; hier watete Laura durch die Wiesent in der Fränkischen Schweiz, sie lachte zum Fotografen, zu Frank, hoch. Hier hatten sie sich in einer Fotokabine am Würzburger Bahnhof fotografiert, hier waren sie am *Schützenhof* hoch über Würzburg mit zwei Bierkrügen, hier waren sie beim Johannisfeuer auf der Altenburg in Bamberg.

Jetzt kamen die Frankreichbilder; Laura fuhr damals im August mit ihren Französischschülern nach Sète, und Frank war als Reisebegleiter dabei. Laura beim Essen einer riesigen Wassermelone am Markt von Sète, Laura liegend, bis zum Kopf eingebuddelt am Strand, Laura und Frank Arm in Arm am Marktplatz eines Bergdorfes, wohl von einem Schüler fotografiert. Da führte eine reisende Theatergruppe ein Stück von Molière auf, und beim Aufbau der Bühne lief Bob Dylans *Forever young;* er und Laura hatten angefangen, dazu zu tanzen, langsam, ineinander verschlungen, und die Schüler hatten applaudiert.

Forever young.

Das war das letzte Bild. In der Nacht fuhr die Gruppe mit der Bahn zurück nach Deutschland. Frank reiste bis Lyon mit, dort stieg er aus, um mit einem anderen

Zug nach Paris weiterzufahren und von dort aus mit dem Flieger nach Belfast. Er wollte sein Studium in Irland beenden und dann im Sommer 1977 endgültig nach Deutschland und zu Laura umsiedeln. Um sechzehn Uhr zehn würde er am Flughafen Belfast ankommen, mit dem Bus in die Stadtmitte fahren, umsteigen und nach Hause in die Kings Road fahren, wo seine Eltern auf ihn warteten. Er würde sofort Laura in Unternburg anrufen.

Der Plan hatte nur einen Fehler. Er hatte seinen Eltern nichts davon geschrieben, nichts von seinem Umzug nach Deutschland, nichts von Laura. Er hatte es immer wieder hinausgeschoben und es letztendlich für besser gehalten, seiner vereinnahmenden, misstrauischen Mutter erst vor Ort davon zu erzählen. Schließlich rechnete sie fest damit, dass Frank in der vornehmen Privatschule Campbell College, die sein Vater und er besucht hatten, als Deutschlehrer Karriere machen würde. Vor Laura wiederum tat Frank so, als ob alles mit seinen Eltern geklärt wäre.

Er wurde beim Überqueren der Straße vor dem Busbahnhof in Belfast von einem Taxi überfahren und bewusstlos ins Royal Victoria Hospital eingeliefert. Aus dem Koma erwachte er erst nach drei Monaten. Zu spät. Laura war schon in der geschlossenen Abteilung der Nervenklinik in Miltenberg; sie hatte die Telefonnummer seiner Eltern herausgefunden, wurde aber von Franks Mutter abgewimmelt, die ihr nichts von seinem Unfall erzählte, sondern nur, dass er von ihr nichts wissen wollte. Das hatte sie nicht verkraftet. Frank besuchte sie sofort nach seiner Genesung, aber sie war mit schweren Medikamenten ruhiggestellt und erkannte ihn kaum. Sie hatte sich nie davon erholt, nie wieder gearbeitet, sie war nie mehr woanders als in der Nervenklinik oder in dem Haus, in dem sie und Markus aufgewachsen waren und das sie alleine bewohnte, nachdem ihre Eltern gestorben waren.

Und jetzt in dem Sarg.

Frank war Deutschlehrer geworden in seiner alten Schule, die er als Schüler schon gehasst hatte. Sie lag in Malone, Belfasts vornehmster und ruhigster Gegend, wo man meinen könnte, die Unruhen fänden nur im Fernsehen statt. Dort hatte er eine Wohnung gefunden, nah an seinem Elternhaus, wo er jeden Sonntag zum Essen ging, bis seine Mutter vor fünf Jahren starb. Eine andere Frau hatte er nie kennengelernt, Karriere hatte er keine gemacht, letztes Jahr war er wegen diverser, diffuser Krankheiten in den vorzeitigen Ruhestand verabschiedet geworden.

Frank machte das Album zu, stand auf und ging zum Fenster. Am Fensterbrett lag ein Fernglas, daneben ein Stift und das Haushaltsheft, in dem Laura die Namen der vorbeifahrenden Schiffe notiert hatte. Auf dem anderen Mainufer, da, wo die alte Steinbrücke aufhörte, stieg der Lange Michel aus dem steilen, bewaldeten Hang und ragte in den Himmel wie ein alter, knochiger, krummer Finger empor. Der Lange Michel war das Wahrzeichen Unternburgs, eine brüchige Dolomitsäule, die man eher in der Fränkischen Schweiz als am Main vermuten würde, etwa fünfzig Meter hoch, höher als der dahinterliegende Hang. Der Aufstieg galt früher als Mutprobe. Seit man im neunzehnten Jahrhundert eine Holzbrücke von der Kuppe des Hangs bis zum oberen Bereich der Säule gebaut und Steinstufen bis zum Gipfel gelegt hatte, war er ein besonderer Treffpunkt für Paare geworden. Seit Generationen war es klar, was es bedeutete, wenn die Burschen aus Unternburg ihre Mädchen fragten: »Gemma auf den Langen Michel?«

Es galt die ungeschriebene Regel: Wer als erstes Paar oben war, hatte den Langen Michel für den ganzen Abend. Um sich vor unangenehmen Überraschungen zu schützen, hatte sich ein geheimes Zeichen für Liebespaare entwickelt: Wenn man oben nicht gestört werden wollte, legte man zwei Zweige überkreuzt auf dem linken Handlauf oben hin.

Frank und Laura waren damals oft am frühen Abend über die alte Mainbrücke spaziert, zur Holzbrücke hinaufgestiegen und hinübergegangen. Es war die einzige Strecke, die sie nicht Händchen haltend liefen, weil der Steg so eng war. Im herrlichen Sommer 1976 machten sie oben auf dem Langen Michel regelmäßig Picknick und schauten in der Abenddämmerung auf den Main hinunter.

Frank war soweit fertig hier. Das Fotoalbum würde er mitnehmen, alles andere konnte er beim nächsten Besuch abwickeln. Er schaute noch mal zum Langen Michel hin. Da oben stand jetzt jemand. Eine Frau.

Markus stellte das Auto hinter einem Schuppen ab und lief die letzten hundert Meter zur Holzbrücke zum Langen Michel hin. Es ging steil bergauf durch den Wald, und er kam schnell außer Atem. Niemand war auf dem Waldweg zu sehen. Es würde alles schnell gehen müssen, er brauchte einen klaren Kopf und durfte nicht in Panik geraten. Die Gemeinde hatte vor Jahren schon, weil das Geld zur Renovierung fehlte, den Zugang zur

Brücke von der Hangseite aus mit Holzbrettern versperrt und ein Schild »BETRETEN VERBOTEN« angebracht. Die Bretter musste Markus nicht durchbrechen, das hatte jemand vor ihm schon gemacht, sie hingen wie lahme Flügel in der Mitte nach unten, anscheinend hielt sich Unternburgs Jugend nicht an das Verbot. Aber das Schild hing noch an einem Brett. Sorgfältig schraubte er es ab und steckte die Schrauben in seine Hosentasche, nachher würde er es wieder hinmontieren müssen. Das Schild versteckte er unter Laub. Vorsichtig betrat er die Brücke. Die Bohlen am Boden schlossen nicht dicht aufeinander, der Trick war, nicht durch die Spalten nach unten zu sehen. Dann packte er das zweite Werkzeug aus dem Sack. Es war keine Säge, das würde die Polizei merken, es war ein Vorschlaghammer. Die Bruchstellen müssten mehr ausschauen, als wenn sie von einer Last, wie zum Beispiel von einem abfallenden Ast, verursacht worden waren. Es würde schon gehen. Die Bohlen waren ziemlich morsch. Er hob den Vorschlaghammer in die Luft und ließ ihn hinuntersausen.

Die Person oben auf dem Langen Michel winkte. Es sah sogar aus, als winke sie ihm zu. Frank trat näher ans Fenster. Dann sah er ein blaues Kleid, das im Wind flatterte.

Frank nahm das Fernglas. Zuerst wollte er Laura gar nicht erkennen, er kämpfte gegen die Erleichterung an, weil er fürchtete, nie mehr damit zurechtzukommen, wenn er sich täuschte, aber sie war es, eindeutig, nicht als Geist oder Halluzination, sondern die lebende Laura. Das Kleid war dasselbe, das er gerade im Fotoalbum gesehen hatte, und er kannte dieses Wedeln mit den

Armen, bei dem die Hüften und die Ellbogen in entgegengesetzten Richtungen so ausladend schwangen, von unzähligen Begrüßungen und Verabschiedungen. Sie winkte ihm, nur ihm, zu. Und durch das Fernglas sah sie so jung aus, wie vor vierzig Jahren. Die geraden Augenbrauen, der gebogene, strahlende Mund. Sie hatte alle überlistet, außer ihn, war allem entkommen, ihrer furchtbaren Familie, ihrer Krankheit. Es war nicht das Ende ihrer und somit auch seines Lebens, es war der Anfang ihres gemeinsamen Lebens.

Er musste zu ihr.

Vorm Fernseher trefft ihr euch wieder, dachte sich Ingo. *Ihr Prolls und ihr Stinkreichen.* Er hielt es im Wohnzimmer vor dem überdimensionierten Schirm und inmitten der ganzen bildungsbürgerlichen Spießigkeit nicht mehr aus. Das einzige Gute am Fernsehen war, dass es ihm Julias Eltern vom Leibe hielt. Alles ging ihm furchtbar auf den Senkel: der Fernseher, der doch nur sagte »Schaut her, was ich gekostet habe«, die Stereoanlage von Julias Riesennervensäge von einem Vater und seine kostbare Vinylplattensammlung, seine teuren Single-Malt-Whiskys, wie der alte Sixtus Allgemeinplätze auf Latein sagte und meinte, damit bedeutungsvoller gewesen zu sein, als wenn er das Gleiche auf Deutsch gesagt hätte. *Errare humanum est. Alea iacta est. Carpe diem.* Und das Tollste, wenn er das Licht einschaltete: *Fiat lux.* Selbst sein Name hörte sich an wie von einem dummen römischen Soldaten in einem Asterixheft: Markus Sixtus. Verniedlichung: Sixtusla. Fränkisch: Siggsdesla. Würde er nicht kapieren, weil er Hochdeutsch sprach. War in Franken geboren und aufgewachsen und sprach kein Fränkisch.

Ingo verstand etwas Latein, weil er es im Gymnasium gehabt hatte. Bevor er zur Realschule gewechselt war. Ingo war sozusagen Bildungsexperte, weil er alle Schularten Bayerns außer der Förderschule kannte, denn nach dem ebenfalls erfolglosen Besuch der Realschule war er in der Hauptschule gelandet. Da hatte es ihm allerdings endlich gefallen, Ingo war alles andere als dumm, er war nur praktisch veranlagt. Danach war er auf der Berufsfachschule gewesen und hatte anschließend eine Lehrstelle als Dachdecker erfolgreich abgeschlossen. Er war jetzt fest angestellt bei einer Dachdeckerfirma in Wertheim, ihm gefiel seine Arbeit, und sein Chef war mit ihm sehr zufrieden. Das zählte hier, in *Casa Sixtus*, natürlich rein gar nichts. Was zählte, außer den bereits genannten Sachen, waren, als willkürliche Auswahl, der Rotary Club, Golf, Harald Schmidt, Richard David Precht. Julias Mutter mit ihren Gummihandschuhen, wenn sie putzte, der doppelte Carport mit dem BMW X6 und der Mercedes SLK Cabrio daneben.

Und dann noch die Grünen wählen.

Julia war sowieso der einzige Lichtblick in der ganzen Familie, und das einzige Sympathische an ihrem Vater war, dass er sie wirklich zu lieben schien.

Dumm, dass Julia sich wieder mit ihm gestritten hatte. Ingo wusste, dass ihre Eltern ihn nicht akzeptierten und hofften, sie würden auseinandergehen. Aber Julia liebte ihn und er liebte sie, auch wenn es manchmal zwischen ihnen krachte. Wenn sie nur nicht dieses Faible für Kleider und Hüte aus den Siebzigerjahren hätte, Gazekleider, Schlaghosen, Batiktops. Da war ihre Tante eine unerschöpfliche und perfekte Quelle, weil sie die gleiche Konfektionsgröße hatte; schon zu deren Lebzeiten konnte

Julia nehmen, was sie wollte. Seitdem die Tante gestorben war, hatte Julia noch häufiger im Fundus herumgestöbert. Jetzt hatte sie wieder ein uraltes blaues Kleid aus dem Schrank angezogen. Ingo hatte gesagt, dass es scheußlich war, und Julia war abgehauen. Nun ja, dann musste er sie halt wieder suchen. Er wusste, wo sie in solchen Fällen immer hinging. Auf den Langen Michel.

Ingo machte den Fernseher aus und ging zum Fenster. Klar, da war sie. Sie stand da oben und winkte ihm zu. Er lachte in sich und ging aus dem Haus.

Frank lief, so schnell er konnte, über die Alte Mainbrücke. Die paar Fußgänger, die noch unterwegs waren, schauten ihm nach, das merkte er, aber es war ihm egal, dass sein Hemd heraushing und die Haare, die seine Glatze sonst kaschierten, ihm nun ins Gesicht fielen. Nur einer war schneller als er, und das war ein junger Kerl. Frank konnte es kaum erwarten, von Laura zu hören, wie sie die ganze Sache inszeniert hatte und was sie nun plante. Ihre doofe Familie sollte auf jeden Fall glauben, dass sie in dem Sarg lag. Sie würden heimlich abhauen, aber wohin? Aus Deutschland weg, das war klar. Und ihn hielt nichts in Belfast. Vielleicht hatte sie schon Tickets. Nach Australien? Damals hatten sie darüber fantasiert, gemeinsam nach Australien auszuwandern.

Frank würde mit ihr überall auf der Welt hingehen.

Als Ingo oben an die Brücke kam, war Julia schon auf der anderen Seite die Stufen heruntergestiegen und wollte gerade die Brücke wieder überqueren. Sie sah ihn, blieb stehen, faltete die Arme und schaute zu Boden. Das Kleid flatterte im Wind; hier oben war fast immer Wind.

Alles klar: Ingo würde sich etwas anstrengen müssen.

»Da bist du ja«, rief er. »Hast du dich beruhigt?«

Julia schüttelte den Kopf.

»Ach komm. Ich hab's doch nicht so gemeint. Das Kleid steht dir wirklich gut. Es ist halt ein bisschen gewöhnungsbedürftig.«

»Nur wenn man keinen Geschmack hat.«

»Ich find's eben etwas makaber.«

»Du läufst total in Schwarz herum, mit einem Totenkopf als Ring und einem Totenschädel an deinem T-Shirt, und findest meine Aufmachung makaber?«

»Na, ja. Okay. Hast eigentlich recht.« Er lachte.

Sie lachte auch.

»Soll ich rüberkommen?«, fragte Ingo.

»Ich weiß nicht.«

»Ich könnte ein Kreuz hinlegen.«

»Ach soo. Heute doch nicht. Außerdem kommt jemand.«

Keuchend näherte sich Frank der Brücke. Ingo erkannte den alten Mann, den er vorhin auf der Steinbrücke überholt hatte. Frank blieb neben ihm vor der Brücke stehen, holte Luft und setzte einen Fuß auf die erste Holzplanke.

»Da ist der Durchgang verboten«, sagte Ingo.

»Das ist mir egal«, sagte Frank. Als er Julia auf der anderen Seite stehen sah, hellten sich seine ganzen Gesichtszüge zuerst auf, dann entwich alle Hoffnung aus seiner Miene.

»Wie heißen Sie?«, rief er.

»Ich bin Julia Sixtus.«

Frank nickte. »Natürlich. Lauras Nichte. Wie dumm von mir. Es war wegen des Kleides. Ich habe Sie von unten gesehen. Und dachte ... na ja. Egal.«

»Ich habe schon immer Lauras Kleider getragen. Es hat ihr gefallen. Und sie passen mir, wie auf den Leib geschnitten.«

»Stimmt.«

»Und Sie sind also der Ire. Frank. Lauras große Liebe. Wollten Sie rüberkommen?«

»Ich weiß nicht. Es sieht gefährlich aus.« Frank starrte in den Abgrund, der sich zwischen den morschen Bohlen auftat. Hier wuchsen keine Bäume, und die nackte Felswand auf der Hangseite fiel etwa zwanzig Meter steil nach unten, dann beulte sie sich aus wie ein Leistenbruch, der fast zum Langen Michel reichte. Darunter verengte sich alles in einem dunklen Trichter zwischen beiden Felsen. Plötzlich lachte Frank. Warum war es ihm nicht egal, ob er lebte oder starb? Weil es so ein grässlicher Tod wäre, diese entsetzlichen Sekunden in der Luft, bevor man auf den Felsen prallte, darum. Weil man vielleicht nicht gleich tot wäre, sondern entsetzlich eingequetscht, wie zwischen Hammer und Amboss.

Weil der wirkliche Tod etwas Furchtbares ist.

»Sieht nur so aus«, rief Julia. »Die ganze Jugend von Unternburg geht immer noch hierher, obwohl die Gemeinde die Brücke gesperrt hat.«

»Ja, ja, das war zu meiner Zeit schon so. Aber die Bretter da sind schon fast durchgebrochen.«

»Komisch. Wie ich drüber bin, waren sie noch ganz.«

»Also gut. Ich komme.« Frank legte seine Hand auf den linken Handlauf, aber bevor er losgehen konnte, spürte er eine Hand im Rücken. »Entschuldigung«, flüsterte der Mann hinter ihm. »Wenn Sie früher immer da hochgegangen sind, dann wissen Sie, was das bedeutet.« Er legte zwei überkreuzte Zweige auf den linken Handlauf.

»Ach so. Ja natürlich. Sie sind wohl der Freund.« Frank schaute dem jungen Mann ins freundliche Gesicht, das seinen kriegerisch wirkenden, rot-grün gefärbten Irokesenschnitt Lügen strafte. »Gehen Sie doch. Sie müssen mich schon entschuldigen. Ich habe heute eine geliebte Person verloren.«

Der junge Mann legte seine Hand auf Franks Schulter, als dieser sich wegdrehte, um ihn vorbeizulassen. »Klar doch. Aber sehen Sie, ich habe noch meine geliebte Person.«

»Ah«, sagte Frank. »Das ist schön.« Er machte sich auf den Weg, um zurück nach Unternburg zu laufen, dann drehte er sich noch einmal um. »Vermasseln Sie es nicht.«

»Warten Sie!«, rief Julia. »Was haben Sie gestern gesagt, als wir telefonierten? Über die Liebe? Das musst du dir anhören, Ingo.«

Der junge Mann blieb stehen und schaute erwartungsvoll zu Frank.

»Ich war ihre große Liebe«, sagte Frank. »Und sie war meine. War es das?«

»Genau. Hörst du das, Ingo? Ist das nicht romantisch. Die große Liebe? Wäre das nichts?«

»Wenn du es hören willst, Julia, sag ich's dir. Hör zu: Du bist die große Liebe meines Lebens.«

Julia lachte. »Siehst du? War doch gar nicht so schwierig. Also hat sich der Ausflug schon gelohnt. Bleib da. Ich komme.«

Unten, etwas seitlich zwischen der Felswand und der Säule, wartete Markus mit verkratztem Gesicht in seinem verdreckten, zerrissenen Kaschmirmantel. Er würde das

Testament aus Franks Tasche holen und dann schnell wieder hinauffahren und alles richten müssen. Mit etwas Glück würde die Leiche wochenlang unentdeckt liegen bleiben.

Er hörte es knistern, krachen, dann einen Ruf und gleich darauf einen langanhaltenden Schrei, der mit einem fürchterlichen, splitternden Geräusch aufhörte. Ein Körper schlitterte den Hang hinunter und klemmte sich zwischen dem Sockel vom Langen Michel und dem Hang ein, die Glieder in grotesken Verrenkungen gespreizt wie eine lebensgroße, hingeworfene Stoffpuppe.

Eine Stoffpuppe in einem blauen Kleid.

Horst Prosch
Gut so

Arno war ein Risiko. Von Anfang an. Ich wusste, wenn ich ihm die Rolle anvertraue, dann gibt es nur zwei Möglichkeiten. Entweder er verwächst mit ihr, leidet und liebt und quält sich, oder er versaut alles. Das ganze Stück. Den *Werther*.

Ich vertraue ihm. Und weiß nicht, warum. Er hat das Zeug zum Werther. Diesen egoistischen, weltentrückten, träumenden Blick. Dieses Gefühl. Und eine Steigerungsmöglichkeit in der Darstellung, von der er selbst noch nichts ahnt. Jetzt steht er vermutlich wieder vor seiner geliebten Wand und wippt auf den Zehenspitzen auf und nieder. Bis er bereit ist.

Arno muss bereit sein. Er hat noch fünf Minuten. Genauso wie Lotte. Die hockt auf dem Klo und macht Atemübungen. Gut so. Sie muss ruhig sein. Die Ruhigste von allen. Obwohl ihr Albert da beinahe ebenbürtig ist. Ich sehe ihn, obwohl ich ihn nicht sehe. Albert steht in der Maske vor dem Spiegel und kämmt seine Glatze. Das ist seine Art, mit Lampenfieber umzugehen.

Ist auch verständlich. Nicht jeden Tag ist Premiere. *Die Leiden des jungen Werther*. Die Presse ist schon da, jede Menge. Der Feuilletonleiter der *FLZ*, dann eine junge Dame vom *BR*. Außerdem ein paar andere Leute von den bekannten Anzeigenblättern. Die wollen auch dabei sein, damit sie einen Aufmacher haben. *Werther* will jeder gesehen haben. Daran kommt niemand vorbei.

In einer Ecke haben sie eine Kamera aufgebaut. Dort blinkt ein rotes Licht, dahinter eine dunkle Gestalt, der Kameramann.

Als mich der Intendant des Theaters Ansbach auf einer Autofahrt nebenbei gefragt hat, ob ich Lust hätte, eine Regiearbeit zu übernehmen, das Stück könne ich mir sogar aussuchen, war mir sofort klar, es musste der *Werther* sein. Der *Werther* und kein anderer. Aber nicht im großen Haus, sondern auf der kleinen, intimen Bühne »Theater hinter dem Eisernen«. Wo jeder Lufthauch der Schauspieler beim Publikum ungefiltert ankommt. Keine Distanz, kein Bühnengraben, nichts. Die Zuschauer verteilen sich rings um die Bühne, und wenn sie zu sehr mit den Füßen wackeln, dann könnte das die Akteure auf der Bühne irritieren. Darf es aber nicht.

Dort willst du den *Werther* spielen?

Hat mich der Intendant gefragt.

Ja. Genau dort will ich den *Werther* spielen. Habe ich gesagt. Klein. Intim. Nur drei Personen, mehr nicht. Albert. Lotte. Werther. Auf einer schwarzen Bühne. Mit einem schwarzen Nachtkasten als Utensil. Darin ist alles verstaut. Mehr brauchen wir nicht. Ein paar Briefe, ein Tuch, Schuhe für Lotte, und dann die Pistole.

Das silbrige Ding baumelt an einer Schnur zweieinhalb Meter über der Bühne. Mittendrin. Angestrahlt von einem Scheinwerfer. Es glänzt. Als wäre der Tod eine Erlösung. Arno wollte das so.

Nicht in die Schublade vom Nachtkasten legen, bloß nicht, hat er mich angefleht. Die Zuschauer sollen das Unheil kommen sehen. Den Ausgang des Romans von Goethe kennt sowieso jeder. Also soll die Gefährdung sichtbar sein. Begreifbar. Es soll so wirken, als könnte jeder aus dem Publikum das Stück in eine andere Richtung lenken. Die Pistole abnehmen. Verstecken. Und stattdessen einen Luftballon an dem Seil in der Bühnenmitte befestigen. Einen roten, prall gefüllten Luftballon. Aber dazu wird niemand den Mut haben.

Ich habe mich auf das Wagnis eingelassen. Arno, habe ich gesagt, es soll so sein. Du bekommst deine Pistole. Ob es richtig war, wird sich bald herausstellen.

Noch zwei Minuten. Der Beleuchter ist bereit. Das Gemurmel ebbt ab. Volles Haus. Mehr geht nicht. Das Publikum ist nur ein Schatten. Es hockt in dicht gedrängten Reihen auf schwarzen Stühlen um das schwarze Bühnen-Viereck herum. Hier ist alles schwarz. Der Boden, die Stufe zur Bühne, die Wände. Das ganze Interieur. Ein Traum für jeden Regisseur. Oder ein Albtraum. Je nachdem. Dazu zwei Ausgänge. Zwei Logen. Rein und raus. Rauf und runter.

Meine Hände sind feucht. Das ist immer so. Dafür kämme ich mir keine Glatze und vollbringe keine Atemübungen oder wippe auf Zehenspitzen vor einer Wand. Unter meinem Stuhl liegen die Regieanweisungen. Für den Notfall. Doch es darf keinen Notfall geben. Ich kenne das Skript auswendig. Jeden Moment. Wann wer auf die Bühne kommen muss, wer wann etwas sagt oder nichts sagt.

Premiere.

Da ist alles geplant und doch nichts endgültig.

Wie eine Wundertüte.

Lotte. Jetzt müsste Lotte kommen. Es ist schon eine Minute über der Zeit. Ich warte. Ich schaue auf die Uhr und sehe nichts. Es ist dunkel. Nur die Pistole leuchtet über der Bühne. Sie dreht sich im Lufthauch.

Und dann kommt Lotte. Weißes Kleid, luftig, darunter weiße Leggins, barfuß. Sie torkelt auf die Bühne, zieht sich Schuhe an, umständlich, kramt Briefe aus der Schublade des Nachtkastens. Steht dann herum, entfaltet zerknülltes Papier, dreht es im Kreis, schnieft. Rauft sich die Haare. Und liest. Flüstert. Nur für sich. *Es ist beschlossen, Lotte, ich will sterben. Vergib mir ... denn zum ersten Male ganz ohne Zweifel durch mein innig Innerstes durchglühte mich das Wonnegefühl: sie liebt mich! Sie liebt mich.*

Traumhaft. Als spräche Werther aus diesen Zeilen. Das Blatt zittert in ihrer Hand. Ihr Fuß zittert, das Haar auf ihrem Kopf zittert. Alles. Gut so. Lotte hat den *Werther* sofort begriffen. Ich musste ihr nichts sagen, keine Anweisungen geben. Sie tanzte und schwebte und küsste und litt unbeschwert. Vom ersten Moment an.

Dann Albert. Mit seiner glänzenden Glatze und einem Frack tritt er auf wie der Oberbuchhalter eines DAX-Konzerns. Mächtig. Keinen Widerspruch duldend. Da hatte Werther keine Chance. Albert steht auf der Bühne, eine Erscheinung wie das drohende Unheil. Er muss kaum etwas sagen. Das Publikum weiß auch so, wer er ist. Albert. Werthers Untergang. Jetzt übt er Kritik an sich selbst und steht da wie eine Statue. *Ich gestehe ein, dass ich oft das Zimmer verlassen habe, wenn Werther bei ihr war.*

Ein bisschen Bewegung. Bitte. Albert! Ich habe ihm gesagt, er könne kleine Schritte gehen, die Bühne sei groß genug. Er müsse nicht zu statisch sein. Aber er ist statisch. Ein Monstrum. Ich bin gespannt, wie die Presse reagiert. Albert könnte genauso gut einen Henker im Mittelalter spielen. Die Statur dazu hätte er.

Und dann Werther. Endlich. Mit gelben Turnschuhen an den Füßen erklimmt er die Bühne. Springt behände herein, als wüsste er nichts von dem Unheil, das ihm in diesem Stück widerfahren soll. Er spricht, träumt, verzückt sich bei Lottes Anblick. *Eine wunderbare Heiterkeit hat meine ganze Seele eingenommen, gleich den süßen Frühlingsmorgen, die ich mit ganzem Herzen genieße.*

Irgendwie schaut er unsicher. Als wüsste er den Text nicht mehr. Er dreht sich um die eigene Achse, streift mit seinem Blick erst Lotte, dann im Halbkreis das Publikum. Als wäre dort der Text, der ihm entfallen ist. *Ich bin so glücklich so ganz in dem Gefühle von ruhigem Dasein versunken.*

Das sagt Werther dem Publikum. Obwohl er es nicht sieht. Obwohl er es nur erahnen kann. Mir klopft das Herz in der Brust, als säße dort ein Vorschlaghammer. Arno! Arno! Das haben wir geübt. Das habe ich dir eingeschärft. Du liebst Lotte, nicht das Publikum. Jetzt schmachtet er eine dunkle Ecke in der zweiten Reihe an. *Ich habe eine Bekanntschaft gemacht, die mein Herz näher angeht. Ich bin vergnügt und glücklich. Einen Engel! Und doch bin ich nicht imstande, zu sagen, wie sie vollkommen ist, warum sie vollkommen ist.*

Der Beleuchter erhört mein Flehen. Er weist ihm den Weg zur Bühne. Werther, ab mit dir. Hoffentlich bleibt das der einzige Ausfall.

Ich schwitze.

Albert ist souverän. Das macht seine Glatze. Und der Oberbuchhalter-Dress. Lotte ist ein Traum. Und Werther findet zum Skript zurück. Wie er nun leidet. Und den Schattenriss von Lotte mit Klebeband vom Baumarkt auf den schwarzen Boden fixiert. Den Schattenriss küsst.

Wie er sich auf den schwarzen Brettern wälzt, mit Lotte seine Liedchen trällert. Lotte küsst. Fast schon zu heftig. Als wäre das nicht nur ein Spiel.

Ich weiß noch, wie lange wir gebraucht haben, um den Schattenriss im Stück einzubauen. Einen Schattenriss. Zwischen dem Publikum an die Wand geworfen. Irgendwie. Es wollte nicht gelingen. Und dann ist mir zu Hause das Klebeband von der letzten Renovierung in die Hand gekommen. Mit dem klebt Werther nun den Schattenriss. Windet den Schatten von Lotte in weißen Kurven auf den schwarzen Bühnenboden. Perfekt. Werther küsst den Bühnenboden. Dort, wo der Mund von Lotte sein müsste. Und dann schaut er zwischen den Küssen ins Publikum. Wieder in diese Ecke in der zweiten Reihe. Mit grimmigem, entschlossenem Blick. Ein weiterer Kuss. In den Proben war das nicht ausgemacht. Da war er immer sachlich, nüchtern. Beschränkte sich aufs Spielen.

Jetzt spielt Arno nicht mehr. Er küsst Lotte wirklich.

Und Lotte gibt sich hin, eine weiße Gestalt auf der schwarzen Bühne, umarmt von Werther, das verschwitzte gelbe Hemd halb hochgerutscht, der Schweiß steht ihm auf der Stirn. Mit einer ungeschickten Bewegung stößt er an die Pistole, sie baumelt über den Köpfen der Liebenden.

Ist das Absicht?

Was wird die Presse dazu sagen?

Das steht nicht in den Regieanweisungen, niemals.

Auf dem Bühnenboden hinterlassen die gelben Turnschuhe deutliche Spuren. Lotte und Werther küssen sich noch immer.

Es ist genug. Werther! Lotte! Hört ihr? Es ist genug.

Sie lassen voneinander ab, als hätten sie meine Gedanken vernommen.

Darf ich Sie morgen wiedersehen, Lotte? Haucht Arno und reißt an ihrem Kleid, das Lotte gerade noch festhält, bevor es ihr von den Schultern rutscht.

Ja, Werther. Ja ...

Lotte geht ab.

Und Werther gerät aus dem Konzept. *Wehe denen, die sich der Gewalt bedienen, die sie über ein Herz haben ...*

Aus.

Ende.

Welch eine Schande.

Ich sehe die Kritik in der *FLZ* am nächsten Morgen. Höre das hämische Grinsen in den Redaktionen, sehe den Beitrag im *BR*. Der Werther im »Theater hinter dem Eisernen« ein einziges Fiasko. Ansbach ist peinlich berührt. Das Theater wird zum Gespött.

Das Thema gleich nach dem Orangensaft beim Frühstück.

Habt ihr das gesehen?

Wie der Werther die Lotte geküsst hat?

Er hat ihr sogar an den Hintern gegriffen.

Peinlich war das, wirklich.

Sie fangen sich wieder. Als hätten sie sich in kleinen Pausen hinter der Bühne an das Skript erinnert. Albert stoisch und unbeirrbar. Lotte leidend und liebend. Werther schweißüberströmt. Er zittert und öffnet das Päckchen, das ihm Lotte zum Geburtstag überreicht, wirft das Geschenk zu Boden und behält nur die Schleife, die mit dem Duft von Lotte getränkt ist. Dann schläft er damit ein.

Ja. Das kann er. Schlafend und liebend und schwitzend im Scheinwerferlicht. Das konnte Arno von Anfang an.

Dann wieder Albert. Stehend wie ein Richter. Er schiebt den schwarzen Nachtkasten in die Mitte der Bühne.

Lotte. Gib ihm die Pistole. Ich lasse ihm eine glückliche Reise wünschen.

Lotte zögert. Dann steigt sie auf den Kasten und nestelt am Knoten. Reicht Werther schließlich das silbrige Ding. Er zittert. Schwitzt. Gut so.

Lotte und Albert verlassen die Bühne. Zurück bleibt Werther, die Pistole in den Fingern. Mit gläsernem Blick. Das kann er. Ich wusste, dass er das kann. Die Kritik wird ihm den Texthänger verzeihen. Vergessen.

Jetzt hat er sich wieder im Griff. Als wäre Arno Werther. Er selbst. Und nun spielt er mit der Pistole. Schiebt sie sich in den Mund. Hält sie an die Schläfe. Es muss so sein. Und nicht anders. Goethe hat den Werther literarisch umgebracht. Ein tragischer Tod, der Liebe wegen.

Werthers Stimme kommt vom Band.

Arno hat gesagt, er könne das nicht sprechen. Niemals. Er könne nicht mit der Pistole seinen Tod vorbereiten und gleichzeitig sprechen. Ich habe lange mit mir gerungen, dann aber nachgegeben.

Alles ist so still um mich her, und so ruhig meine Seele. Ich danke dir, Gott, der du diesen letzten Augenblicken diese Wärme, diese Kraft schenktest. O Lotte, was erinnert mich nicht an dich. Umgibst du mich nicht. Und habe ich nicht, gleich einem Kinde ...

Was macht er jetzt? Arno verlässt die Bühne und wendet sich dem Publikum zu. Er geht zur selben Ecke wie schon zu Beginn. Steigt zwischen den Zuschauern hindurch in die zweite Reihe, läuft dort entlang. Der Beleuchter schickt ihm einen Spot hinterher.

Das ist nicht abgesprochen. Was macht er dort? Soll ich eingreifen?

Arno bleibt stehen, beugt sich nach vorn und packt einen Zuschauer am Kragen.

Hier, Lotte! Ich schaudre nicht, den kalten, schrecklichen Kelch zu fassen, aus dem ich den Taumel des Todes trinken soll.

Der Zuschauer ist bleich. Arno fuchtelt mit der Pistole vor seinem Gesicht herum.

»Zum letzten Mal, Peter. Gibst du Sabine frei?«

»Niemals!«

Ein Schrei aus dem Publikum, wie ein dumpfer Glockenschlag. Und dann ein Schuss.

War die Pistole geladen? Werther sollte still abgehen, kein Schuss fallen. Das Publikum sollte auf den Schuss warten, minutenlang in Spannung auf den Stühlen rutschen.

Der Zuschauer kippt zur Seite. Das Publikum ist wie erstarrt. Ist das nun der neue *Werther*? Ich darf nicht eingreifen. Es muss wie ein Schauspiel wirken. Es ist doch ein Schauspiel, oder?

Arno kehrt zur Bühne zurück. In der einen Hand die Pistole, mit der zweiten winkt er Lotte herein. Sie umkreist die Bühne wie ein Raubtier. Setzt schließlich zum Sprung an. Und ist bei Werther.

Sie umarmen sich.

Ein Kuss wie eine Offenbarung.

Gut so.

Wirklich: Gut so.

Aber das steht nicht im Drehbuch. Sie haben mich damit überrascht. Kommt Albert noch dazu? Eine offene Dreierbeziehung als Lösung? Und was ist mit dem

Zuschauer, der in der zweiten Reihe sitzt? Greift er ins Geschehen ein?

Noch immer dieser Kuss.

In der zweiten Reihe ist nichts zu sehen. Dort ist es dunkel. Keine Unruhe. Als wäre alles bestens.

Gut so.

Sie lösen sich voneinander. Endlich.

Darf ich Sie morgen wiedersehen, Lotte? Fragt Werther.

Ja. Haucht Lotte.

Das gehört nicht hierher. Niemals.

Werther zieht sie an sich heran, noch näher als zuvor. Er sucht ihren Mund, küsst nun schon wieder, hebt gleichzeitig die Hand mit der Pistole und hält sie Lotte an die Schläfe.

Ein Schuss zerreißt die innige Szene. Lotte sackt zusammen, rutscht mit ihren Lippen ab, als sei sie tatsächlich getroffen. Eine traumhafte Reaktion, obwohl wir das niemals geprobt haben. Rote Flüssigkeit tritt aus ihrer Schläfe, rinnt über den Hals, erreicht das weiße Kleid und zeichnet von dort eine Linie bis zum Fußboden. Im Raum ist es still.

Werther zittert. Lotte ist schwer.

Ich weiß nicht, was die beiden vorhaben. Nichts davon steht in meinen Anweisungen.

Ein hilfloser, gleichzeitig entschlossener Blick von Werther. Lotte hängt in seinem linken Arm, kaum noch kann er sie halten. Erneut führt er die Pistole an die Schläfe, wartet einen Moment.

Arno flüstert.

Ich komme, Lotte. Hörst du? ... Ich komme.

Im Publikum ist kein Laut zu hören. Als hätten alle den Atem angehalten. Ein Bühnenspot surrt leise. Es ist immer dasselbe. In den unpassenden Momenten spinnt die Technik.

Lotte, hörst du? ... Ich komme.

Gut so. Arno. Gut so. Ich weiß nicht, wie du das machst und ich weiß auch nicht, wann ihr das geprobt habt. Und ich bin ehrlich, ich habe Lotte niemals zugetraut, dass sie so theatralisch und kraftlos in den Armen von Werther hängen kann. Wie die sich da hineinschmiegt. Als hätte sie sich einfach fallen lassen. Und Werther zittert.

Was kommt jetzt noch?

Anders: Was könnte kommen?

Was werden die Zeitungen schreiben? Ein anderer Ausgang von *Werther*. Vielleicht taucht gleich Albert auf, der glatzköpfige Oberbuchhalter mit seiner edlen Weste. Ich weiß nicht, was noch kommt. Welch unmögliche Situation für einen Regisseur, dem seine eigene Arbeit entgleitet.

Gut so.

Wirklich. Gut so.

Noch ein Schuss. Werther sackt wie vom Blitz getroffen zusammen, Lotte mit ihm. Dann liegen sie mit verrenkten Gliedern auf dem schwarzen Bühnenboden, und der Scheinwerfer surrt noch immer.

Jetzt müsste etwas kommen. Beifall vom Publikum. Oder eine Erklärung. Werther müsste wieder aufstehen, Lotte mit sich hochziehen. Vielleicht stürmt auch Albert herein, aber von dem ist nichts zu sehen.

Soll ich etwas sagen?

Mich auf die Bühne stellen und irgendetwas erklären?

Um Lotte breitet sich eine rote Flüssigkeit aus. Ihr weißes Kleid wird durchtränkt, Werthers Kopf liegt im Dunkeln.

Irgendjemand schreit.

»Licht an. Schnell.«

Gut so. Traumhaft. Eine wirklichkeitsnahe Premiere ohnegleichen. Ich warte darauf, dass Lotte und Werther endlich aufstehen. Und dass jemand beginnt, Beifall zu klatschen. Aber es klatscht niemand.

Erneut die Stimme. Noch lauter.

»Jetzt macht doch endlich das Licht an.«

Ich gebe dem Beleuchter ein Zeichen. Mir ist unwohl, sehr plötzlich. Dann geht das Licht an, ein Spot nach dem anderen. Lotte und Werther rühren sich immer noch nicht. Und in der zweiten Reihe, in der vorhin Arno einen Schuss abgegeben hat, hängt ein männlicher Zuschauer merkwürdig kraftlos in seinem Sitz.

Mit freundlicher Genehmigung von Thorsten Siebenhaar, dessen Text und Regie für die Inszenierung Die Leiden des jungen Werther *am Theater Ansbach im Jahr 2012 die Grundlage bildete.*

Jeff Röckelein
Das Fünfte Gebot

»*Du sollst nicht töten*, spricht der Herr Zebaoth«, sagte Herr Leberecht als Antwort auf meine Frage.

Herr Leberecht ist ein dünnes Männlein von vielleicht siebzig Jahren. Er war als Kfz-Meister Lehrlingsausbilder bei BMW in Nürnberg und hat sich im Ruhestand aufs Land zurückgezogen. Er bewohnt ein windschiefes Fachwerkhäuschen am Grafensteiner Hang, das er eigenhändig herrichtet und modernisiert – neue Fenster und Fußböden, Pelletheizung statt Kohleöfen, Wärmedämmung unterm Dach. Dafür braucht er keine Miete zu entrichten, und der Vermieter bekommt ein restauriertes, wetterfestes Haus, sobald Herr Leberecht gestorben ist.

Wenn ich oben auf dem Schrollenkamm mit dem Hund spazieren gehe, sehe ich ihn oft, wie er mit Rucksack und Hacke den langen Hang heraufsteigt, ein Tirolerhütchen auf dem kleinen Kopf und die blaue Schürze unter der Jacke, eine drahtige Gestalt, höchstens eins siebzig groß, und sein leicht verwilderter Vollbart unterstreicht eher noch die asketischen Züge, als dass er sie verbirgt.

Er hat sich hier oben ein winziges Stück Land gepachtet, ungefähr acht mal zehn Meter, das er bewirtschaftet. Weiß-, Rot- und Blumenkohl, Kopfsalat, Karotten, Gurken, Zwiebeln, Busch- und Stangenbohnen, Kartoffeln, Johannis- und Stachelbeeren. Er gräbt um und jätet Unkraut, düngt mit den Pferdeäpfeln des Nachbargauls, und in der Salatsaison sammelt er die Schnecken in einem Eimer auf, nimmt sie mit hinunter ins Tal und setzt sie dort wieder aus. Den Weißkohl verarbeitet er zu Sauerkraut, und aus der Lake macht er eine Marinade für den Kopfsalat. Die Beeren verkocht er zu Gelee, die Bohnen weckt er ein.

»Mit den Tomaten habe ich es aufgegeben«, verriet er mir. »Da ist das Wetter zu schlecht, oder ich müsste mir einen Regenschutz für die Pflanzen bauen, der den Wind hier oben aushält.« Auch mit dem Knoblauch gibt es Probleme; die Zehen in den Zwiebeln, die er erntet, sind so klein, dass man seine liebe Not beim Schälen hat, wie ich selbst schon feststellen durfte. »Ich werde es mal mit zweijährigen Pflanzen probieren«, versprach er. »Da sollten sie größer werden.«

Clemens Leberecht raucht nicht, trinkt Leitungswasser und schwört auf Rohkost. Aus einem alten Fahrrad hat er sich eine Tretwaschmaschine gebaut, und hinterm Haus steht ein Miniwindrad und produziert Strom für die Türklingel. Er ist seit acht Jahren mit Marga verheiratet, seine zweite Ehe nach dem Tod seiner ersten Frau, und hat keine Kinder, jedenfalls keine, die er erwähnt. Er bezeichnet sich als »gläubig«, ohne dass ich genau wüsste, was das bedeutet.

Wir treffen uns mit einiger Regelmäßigkeit freitags in der Sauna von Mannis FitnessCenter in Mittertrubach, dem ich auch nach meiner von der Kasse bezahlten Reha treu geblieben bin. Während ich mich eine Stunde lang mit den diversen Foltergeräten abmühe, geht Herr Leberecht gleich in die Sauna und heizt sie auf hundert Grad hoch. Er hat damit nicht die geringsten Schwierigkeiten, wohingegen mir jedes Mal die Luft wegbleibt, sobald ich die Tür öffne. Wir sind so gut wie immer unter uns, denn erstens gehen wir schon vor dem Abendessen, und zweitens verlangt Manni für die Saunabenutzung sieben Euro extra. Außerdem scheint sich die Dorfjugend, für die sein Fitnessstudio nur eine »Muckibude« ist, nichts aus Saunabesuchen zu machen, zumindest dann nicht, wenn es – wie bei uns beiden älteren Semestern – nichts zu gucken gibt.

Die Zeit, in der ich mein Programm absolviere, verbringt Herr Leberecht damit, dass er von den Zetteln, die er mit in die Kabine nimmt, Texte abliest und vor sich hinmurmelt. Die Zettel haben die Größe von Kalenderblättern und könnten mit Bibelstellen oder Gebeten bedruckt sein. Manchmal sehe ich durchs Fenster, dass sein Oberkörper beim Lesen vor- und zurückschwingt wie bei den Juden an der Klagemauer. Der Anblick hat durchaus etwas Hobbithaftes: ein dünnes, aber keineswegs dürres Kerlchen, mit lichtem, halblangem Haupthaar, einem Bart und listigen Augen, das nackt und mit feuchter Haut auf einer Holzbank sitzt, auf einen Zettel sieht und die Lippen bewegt. Sobald ich eintrete, legt Herr Leberecht die Zettel neben sich aufs Handtuch.

»*Du sollst nicht töten*, spricht der Herr Zebaoth«, sagte Herr Leberecht und beantwortete meine Frage, warum er Vegetarier sei.

»Und wer ist Herr Zebaoth?«

»Das wissen Sie nicht? Der Herr der Heerscharen, der Weltenherrscher, Jehova, Gott.«

Herr Leberecht schien aufrichtig verwundert zu sein. »Sind Sie Atheist, Herr Wirth?«

»Ich denke schon«, sagte ich und setzte mich eine Etage tiefer.

»Was heißt das, Sie denken schon? Entweder sind Sie es oder Sie sind es nicht.«

»Na, schön«, gab ich widerwillig zu, »ich glaube nicht an Ihren Zebaoth oder Jehova oder irgendeinen Gott, der uns abwechselnd Seuchen, Kriege oder Naturkatastrophen schickt und neuerdings einen Bürgermeister, der nicht in der Lage ist, die Kolibakterien von unserem Trinkwasser fernzuhalten.«

Aus Herrn Leberechts Miene sprach jene Nachsicht, wie sie Menschen im Besitz einer höheren Wahrheit gegenüber Verwirrten oder Ignoranten an den Tag legen.

»*Ihr* Problem, wenn Sie nicht glauben«, sagte er gnädig. »Aber dass das fünfte Gebot ein sinnvolles Gebot ist, werden Sie wohl nicht abstreiten, oder?«

Inzwischen rann mir bereits der Schweiß in regelmäßigen Tropfen vom Kinn, während Herr Leberecht in der Höhe und im Licht der holzbeschirmten Leuchte goldig glänzte. Die trockene Luft stach und brannte in meiner Nase.

»Hat Herr Zebaoth gesagt: Du *sollst* nicht töten oder du *darfst* es nicht?«, fragte ich hinauf.

»Das spielt für mich keine Rolle«, beschied mich der fränkische Exeget. »Töten ist töten und ein Verbrechen am Leben.«

»Und woher wissen Sie, in welcher Sprache Herr Zebaoth geredet hat und ob er richtig übersetzt wurde? Mit dem Moses hat er vermutlich hebräisch oder altägyptisch gesprochen, aber die Muttersprache seines Sohnes Jesus war Aramäisch. Und da fängt ja die Haarspalterei schon an. Wenn ich mich recht an meinen Religionsunterricht erinnere, gibt es Wissenschaftler, die behaupten, er habe nicht ›töten‹, sondern ›morden‹ gesagt. Und wenn er von ›morden‹ gesprochen hat, dann bräuchten Sie nicht Vegetarier zu sein, zumindest nicht aus religiösen Gründen.«

Weil Herr Leberecht sich anschickte, einen Aufguss zu machen, nahm ich schnell mein Handtuch auf und ging in den Hof zum Tauchbecken. Ein Aufguss bei hundert Grad! Wer das aushält, hält auch das Fegefeuer aus.

»Ich bin ja nicht nur aus religiösen Gründen Vegetarier«, führte Herr Leberecht das Gespräch fort, als er fünf Minuten später ebenfalls in den Hof kam und sich neben mich setzte. »Man lebt auch gesünder. Ihr Geruchssinn verbessert sich, der Cholesterinspiegel geht nach unten, das Risiko von Krebs und Herzkreislauferkrankungen ist geringer, und Ihr Gewicht stabilisiert sich auf einem vernünftigen Niveau«, sagte er mit einem Kopfnicken zu meinem Bauch hin.

»Um das zu erreichen, brauche ich nur den Alkohol wegzulassen«, sagte ich.

»Und warum tun Sie es nicht?«, bohrte der Kobold nach. »Weil Sie keine Überzeugung haben, kein Vorbild, kein Ideal, kein Lebenskonzept. Dabei gibt es viele berühmte Leute, die vegetarisch und gesund gelebt haben. Pythagoras, da Vinci und Tolstoi.«

»Richard Wagner und Adolf Hitler nicht zu vergessen«, ergänzte ich. »Der eine war ein Krachmacher und der andere ein Massenmörder.«

»Ich krieg Sie schon noch so weit«, sagte er fröhlich. »Bei der Marga hat es auch ein Weilchen gedauert, bis sie es eingesehen hat.«

Seine jetzige Frau hatte er beim Tanztee kennengelernt, den es damals jeden Sonntagnachmittag im *Wiener*

Café in Nürnberg gab. Sie habe seinerzeit noch geraucht und Alkohol getrunken, abends bloß vor dem Fernseher gesessen, sich ungesund ernährt und achtzig Kilo gewogen.

»Aber das hat sich relativ schnell gegeben, als wir hier aufs Land zogen und unser eigenes Essen anbauten«, stellte er zufrieden fest. »Heute wiegt sie weniger als fünfzig, schätz ich mal, braucht keine Frauenzeitschriften wegen der Diäten zu abonnieren, verblödet nicht vor der Glotze, hustet nicht mehr, und ihre Migräne wurde auch besser. Und von dem gesparten Geld können wir uns ein größeres Grundstück pachten und mehr Gemüse anbauen. Brokkoli, Zucchini und Flaschenkürbisse, beispielsweise. Die können wir dann samstags auf dem Bauernmarkt verkaufen.«

Frau Leberecht habe ich nie zu Gesicht bekommen. Was macht eine ehemals lebenslustige Frau, die sich von ihrem Mann aufs Land verschleppen und ihr Leben umkrempeln lässt? Womit beschäftigt die sich den ganzen Tag, wenn sie nicht mal mehr die *Brigitte* lesen darf, geschweige denn RTL gucken? Gemüse einwecken? Dinkelbrot backen? Sauerkraut stampfen? Die Bibel auswendig lernen?

Mannis FitnessCenter blieb während der großen Ferien geschlossen und machte erst im September wieder auf. Manfred Lochner ist gelernter Physiotherapeut und war früher nicht nur aktiver Bodybuilder gewesen, sondern hatte sich sogar einmal bei der Weltmeisterschaft in Barcelona den Titel in seiner Altersklasse geholt. Er ist ein prallgesunder, eins neunzig großer Hundertkilomann, der mit selbstsicherer Bescheidenheit auftritt und auch von den krawalligen jungen Dorframbos respektiert wird. Er hat es nicht nötig, mit seiner Anatomie zu protzen. Nie habe ich ihn mit nacktem Oberkörper oder auch nur im Muskelshirt gesehen; an der Wand neben der Eingangstür gibt es lediglich ein großformatiges Foto von seiner Siegerehrung, und in der Männerumkleide hängt ein Motivationsbild vom jungen Schwarzenegger. Seit dem Ende seiner Karriere hat er eine eigene physiotherapeutische Praxis am Marktplatz, und ab siebzehn Uhr öffnet er sein kleines Gym im umgebauten Gastzimmer des früheren *Roten Ochsen*. Zwei Kraftstationen, zwei Multifunktionsbänke, ein Crosstrainer, ein Hometrainer, ein Stepper, ein Curlpult und ein Hantel- und Scheibenständer – völlig ausreichend, um sich unter Mannis fachkundiger Anleitung fit zu halten. Die Theke hat er zu einer »Eiweißbar« umfunktioniert, wo man ab und zu mit der rothaarigen Lia, Lebensgefährtin, Sparkassenangestellte und Kampfsportlerin, schäkern und sein Geld für aromatisierte Proteine und Vitamine ausgeben kann.

»Na, Karl«, begrüßte er mich und zerdrückte meine Hand mit seiner Pratze. »Gut erholt schaust aus«, sagte er und deutete auf meine Problemzone. »Zeit, wieder ein wenig Eisen zu pumpen, oder?«

Ich setzte mich aufs Fahrrad, begann mit einem leichten Programm zu strampeln und erkundigte mich, ob sich Clemens Leberecht inzwischen wieder habe blicken lassen.

»Nein«, sagte Manni. »Hast du das nicht mitbekommen?«

»Was?«

»Seine Frau ist vor zwei Wochen gestorben.«

Da lagen Petra und ich noch faul auf dem Teutonengrill in Bibione und haben es uns gutgehen lassen.

»Wie ist denn das passiert? War sie krank?«

»Nein«, sagte Manni und senkte die Stimme. »Im Dorf erzählen sie, sie ist verhungert und verdurstet. Sie hat dieses vegetarische Zeug noch nie gemocht und hat zum Schluss gar nichts mehr gegessen und seinen Brennnesseltee immer weggeschüttet. Sie hat einfach gestreikt, sich eingesperrt und ist bloß noch am Fenster gesessen und hat hinausgeschaut.«

Im November bin ich ihm zum ersten Mal wiederbegegnet. Ich war mit Benno unterwegs, und Herr Leberecht erntete gerade die letzten Porreestangen, zupfte Unkraut aus und grub eine Parzelle des steinigen Bodens um. Ich ging zu ihm und sprach ihm mein Beileid aus.

»Danke, sehr freundlich von Ihnen, Herr Wirth«, sagte er gerührt und schüttelte mir die Hand.

»Es kam irgendwie so unerwartet für mich«, gestand er, stützte sich mit beiden Händen auf den Spatengriff und stellte den linken Fuß aufs Blatt. »Aber ich hätte es bemerken müssen. Sie hat die letzten Tage kein Wort mehr geredet, nur noch lustlos im Essen gestochert und eine Stunde für drei Salatblätter gebraucht.« Er schüttelte den Kopf. »Unfassbar. Doktor Soyka meint, sie ist verhungert.« Seine Augen wurden wässerig. »Wie gibt es so etwas? Ich bin doch auch nicht verhungert!«

Benno zerrte an der Leine und wollte weiter.

»Wenn ich das geahnt hätte, hätte ich sie auf Knien angefleht, irgendein Stück Fleisch zu essen, eine Bratwurst oder ein halbes Hähnchen, meinetwegen.«

Er schüttelte erneut den Kopf, wischte sich über die Augen und seufzte.

»Aber was soll das Gejammer«, sagte er. »*Der Herr hat gegeben, der Herr hat genommen.* Hiob eins.«

Es ist Januar, und Herr Leberecht kommt gut gelaunt zur Sauna. Draußen fegt ein eisiger Wind durchs Tal und rüttelt an den Jalousien. Herr Leberecht stapft wie ein Waldschrat aus Mittelerde ins Studio. Über einem grauen Kapuzenpulli trägt er eine dicke grüne Langjacke und über der Kapuze den Hut; die braunen Cordhosen hat er in Stiefel mit Filzschäften gestopft, die Fäustlinge sind mit einer um den Hals hängenden roten Kordel verbunden, und weil er mit dem Rad unterwegs ist, glitzert die gefrorene Atemluft in Bart und Brauen. Ich beende mein Programm mit einer Runde Seilhüpfen, gehe unter die Dusche und folge ihm in die vorgeheizte Sauna.

»Haben Sie Weihnachten gut verbracht?«, frage ich.

»Ja«, sagt er, lächelt versonnen und massiert sich mit dem Luffahandschuh die Waden. »Ich habe eine neue Frau kennengelernt«, verkündet er nach einer Weile.

»Herzlichen Glückwunsch«, sage ich, weil mir nichts Besseres einfällt.

Er hält das Schweigen nicht lange durch und erzählt, dass er in der Monatszeitschrift seiner Brüdergemeinde eine Annonce aufgegeben und daraufhin eine Zuschrift erhalten habe. Es handle sich um eine Witwe aus dem Rheinland, fünfundsechzig Jahre alt und ebenfalls »gläubig«, die ihn mit ihrer Tochter an Weihnachten besucht habe und eine Woche geblieben sei.

»Und?«, drängele ich, weil es mir schon wieder zu heiß wird.

»Sie sieht sehr appetitlich aus, was mir durchaus wichtig ist, denn ich bin ja noch nicht mumifiziert«, sagt er selbstbewusst. »Nur an zwei Sachen muss ich noch ein wenig arbeiten.«

»Ach ja?«

Herr Leberecht nimmt sich jetzt die Arme vor und streicht mit dem Handschuh vorschriftsmäßig in Richtung zum Herzen über die Haut.

»Nachdem sie abgereist war, haben wir noch ein- oder zweimal telefoniert, und da hatte ich den Eindruck, dass die Tochter gegen mich intrigiert.«

Ich rutsche auf die unterste Bank.

»Und das Zweite ist, dass sie das mit der vegetarischen Lebensweise nicht ganz so sieht wie ich. Und rauchen und Alkohol trinken tut sie auch. Noch.«

Ich stehe auf und gehe zur Tür.

»Aber das habe ich bisher immer hingekriegt«, sagt er. »*Wir aber, die wir des Tages sind, sollen nüchtern sein, angetan mit dem Panzer des Glaubens und der Liebe.* Erster Thessalonicher«, ruft er mir beim Hinausgehen nach.

Was wohl auf Frau Leberechts Grabstein stehen mag?

Dahingerafft vom Panzer der Liebe und des Glaubens?

Ich bin doch auch nicht verhungert?

Morgen gehe ich auf den Friedhof.

Elmar Tannert
Yanyana

Der rote Mini rast über die Bundesstraße 14 Richtung Osten. Sebastian sieht in den Spiegel. Murat bleibt zurück. Jetzt kommt die Rechtskurve zur Bahnunterführung, kurz vor Hartmannshof. Sebastian tritt die Bremse. Das Pedal bewegt sich ohne Widerstand nach unten und befördert den Wagen in eine Gegenwart, die langsamer wird, bis die Zeit selbst zu sterben scheint. Ein Fenster öffnet sich zum neunjährigen Sebastian, allein in seiner Schulbank. Neben ihm hielt es keiner lange aus. Erst als Erwachsener begriff er, warum er damals so war, wie er war. Als Kind kann man sich nicht an den richtigen Personen rächen. Am Vater, der abgehauen ist, an der Mutter, die einen Neuen hat, an ihrem Neuen, der einen von Anfang an nicht leiden kann. Also suchte er sich andere Opfer, stach Mädchen mit dem frisch gespitzten Bleistift in den Hintern, schnitt ihnen Zöpfe ab, schubste Klassenkameraden die Treppe hinunter, zündete Papierkörbe an.

Bis mitten im Schuljahr Tutkun in die dritte Klasse kam und auf den freien Platz zu seiner Rechten gesetzt wurde. Tutkun war in Kayseri geboren, in Nürnberg aufgewachsen und wurde nach dem Unfalltod seiner Eltern von seiner Hersbrucker Verwandtschaft aufgenommen. Nach einer Woche schlossen sie ihren Freundschaftsbund fürs Leben. Den Namen kritzelte Tutkun auf ein herausgerissenes Eck aus seinem Hausaufgabenheft. »Yanyana« las Sebastian, und Tutkun lachte. »Nix yanyaaana. Yanyana. Wie ... wie Ananas. Bei dir hört an wie Banaaane. Denk an Ananas. Yanyana. Ananas. Yan ist Seite, yana ist an Seite, yan-yan-a ist Seite an Seite. Du Depp!« Er lachte wieder. Einem anderen hätte Sebastian daraufhin eine gescheuert, aber wenn Tutkun lachte, war es unmöglich, ihm böse zu sein.

Jetzt lacht er nicht. Sondern schreit. Sebastian hat ihn noch nie schreien hören. Seit er ihn kennt, ist Tutkun jeder unangenehmen Situation mit einem Witz begegnet. Dabei hatte das Schicksal ihn genug gebeutelt. Sein Glück war, dass ihn eine große Familie auffing.

Ebenso, wie Tutkun sich darüber wunderte, dass Sebastian nur mit seiner Mutter und einem sporadisch anwesenden Mann zusammenlebte, staunte Sebastian über die Vielzahl von Onkeln und Tanten, Cousinen und Cousins, die er nachmittags nach der Schule bei Tutkun zu Hause antraf. Über jeden von ihnen gab es Geschichten und Anekdoten, die immer wieder erzählt wurden und regelmäßig mit der Ermahnung an Tutkun schlossen, er müsse unbedingt so gut wie möglich Deutsch lernen. Die Geschichte vom Großvater, der bei seinen ersten Einkäufen in der Metzgerei Tierstimmen nachahmte, sich muhend oder meckernd mit der Verkäuferin unterhielt, um das gewünschte Fleisch zu bekommen. Die von der Großtante, die für ihre Stehlampe einen neuen Stecker besorgen musste und ihn erst nach vielen Missverständnissen bekam, weil fiş, der Stecker, im deutschen Ohr wie Fisch klingt.

Er, Sebastian, hatte das Fach Deutsch immer gehasst, Lesen ebenso wie Aufsätze schreiben, aber nun gehörte es zu ihrem Freundschaftsbund, dass Sebastian Tutkuns Deutschnachhilfelehrer wurde und dafür von ihm Türkisch lernte, und als ob die orientalische Erzähl-freude der Familie auf ihn abfärbte, schrieb er Aufsätze mit immer größerer Leichtigkeit, sogar mit Vergnügen, während aus Tutkuns Klassenarbeiten die Farbe Rot immer mehr schwand. Es schien, als wären sie bis zu ihrem Zusammentreffen darbende Pflanzen gewesen, die endlich von der Hand eines kundigen Gärtners in symbiotische Nachbarschaft versetzt wurden, Seite an Seite, yanyana. Tutkun wuchs in die Sprachwelt seiner zweiten Heimat hinein, und er selbst in eine Parallel-welt, in der alle bislang vertrauten Dinge, Milch, Heft, Kamm, unter neuen Namen fremdartig glänzten, süt, defter, tarak.

Alles eine Täuschung. Köprü, die Brücke; duvar, die Mauer; kamyon, der Lastwagen. Alle Dinge werden töd-lich, wenn sie einem zu schnell entgegenkommen, wie auch immer sie heißen.

Ihnen gelang das Kunststück, gute Schüler zu wer-den, ohne in den Ruf von Strebern zu kommen, weil sie ihre zwei Köpfe zu einem machten und den Schulstoff wie nebenbei bewältigten. Sie ließen sich von Tutkuns Cousin Yüksel auf abgelegenen Straßen das Autofahren beibringen, verbrachten ihre ersten Abende in Nürnber-ger Diskotheken und machten sich einen Spaß daraus, ihre Rollen zu tauschen. Tutkun riss als Sebastian seine ersten Bräute auf, Sebastian als Tutkun, so perfekt konn-te Tutkun den Deutschen mimen, so türkisch war Se-bastian geworden, und erst im Bett entdeckten manche Mädchen, dass der vermeintliche Deutsche ein Moslem sein musste, der vermeintliche Türke keiner sein konnte.

Der Fuß drückt noch immer sinnlos das Bremspedal, die Hände umkrampfen das Lenkrad, können sich nicht entscheiden, welchem Hindernis sie ausweichen sollen. Dem Lastwagen. Der Brückenmauer.

Dann kam die Station, an der ihre Wege sich voneinander entfernten. Tutkun wollte frei sein und meinte damit: sein eigenes Geld verdienen, auf eigenen Füßen stehen, den Führerschein machen, sich ein Auto leisten können. Frei sein, sagte er, und ging doch nur die ersten Schritte auf dem Weg in den Standardlebenslauf.

Die Banken entdeckten damals ihre türkische Kundschaft und suchten Auszubildende, die beide Sprachen, Deutsch und Türkisch, perfekt beherrschten. So begann Tutkun eine Ausbildung in der örtlichen Sparkassenfiliale.

Und er selbst? Warum hatte er damals mit Tutkun die Schule verlassen? Ging es immer noch um ihren Bund? Oder darum, dass er außer Tutkun keine engen Freunde an der Schule hatte? Über einen Beruf hatte er nie nachgedacht. Er wusste nur, dass er keine Anzüge tragen und auch nicht in einen Großbetrieb wollte, und so landete er in der Autowerkstatt von Murat im Gewerbegebiet auf der Ostbahn.

»Du kennst den Murat nicht«, sagte Tutkun. »Der ist ein anderer Türke als wir.«

»Egal. Ich will bei ihm nur meine Ausbildung machen.«

»Du wirst noch sehen. Aber lass dir bloß nicht anmerken, dass du Türkisch kannst.«

Murat war nicht nur deswegen anders, weil er statt einer Shishabar, Dönerbude oder Änderungsschneiderei eine Autowerkstatt betrieb. Angepasste, moderne Türken waren für ihn Almancı, Berufsdeutsche, seine Frau und Töchter trugen Kopftuch und verbrachten die meiste Zeit zu Hause. Was an Murat noch anders war, entdeckte Sebastian erst später. Vorerst war er ihm egal, zumal er wenig mit ihm zu tun hatte. Als Meister arbeitete ein Deutscher, und Murat schien seine Aufgabe als Inhaber der Werkstatt hauptsächlich darin zu sehen, mit irgendwelchen Bekannten hinter geschlossener Bürotür zu sitzen und bei unzähligen Gläsern çay stundenlange Gespräche zu führen. Es kam auch vor, dass er tagelang weg war, ohne dass die Kollegen, unter denen sich kein einziger Türke befand, ein Wort darüber verloren.

An den Wochenenden versuchte er, mit Tutkun das sorglose Schulzeitleben weiterzuführen, beide versuchten, ihre Wege, die nun in größerer Distanz zueinander verliefen, zumindest in parallelem Verlauf zu halten, sprachen davon, nach der Ausbildung wieder zusammenzufinden, sich gemeinsam selbstständig zu machen; doch sie spürten, dass eine Gegenkraft zu wirken begann, die sie selbst freigesetzt hatten. Die Sprache. Tutkun hatte sich vollkommen in die deutsche Welt integriert, beherrschte makelloses Schriftdeutsch ebenso wie die Varianten des fränkischen Dialekts zwischen Nürnberg und Hersbruck und war bei Kunden wie Kollegen beliebt; Sebastian dagegen fühlte sich von Tag zu Tag weiter ins Abseits rutschen mit seiner Zweitsprache, die ihm nicht nur zu nichts diente, sondern die er auch noch verleugnen musste – ausgerechnet einem Türken gegenüber, der offenbar keine zufälligen Zuhörer wünschte.

Der ungebremste Wagen bewegt sich weiter und nimmt seine Insassen auf einen Weg mit, dem Murat nicht folgen wird; kleiner wird sein Wagen im Rückspiegel, näher kommt die Mauer der Eisenbahnunterführung.

Tutkun sollte recht behalten. »Du wirst noch sehen.« Eines Abends sah er sie. Er war länger in der Werkstatt geblieben als sonst, hatte Geräusche im Büro gehört. Als er das Wort an die junge Frau richtete, die in Kopftuch und lange weite Röcke gehüllt den Fußboden wischte, konnte er fast körperlich spüren, dass er ein Verbot übertrat. Er sprach sie auf Türkisch an.

»Wie heißt du?«

»Deniz.«

Deniz, das Meer. Deniz, die See. Murats älteste Tochter. Das Gespräch konnte sich nicht weit entfalten, aber so lange es dauerte, glaubte Sebastian, aus ihrer Stimme und ihren Augen Tausende von Botschaften zu empfangen. Dann tauchte unversehens Murat auf. Er hatte genug gehört, und es war ihm anzusehen, dass sein Gedächtnis Situationen suchte, in denen Sebastian seinen Unterredungen zu nah gekommen war. Und fand.

Die Angst fühlt sich an, als könnte sie in jedem Augenblick zu Lust werden. Deniz sitzt direkt hinter ihm und bleibt unerreichbar fern, obwohl er ihre Stimme hört, obwohl er ihre Hand spürt, die sich in seinen rechten Oberarm krallt.

»Vergiss sie! Du wirst sie nie bekommen!«

»Du kennst sie überhaupt nicht. Du hast dich in ein Phantom verliebt!«

Was Tutkun auch sagte, es war, als treibe er seinen Freund nur immer tiefer in die aussichtslose Situation hinein. Nur einmal gingen sie noch wie in den alten Zeiten auf die Piste, nur einmal noch ließ sich Sebastian auf ein Wochenendabenteuer ein und fühlte sich danach wie ein schmutziger Verräter. Wie ihm zum Hohn ordnete Murat Überstunden an, wenn Deniz Putzdienst hatte, und er musste zusehen, wie sie, begleitet von ihrem Bruder, der darüber wachte, dass sie ihren Kopf nicht in die falsche Richtung drehte, zu den Büroräumen ging und hinter der Tür verschwand.

Über das Mobiltelefon von Deniz' Freundin Elmas hielten sie heimlich Kontakt, schickten einander SMS-Botschaften, die zu keinen Lösungen führten. Die Verzweiflung erreichte ihren Höhepunkt, als Sebastian erfuhr, Deniz solle nach Eskişehir heiraten.

»Wenn ich ihn einfach hochgehen lasse?«

Wie oft hatte er das zu Tutkun gesagt?

»Ich weiß, was Murat für Lieferungen bekommt. Das meiste aus irgendwelchen Käffern zwischen Bismil und Batman. Ich weiß, wo er das Zeug liegen hat. Nicht nur im Werkstattkeller. Bei Förrenbach hat er sich eine Scheune gemietet.«

»Wenn du ihn hochgehen lässt, nützt euch das gar nichts. Dann wird Deniz eben von ihrem Onkel verwaltet, und du bist über kurz oder lang fällig.«

Er musste einsehen, dass Tutkun recht hatte, doch er gab nicht auf. Vielleicht, weil er noch niemals im Leben etwas wirklich gewollt hatte, sich immer hatte treiben lassen, wollte er Deniz umso mehr. Wochenlang schmiedete er seinen Plan, und als er Tutkun einweihte, war über Bekannte von Bekannten ein vorläufiger Schlupfwinkel in der Oberpfalz gefunden, die Strecke dorthin mehrfach abgefahren und alle Schleichwege im Umkreis ausgekundschaftet worden.

Sie würden an einem Freitag, versteckt im Büro, Deniz und ihren Bruder erwarten, maskiert, würden den Bruder außer Gefecht setzen und mit Deniz abhauen. Das heißt, nur Sebastian würde mit ihr abhauen; Tutkun sollte unterwegs aussteigen und, vermeintlich von Besorgungen kommend, zu Hause auftauchen. Sogar an Alibis war gedacht: Yüksel sollte zur selben Zeit in Nürnberg jeweils einmal die ec-Karte von Tutkun und die von Sebastian für irgendeinen Einkauf benützen. Ferner sollte Tutkun am nächsten Tag der Polizei einen anonymen Hinweis auf das Marihuanalager in der Förrenbacher Scheune geben.

Nicht im Plan vorgesehen war, dass Murat, der jetzt zusehen muss, wie sich das Auto vor ihm, in dem seine Tochter sitzt, in ein Wrack verwandelt, sein Mobiltelefon im Büro vergessen, noch einmal zurückkehren und in genau dem Augenblick um die Ecke biegen würde, als sie ins Auto einstiegen; ebensowenig, dass er den Wassergehalt der Bremsflüssigkeit schon vor Wochen geringfügig erhöht hatte.

Schuld war der Augenblick vor vielen Jahren, als sie gemeinsam in der Schulbank saßen, rechts Tutkun, links Sebastian, als sie ihren Bund schlossen und einander schworen, ihr Leben lang Seite an Seite zu bleiben. Yanyana.

Volker Wachenfeld
Make-up für mein Leben

Ich heiße Kora, bin fünfzehneinhalb und stehe in meinem Zimmer, wo ich mit einem Küchenmesser auf meine Matratze einsteche und schreie: *Verpiss dich, du Fotze!* Oder so was in der Richtung.

In der Tür meine Mutter, die Arme verschränkt, mit vorwurfsvollem Blick. Allerdings kullern ihr Tränen aus den Augen, was ihrem Blick ne ganze Menge von dem Vorwurf nimmt und eher lächerlich aussieht.

Ich flenne natürlich auch, und deshalb bleiben mir lauter Schaumstoffkrümel von der Matratze im Gesicht kleben und fliegen mir in den Mund, während ich steche und schreie, und darum muss ich zwischen dem Geblöke immer wieder die Bröckchen ausspucken wie Tabak, wenn man filterlos raucht.

Wie kann es zu so einem Scheiß kommen, fragst du dich, und natürlich frage ich mich genau dasselbe, denn wer sich in dieser Szene am wenigsten zurechtfindet, bin ich selbst.

Du musst eins im Hinterkopf behalten: Du willst mit sechzehn in dem Kosmetikkonzern keine zehn Kilometer von hier deine Lehre anfangen. Du willst die tollen Produkte machen, auf denen hinterher *Gucci* oder *Revlon* oder *Shiseido* steht und für die Kate Moss und Rihanna und Miley Cyrus Schlange stehen, um Werbung machen zu dürfen. Du willst auf Messen nach New York und Mailand und Tokio jetten und mit internationalen Topmodels atemberaubende Farben und Make-up-Trends vorstellen, sodass den Presseheinis der Sabber im Mund zusammenläuft, weil sie wissen: So ein perfekt gestyltes Gesicht wird niemals auf einem Kissen neben ihnen landen.

Und weil du all das willst (du hättest es bloß nicht zum falschen Zeitpunkt am falschen Ort erwähnen sollen), willst du jetzt das Video auf Youtube von dem vierzehnjährigen Londoner Girlie glotzen, das seine Wochenendeinkäufe aus Covent Garden in seinem Kinderzimmer vorstellt.

Und nicht den Geschirrspüler ausräumen.

Was deine Mutter will.

Als könnte das verfickte Geschirr nicht noch fünf Minuten warten.

Fick dich doch selbst!

Du schubst sie aus dem Türrahmen zurück in den Flur, denn du bist kräftig, während sie schon seit Jahren nicht mehr richtig frisst. Schlägst die Tür zu. Stellst zur Sicherheit den Fuß dagegen. Aber da hörst du schon, wie sie schluchzend abzieht.

Du zwinkerst Bushido zu. Die Schwuchtel klebt an der Tür, als gäb's hier was zu gaffen.

Du holst die Bong aus dem Schreibtisch. Selbst gebaut aus ner alten *Sprite*-Flasche, aber tiptop in Ordnung.

Sekunden später erfüllt das Blubbern den Raum.

Du drückst auf Play.

***

Die falsche Zeit: vor gut einem Jahr.

Der falsche Ort: das Familiengericht in Nürnberg. Sorgerechtsverhandlung.

Anwesend: meine inzwischen rechtskräftig geschiedenen Eltern, meine Zwillingsschwester Susan und ich. Von den ganzen Gerichtsspasten mal abgesehen.

Meine Eltern: einig, dass jeder eine von den Gören bekommt. Welche, ist schnuppe. Macht ja nicht so den Unterschied bei Zwillingen.

Meine Schwester: verpeilt wie immer, die Fotze.

Du: die grundehrliche Haut.

Aber zum letzten Mal in diesem Leben. Denn das hier soll dir eine Lehre sein, noch mal die Wahrheit zu sagen.

Der Richterspast: ganz der väterliche Typ. Fragt, zu wem wir uns mehr hingezogen fühlen?

Wir zucken mit den Achseln.

Fragt, ob wir was mit unseren Eltern abgesprochen hätten?

Wir zucken mit den Achseln.

Fragt, was wir denn später nach der Schule vorhätten?

Und du sofort: Ausbildung bei *Schwan Cosmetics* in Heroldsberg. Ganz sicher. Sofort, wenn du sechzehn bist und von der Scheißschule kannst.

Susan, das blöde Flittchen: Erst mal Abi machen und dann studieren, Literatur oder Archäologie oder was Soziales mit Menschen.

Oder Schwanzlutschen. *Oh Mann!*

Zumindest haben wir's dem Richter so einfach wie möglich gemacht: Susan kommt zu meinem Vater nach Nürnberg, Loft in der Altstadt, weil sie ja länger auf dem Scharrer-Gymnasium bleiben will und dann an die Uni wechseln und überhaupt.

Und du kommst, tja, nach Tennenlohe, ins Einfamilienhaus mit dreitausend Quadratmeter Gemüsegarten, in dem deine Mutter rumgeistert wie eine Vogelscheuche auf Ecstasy. Weil du ja sowieso nur noch ein knappes Jahr Schule vor dir hast und dann nach Heroldsberg in die Ausbildung willst. Was ja viel näher ist von Tennenlohe aus und praktischer. Und da kannst du die restlichen Monate halt jeden Morgen ins Scharrer pendeln. *Prost Mahlzeit.*

Das Einzige, was dagegen spricht: die Pferde. Die in den Stallungen bei Neunhof untergebracht sind, gleich in der Nachbarschaft von unserer Hütte im Vorort.

Aster und Zinnober. Zwei hellbraune Stuten mit weißen Blessen, an denen Susan viel mehr hängt als ich. Weil ich die pubertäre Reiterei allmählich satt hab.

Tja, da muss Schwesterherz am Wochenende halt in den Bus steigen.

Alles andere ist dein Privatproblem: dass du als angehender Kosmetikprofi natürlich mal zu *Douglas* willst oder zu *Müller*. Und vielleicht mal zum Bahnhof, ab in den Regionalzug und in zwei Stunden auf der Kaufinger.

Um dich zu informieren. Um up to date zu sein. Um mal was auf Youtube hochladen zu können.

Während deine Scheißkuh von Schwester sowieso nur auf dem Bett liegt und liest, als ginge ihr dabei einer ab, oder am Schreibtisch sitzt und mit Filzer Pferdebilder malt.

Und du hockst auf dem Kaff, und es fährt ums Verrecken kein Scheißbus mehr Freitagnacht oder Samstagnacht, der dich ins *Mach* bringt oder ins *Indabahn* oder in die *Prinzenbar*, wo du abhängen kannst und mit Jungs rummachen und abhauen, wenn's ernst wird, und dann chillen bis früh um sechs in der *Wacht am Rhein.*

Weil du mit fünfzehn schon aussiehst wie achtzehn. Und mit dem richtigen Make-up sowieso. Wenn du die paar Tricks aus dem Netz anwendest.

Aber dich haben sie aufs Land gelockt. In die Falle. Da zappelst du jetzt und kommst nicht mehr los. Auch wenn du schreist und flennst und mit einem Küchenmesser auf deine Schaumstoffmatratze einstichst wie Hannibal Lecter an einem wirklich schlechten Tag.

Fickt euch doch alle selbst!

Wenig später bringt das Gras dich runter. Die Blubber blubbert. Du sitzt auf der Couch. Völlig leer, völlig in dir drin. Was weit weg ist.

In der Küche Geschirr.

Das Gewinsel deiner Mutter.

Look, dears, how awesome!!! Das Mädel auf Youtube.

Aber du guckst schon gar nicht mehr hin, was die Schlampe da alles auf ihrer Bettdecke ausbreitet.

***

Irgendwann strample ich mich wieder an die Oberfläche meines Bewusstseins und erwache aus diesem Koma aus Wut und Selbstmitleid.

Ich hab auf einmal Bock rauszugehen, Bock auf die Gäule, auch wenn mich die Reiterei nervt und nix mehr für mich ist.

Und auf Henry, auf seinen Geruch zumindest. Ich will bloß raus aus diesem Zimmer. Die Gäule sind immerhin das Einzige, was es hier gibt.

Und Henry.

Den ich nicht ranlasse. Den ich bloß verarsche. Der so blöd ist und es nicht mal merkt.

Ich schnapp mir die Bong und will mich aus meinem Kabuff schleichen, als mich auf dem Flur die alte Schlampe schnappt. Krallt sich mit beiden Händen am Ausschnitt meines T-Shirts fest.

Ich kann mich nicht so losreißen, wie ich will, denn ich muss etwas auf die Blubber aufpassen. Dass nicht das restliche Gras aus dem Köpfchen fällt.

Hör mir mal zu, Fräulein!, kreischt meine Alte: Am Freitag kommt deine Schwester. Da will ich solche Ausraster von dir nicht sehen! Außerdem will ich, dass du dein Zimmer in Ordnung bringst. Damit das hier ein wenig zivilisiert aussieht.

Wie lange will die blöde Nutte denn bleiben?, schreie ich.

Ne ganze Woche. Will mal ihre Zweitfamilie wiedersehen. Bisschen ausspannen auf dem Land.

Ich hasse die dämliche Schlampe!, rufe ich und spucke meiner Mutter ins Gesicht: Die soll mich in Ruhe lassen und meinetwegen verrecken. Die soll mir bloß nicht zu nahe kommen. Sonst mach ich sie kalt.

Kora, blökt mir meine Mutter hinterher, denn ich hab's endlich geschafft, mich loszureißen: Die Sache ist doch jetzt wirklich schon ne Weile her!

Das Netz vergisst nie!, schreie ich im Windfang einen selten dussligen Satz aus unserem Kurs *Medienkompetenz*, der mir im Moment gar nicht so dusslig vorkommt, sondern nur scheiße formuliert.

Endlich draußen. Du klemmst die Bong im Fahrradkorb fest. Steigst auf.

Trittst.

***

Das Gras bringt dich gut runter, sagt Henry.

Kannst du laut sagen, kichere ich.

Wir sitzen hinter den Stallungen. Lehnen uns an die Bretterwand. Die Beine ausgestreckt.

Ziehen. Atmen aus. Ziehen. Atmen aus.

Mit Henry kann man das machen. Zumindest jetzt noch. Zumindest noch ne Weile. Zumindest so lange ich ihn nicht ranlassen *muss*.

Vor uns auf der Koppel vielleicht ein Dutzend Pferde, grasend, saufend, entspannt, als wären sie auf dem gleichen Trip wie wir. Darunter die zwei Gäule von Susan und mir, die unsere Eltern uns zum elften Geburtstag geschenkt haben. Aster und Zinnober.

Und die seither in den Ställen in Neunhof untergebracht sind, eine Viertelstunde mit dem Rad entfernt von unserem Haus.

Wie Henry, der hier lebt und arbeitet und siebzehn ist und unter seinem Overall keine Unterhose trägt. Was er mir beweisen musste. Ich konnte gar nicht so schnell zurückzucken, da hatte er schon meine Hand gegrapscht und sie an seinem Pimmel gerieben. Ne Sekunde später hatte ich seine Sahne an den Fingern, und er hat gestöhnt wie die Jungs auf Youporn.

Bloß dass es da mehr Sahne gibt. Bloß dass es da größere Dinger gibt.

Aber das hab ich Henry nicht gesagt.

Seither sind wir Freunde. Weil er will, dass das wieder passiert. Weil er will, dass *mehr* passiert. Aber bis das der Fall sein wird, kann ich mit ihm vermutlich anstellen, was *ich* will.

Wochenende kommt Schwesterherz eingeflogen, sage ich.

Au weia, sagt Henry, seine Wichsgriffel an meiner Schulter, aber das ist im Moment schon okay.

Immer noch sauer auf sie?, fragt er.

Ich könnt Zitronen scheißen.

***

Schuld daran: natürlich Scheißfacebook. Klick, *Profil bearbeiten*, Klick: *Meine Hobbys* – mal schauen ... *Ausgehen, Klamotten, Kosmetik, vor allem Mascara.*

Und Schwesterherz nichts Besseres zu tun, als sofort an meine Chronik zu posten: *Kann man Mascara ein Hobby nennen?*

Und ich: *Wenn man's ernst nimmt, wohl schon, du blöde Fotze!*

Woraufhin Susan ein Bild postet, wie ich auf einer Klassenfete völlig stoned eingepennt bin auf so ner Sperrmüllcouch und mir die ganze Mascara aus den verheulten Augen gelaufen ist, weil ich sentimental geworden bin nach ner Flasche Wodka, sodass ich aussehe wie Draculas Schwester, wenn ihre Periode einsetzt und nicht genug Cranberrysaft in der Nähe ist.

Binnen eines Nachmittags bist du die Lachnummer vom Scharrer. Von der fünften bis zur zwölften. Bei einigen Perversen wirst du Bildschirmschoner.

Die Mascaramöse.

Die Nutte vom Lidstrich.

Du kannst nicht mehr in die Penne. Die Penne wird zur Todeszone für dich. Tretminen, Stacheldraht, Selbstschussanlagen.

Bloß nicht offensichtlich. Bloß alles in dir drin.

Du bleibst zu Hause. Einen Tag. Drei Tage. Dann

zählst du nicht mehr. Weil du säufst. Also kannst du sowieso nicht hingehen. Dann hat sich das Hingehen erledigt. Alles erledigt sich irgendwie.

Außer der tobenden Alten.

Aber mit der kommst du schon klar.

Und als du schon gar nicht mehr dran glaubst, vielleicht drei Wochen später, streckt dir jemand eine helfende Hand entgegen. Der Mann nennt sich *dein Vater*, und jetzt versucht er tatsächlich, auch so zu handeln.

Deine Schwester möchte dir etwas sagen. Komm uns doch mal in der Stadt besuchen.

Also steigst du in den Bus. Also steigst du in die Straßenbahn. Also steigst du in die U-Bahn.

Und tatsächlich sitzt dann deine Fotze von Schwester auf dem Ledersofa im Wohnzimmer deines Vaters und sagt Sätze wie: *Ich hab das alles nicht gewollt. Das sollte doch nur ein Spaß sein. Ich wollte dich nur aufziehen. Wer konnte denn ahnen, dass das alle sehen und weiterleiten und sich drüber lustig machen usw.*

Entschuldige, Kora!

Gut, sagst du, vergessen wir's.

Denn du willst nur deine Ruhe haben. Und eigentlich ist dir die Penne schnurz und dein Schwesterherz ebenso, das schon ans Abi denkt und an den Notendurchschnitt.

Schön, dass ihr euch wieder vertragt, sagt der Mann, der sich als dein Vater ausgibt und auch so verkleidet hat.

Bevor du dich wieder verdrückst und auf den langen Weg in die Pampa machst, gehst du noch mal aufs Klo. Auf dem Regal entdeckst du eine echt geile, total neuartige Mascara von *Givenchy*. Ein Teil, das du dir nicht leisten kannst. Vermutlich von einer der Schlampen, die dein sogenannter Vater knallt.

Du pinkelst, und als du aufstehst und dich anziehst, kannst du einfach nicht widerstehen.

Du nimmst die Mascara.

Du trägst sie mit dem Bürstchen auf.

Du blinzelst.

Du schreist.

Wie? Ja, wie schreist du?

Wie jemand, dem grad die Augäpfel explodieren und als Marmelade aus dem Kopf fließen. Wie ein Zombie bei Sonnenaufgang. Wie jemand, der bis vor einer Sekunde noch sehen konnte und jetzt blind ist.

Dein Vater stürmt ins Bad.

Du tastest nach dem Wasserhahn. Er dreht ihn für dich auf. Spült dir die Augen aus. Bis die Mascara verschwunden ist. Tupft dich mit einer Handtuchecke trocken.

Bis du das ganze Tabasco ausgeheult hast.

Das deine Schwester in die Mascara gemixt hat.

Im Wohnzimmer lacht die Fotze.

***

Du hast dafür deinen Spaß mit der Party gehabt, sagt Henry, der merkt, wie die Wut auf dein Schwesterherz wieder aufkocht.

Aber am Ende lag *ich* im Krankenhaus, sagst du.

Die Pferde grasen sich näher an euch heran. Die Wirkung des Dopes lässt nach. Henry zieht ein Beutelchen aus seiner Latzhose und macht die Blubber noch mal scharf.

Super, denkst du, vor einer Generation waren die Bauern hier noch Päderasten. Jetzt züchten sie Mary Jane. Die Menschheit ist vielleicht doch noch nicht verloren.

Wir müssten ihr mal einen Denkzettel verpassen, sagst du und atmest aus: der sie *auch* ins Krankenhaus befördert. Wenigstens.

Wie dich nach der Facebookparty, kichert Henry.

Mit zwei Komma drei Promille auf der Intensiv.

Eine Woche lang.

Und die Bude von meinem Dad total hinüber. Fünfzigtausend Euro Schaden. Plus die Renovierung. Das war's wert.

Und der hämische Artikel in den *Nürnberger Nachrichten*.

Luxustöchter zerlegen Loft von Staranwalt. Das Mitleid hielt sich in Grenzen.

Und was hast du jetzt vor?, fragt Henry.

Die Pferde jetzt ganz nah. Du kannst sie riechen. Heu, Sommer und Schweiß. Sie haben dir nie viel bedeutet.

Weil es das Hobby deiner Schwester ist.

Reiten. So steht es in ihrem Facebookprofil.

Lass es wie einen Unfall aussehen, sagst du mit einer fremden Stimme, die euch beide zum Lachen bringt.

Wenn sie zum Reiten rauskommt ..., sagt Henry und zieht.

... was hundertprozentig der Fall sein wird ..., sagst du und ziehst.

... dann hätt ich da vielleicht eine Idee, atmet er aus.

***

Johlend jagt ihr auf den Rädern davon. Richtung Tennenloher Forst. Am Wildgehege überquert ihr die Staatsstraße. Rein ins Naturschutzgebiet. Wo der Feldweg beginnt, bremst Henry.

Siehst du das Schild?, fragt er.

Reiten verboten, liest du.

Und weißt du warum?

Weil das mal ein Truppenübungsgelände war. Von den Nazis und den Amis. Und weil da überall noch Munition rumliegt.

Quatsch, sagt Henry, dann wären ja auch Radfahren und Wandern und Joggen verboten. Komm, ich zeig dir, warum.

Ihr holpert über die Forststraßen, außer Atem vom Kiffen. Es geht bergauf. Jetzt richtig steil. Runterschalten bis in den Ersten. Schweiß rinnt. Der Regen hat Furchen in den Pfad gewaschen, in denen sich die Vorderräder verkeilen. Aber gleich habt ihr's geschafft.

Seid oben. Auf einem Plateau, ungefähr fünfzig Meter über der dunkelgrünen Fläche des Forsts. Eine Familie, die Picknick macht, ist auch da.

Siehst du, sagt Henry und fährt mit der Hand über das Land, das von einem Zaun eingegrenzt wird.

Ein riesiges Gehege. Aus dem Wald geschnitten. Darin winzige Viecher. Am Rand Betonruinen. Ehemalige Schießstände für Panzer.

Die Wildpferde, sagst du, was ist mit denen?

*Ur*wildpferde, um genau zu sein, erklärt Henry, kleine wütende Biester. Und der Grund, warum Reiten hier verboten ist. Weil die völlig ausrasten, sobald moderne Pferde hier aufkreuzen. Sind irgendwie allergisch. Im Frühjahr ist ein Reiter aus Versehen hier vorbeigekommen. Die Biester sind an einer Stelle durch den Zaun gebrochen, die schon morsch war, und haben sein Pferd angegriffen. Gebissen und getreten. Der Reiter ist gefallen und erst in der Klinik wieder aufgewacht. Sein Gaul musste erschossen werden.

Böser Unfall, grinst du.

Der ja ganz leicht wieder passieren kann, verführt dich Henry.

Wenn eine Reiterin das Schild missachtet.

Das vielleicht am Freitag gar nicht da steht, kichert Henry.

Ihr besprecht alles Notwendige.

***

Die paar Tage bis Freitag chille ich. Und zwar ausgiebig. Internet, Radio, Wodka, Blubber.

Wieder von vorne. Dann in umgekehrter Reihenfolge. Dann in gar keiner Reihenfolge mehr.

Meine Schlampe von Mutter im Ausnahmezustand.

Ich geb irgendwann nach. Bringe das Zimmer in Ordnung. Beziehe die Matratze und drehe sie vorher sogar um, damit man das Massaker nicht sieht.

Aber dann wird mir das alles zu viel.

Und als sie wieder keifend im Türrahmen steht, passiert es: Du kannst dich nicht mehr beherrschen. Du ziehst sie an den Haaren in den Flur.

Das erste Mal, dass du handgreiflich wirst.

Du erschrickst, was du ihr für ein Büschel ausgerissen hast.

Heulend rennt sie davon.

Pech.

Henry kommt ein paarmal vorbei. Will dich rumkriegen. Fummelt an deinen Titten, streichelt zwischen deinen Beinen, aber du schiebst ihn zurück. Sanft, denkst du.

Sagst: Später. Wenn alles geschafft ist. Damit du dich auf was freuen kannst.

Er fuhrwerkt noch ein bisschen rum, scheint aber mit deiner Ansage klarzukommen. Du hast einfach noch keinen Bock auf ihn. Du bist zwar so eine, aber *so* eine bist du auch wieder nicht.

Ihr besprecht die Einzelheiten.

Dass Henry das *Reiten-Verboten*-Schild umdreht.

Den Zaun ansägt, damit die Viecher raus können und Susan angreifen.

Dass er es einmal klingeln lässt, wenn sie losreiten.

Dass du ihn zehn Minuten später anrufst. Er rangeht und so tut, als müsse er in einer dringenden Angelegenheit auf den Hof zurück.

Dass sie dann allein weiterreitet.

Dass es dann passieren wird.

Dass ihr euch auf dem Hof trefft und wartet, bis sie einen Notruf absetzt und die Sirenen heulen. Oder ihr denken werdet, *wo bleibt sie denn*, und loszieht.

Dass ihr sie dann finden werdet.

Die Arme.

Erstaunlich, wozu Typen für einen Fick alles bereit sind.

***

Am Freitag dann alle total aus dem Häuschen. Ich noch ziemlich im Tran nach all dem Extremchillout.

Aber dadurch natürlich extrem gechillt.

Meine Mutter hat unser Lieblingsessen gekocht: Hähnchenbrust mit Paprikagemüse und Reis. Es schmeckt *fan-tas-tisch!*

Dazu bietet sie Konversation an. Das ist neu, dass man sich bei uns am Mittagstisch unterhält. Aber heute:

Wie läuft's in der Schule? Wie geht's Dad? Was machen die Freunde? Ist die Dicke, die so gut zeichnen kann, immer noch Klassenbeste?

Susan antwortet routiniert. Sie muss solche Gespräche gewohnt sein. Ich kaue und staune.

Dann fragt Susan: Arbeitet Henry noch auf dem Reiterhof, wo die Pferde stehen?

Klar, sage ich, warum fragst du?

Nur so, sagt sie, weil er mir dann beim An- und Abschirren helfen und den Dreckskram machen kann.

Mit dem Dreckskram kennt er sich richtig gut aus, sage ich und bin die Einzige, die lacht.

Dann lass uns gleich nach dem Essen rausfahren, schlägt Susan vor.

Muss Mutti noch in der Küche helfen, sage ich, ich komm nach.

Meine Mutter lässt die Gabel sinken.

Aber tatsächlich räum ich nach dem Mittagessen den Tisch ab und den ganzen Kram in den Geschirrspüler.

Susan steht in null Komma nix im Reitdress in der Küche: Stiefel bis zum Knie, knackige Reithose, kurzes Jäckchen.

Sie sieht zum Anbeißen aus. Sie sieht aus wie ich, wenn ich zum Anbeißen wäre.

Sie düst ab.

***

Ich geh auf mein Zimmer und checke das Handy. Empfang. Akku. Keine Probleme. Ich nehm einen Wodka. Es passiert lange nichts. Ich nehme noch einen.

Dann klingelt das Ding: ein Mal, Henrys Nummer.

Super! Sie sind los.

Ich schaue auf die Uhr. Zehn Minuten. Dann werd ich durchrufen, und wir fingieren das Gespräch, das ihn zum Reiterhof zurückbeordert.

Wodka.

Dann ist es so weit. Ich ruf an. Der Schnaps macht mich klar und kalt. Zumindest kommt es mir so vor.

Du lässt es läuten, ein Mal, drei Mal, zehn Mal. Er geht nicht ran. Die Verbindung ist da. Er muss Empfang haben, aber nimmt nicht ab.

Gut, vielleicht ist die Situation gerade ungünstig. Du wartest. Vielleicht drei Minuten. Dann probierst du es erneut.

Jetzt ist sein Handy aus.

Tot.

Abgeschaltet, kaputt, kein Akku, was weißt du.

Nur: dass das nichts Gutes bedeutet. Denn der Plan ist im Arsch.

Du rennst nach unten und raus in den Hof und willst auf dein Rad springen. Bloß dass es nicht da steht. Dass es nicht da am Zaun lehnt, wo du es abgestellt hast.

Du merkst, dass du einen Fehler gemacht hast. Schwesterherz ist mit *deinem Rad* unterwegs. Weil das von deiner Mutter mit einem Platten in der Garage gammelt. Und du hast es Susan nicht verboten. Ihr nicht gesagt, dass sie die Finger von deinem Mountainbike lassen soll und zum Reiterhof laufen muss.

Was du jetzt wohl oder übel vor dir hast. Das Gute daran: Du hast mehr Zeit, es unterwegs noch ein paar Mal auf Henrys Handy zu probieren. Allerdings ohne Erfolg. Das Schlechte daran: Dir wird mit jedem Schritt klarer, dass da etwas ganz gewaltig aus dem Ruder läuft.

Auf dem Reiterhof herrscht Geschäftigkeit wie an jedem sonnigen Freitagnachmittag. Der Parkplatz voller Geländewagen. Ernst blickende Mütter. Mädchen mit spindeldürren Beinen.

Die Pferde am Zaun werden gesattelt. Oder schon gestriegelt. Bekommen ein wenig Futter.

Nur noch drei stehen hinten an der Tränke, einer alten Emaillebadewanne. Zwei davon kennst du.

Aster und Zinnober.

Die beiden sind also gar nicht ausgeritten. Es ist nichts schiefgelaufen. Viel schlimmer: Es ist gar nichts passiert.

Du rennst durch die Stallungen. Rufst in die Scheune und in das Gutshaus, in dem sich nur noch ein Büro befindet. Das heute aber nicht besetzt ist. Auf dem Reiterhof sind sie nicht. Definitiv.

Du rauchst eine. Dann noch eine. Dann steht dein Entschluss fest: Du reitest aus. Die beiden Spasten suchen. Weit werden sie ja nicht gekommen sein ohne Pferde.

Du holst Sattel und Zaumzeug aus deiner Box und schirrst Zinnober an. Du bist fahrig und arbeitest nachlässig. Das Nikotin verträgt sich nicht mit dem abfallenden Alkoholspiegel. Die Satteldecke ist schludrig aufgelegt. Der Sattel selbst zu locker. Egal. Du hast die Schnauze voll. Du willst jetzt los.

Du reitest. Es fühlt sich toll an. Ein Gefühl, das du tatsächlich vermisst hast.

Und kommst unversehens an das Schild, auf dem *Reiten verboten!* steht.

Dieser verfickte Idiot hat also gar nichts gemacht. Nix hingekriegt. Dem wirst du was erzählen. Wenn der denkt, dass heut sein großer Tag ist, an dem sein U-Boot bei dir einläuft, dann hat er sich aber geschnitten.

Du reitest weiter. Langsam. Die Stelle, an der es mit Susan passieren sollte, ist die einzige, die dir einfällt. Die einzige, die im Moment irgendeine Bedeutung für dich hat. Oder für Henry.

Und wenn er den Zaun nicht angesägt und die ganze Sache völlig verschusselt oder abgeblasen hat, dann droht auch keine Gefahr von den Urwildpferden.

Du lässt den Hügel mit dem Plateau links liegen. Reitest weiter. Linker Hand das Gehege. Du kommst allmählich an die Stelle, die ihr ausgemacht habt. Zumindest denkst du, dass es hier irgendwo sein müsste. Vermutlich dort, wo der Weg nah an den Zaun heranführt. Der hier auch nur aus zwei Querbalken besteht, einer in Knie-, der andere in Schulterhöhe.

Du reitest weiter.

Du siehst etwas rechts vom Weg aufblinken. Im hohen, vertrockneten Sommergras.

Es ist der Lenker eines Fahrrads.

Daneben noch eins. Und zwar deins.

Du gibst dem Pferd die Sporen. Du könntest ausrasten.

Doch bevor du so richtig in Fahrt kommst, wirst du geblendet. Da liegt noch was im Gras, das aufgleißt in der Augustsonne.

Aber auf der anderen Seite des Wegs. Am Zaun.

Ein Fuchsschwanz.

Bevor dein verkifftes Hirn begreift, was das bedeutet, scheut Zinnober auch schon und geht wiehernd auf die Hinterhand.

Wie ein Rudel Wildschweine brechen die Urviecher durch den Zaun, fünf, sechs mindestens.

Klein und gewalttätig. Wissen überhaupt nicht, wohin mit ihrer Wut. Beißen sich sogar gegenseitig.

Prima, durchzuckt es dich, wenn die sich selbst fertigmachen, werden sie Zinnober schon nichts tun.

Irrtum. Die bringen sich nur in Fahrt. Wie beim Vorglühen.

Noch kannst du dich im Sattel halten. Da du auf dem scheuenden Pferd an Höhe gewonnen hast, kannst du auch erkennen, was da im Gras vor sich geht. Neben deinem Mountainbike.

Da leuchten nämlich die Titten von Schwesterherz durch die Prärie. Wippen auf und ab. Völlig nackt reitet die Schlampe, tja, auf wem wohl?

Das kannst du dir denken.

Auf dem Henrystutzen. Dem Sonnenuntergang entgegen.

Sogar als die Mistviecher Zinnober angreifen. Und den Gaul sofort in die Hinterhand beißen.

Schwesterherz reitet. Was ja kein Wunder ist, denn Reiten ist ihr Hobby. Das kann man auf Facebook nachlesen.

Zinnober bäumt sich auf. Sein Wiehern schmerzverzerrt.

Der Sattel rutscht auf die Seite.

Susan reitet. Immer schneller. Die Augen geschlossen. Im hohen Gras.

In das du jetzt knallst. Um dich wird es Nacht, obgleich es noch heller Tag ist.

Ihre Reitbewegungen sind das Letzte, was du siehst. Bewegungen, die du niemals machen wirst.

***

Denn der Befund nach acht Operationen und drei Monaten im Krankenhaus ist eindeutig: Meine Behinderung ist irreversibel. Die Nervenenden werden nicht mehr zusammenwachsen.

Ich bin von der Hüfte an gelähmt. Querschnitt. Auf den Rollstuhl angewiesen für den Rest meines Lebens. Das sich noch hinziehen dürfte.

Ironischerweise hab ich erreicht, was ich wollte: Ich komme zu meinem Vater in die Stadt. Weil hier die Infrastruktur besser ist, mehr Klassen, die Spastis aufnehmen, behindertengerechte Ämter, U-Bahnstationen, Einkaufscenter, McDonalds usw.

Bloß das *Mach* muss ich mir wohl aus dem Kopf schlagen, und das *Indabahn* und die *Wachtamrhein*.

Und New York, Tokio und die Pressekonferenzen mit Top-Models wohl auch.

Susan stecken sie zu meiner Mutter. Was vor den Ferien eine Strafe für sie gewesen wäre, erweist sich jetzt als Glücksfall. Sie kann Tag und Nacht mit Henry auf dem Reiterhof rumhängen.

Der hat den Fuchsschwanz natürlich verschwinden lassen, bevor er den Notarzt gerufen hat. Wurde als mein Retter gefeiert. Das Ganze als Unfall einer Schwererziehbaren hingestellt, die schmerzlich erfahren musste, was es heißt, Verbote zu missachten.

Henry hat sich nie wieder bei mir blicken lassen. Hätte ich ihm auch nicht empfohlen. Er hat mich verraten. Gegen meine willigere Kopie eingetauscht.

Der blöde Ficker. Seine Geilheit hat mich zum Spast gemacht.

Dämliches Pech.

Die Lehre draus: Es gibt tatsächlich Schlimmeres, als auf Facebook gemobbt zu werden.

Aber das musst du Schwesterherz ja nicht sagen. Spätestens morgen Mittag wird sie's selbst zu spüren bekommen.

Du fährst den Computer hoch.

Fränkischer Krimipreis 2014
für Nachwuchsautoren

Gewinnerbeiträge

NÜRNBERGER
Nachrichten

ars vivendi ®

Theobald Fuchs
Der Tote im Wehr

An dem Abend, wo der Muckl ... ja, wie sag ich's? Wo der Muckl gestorben wurde? Wo er dahinzugehen genötigt wurde? ... Nun, kurz und gerade heraus: an dem Abend, wo der Muckl ermordet wurde, ging ich zum Pechwirt. Seinerzeit ging ich jeden Abend zum Pechwirt, wie die anderen Junggesellen auch. Was soll einer sonst schon machen, ohne Frau, ohne Kinder? Viel ferngesehen haben wir damals ja nicht, wenn überhaupt eines schon einen Fernseher daheim hatte. Das hatten die wenigsten. Ein anständiges Tagewerk verrichteten wir, sommers wie winters, und wenn die Nacht anbrach, traf ich mich mit den anderen beim Pechwirt, zum Schafkopfen.

Die Hagestolzen nannten sie uns, und irgendwie waren wir wohl wirklich stolz darauf, dass wir nicht bei einer Frau hinterm Ofen hockten und Kräutertee tranken. Der Muckl war allerdings kein Hagestolz. Nepomuck Sörgel stand in seinem Taufschein, und seine Frau war eine geborene Brenner von Großmeinfeld.

Gegen neun muss es gewesen sein, weil der Pechwirt hatte schon das elektrische Licht angezündet, und Ende April war es, die ersten warmen Tage hatten wir schon gehabt, alle bereiteten sich vor, auf die Saat und die erste Mahd. Muckls Frau stürzte rein in die Stube, wo wir saßen und Karten spielten, und alle schauten auf, weil sonst niemand mehr da reinkam, zu dieser Stunde, erst recht keine Frau, nur die Mutter vom Wirt, die saß am Ofen und stopfte Socken.

Dass der Nepomuck noch nicht nach Haus gekommen wär, sagte sie, und sie war so aufgeregt, dass sie tief schnaufen musste, um Luft zu kriegen, zum Reden. Und dass das ganz gegen seine Gewohnheit sei, und dass er die Kühe nicht gemolken hätte und kein frisches Heu in den Stall geschafft, sodass sie, die Frau, das zuerst hätt erledigen müssen, eh sie losging, nach ihm umzusehen, und dass sie ihn nirgendwo hätt finden können, nicht im Heuschober und nicht beim Traktor, auch nicht beim Brotofen und vor der Brücke am Schloss, wo der Schuppen fürs Brennholz steht.

Die Mutter vom Wirt brachte der Frau vom Muckl einen Schnaps, damit sich ihr Herz beruhigt, und uns brachte sie auch allen einen Kirsch, damit wir besser nachdenken haben können, was zu tun sei.

Wo er nach dem Mittagstisch hin sei, fragten wir, und was er sich hatte vorgenommen.

Er hätt davon gesprochen, hoch zur Wacht zu gehen, schluchzte die Sörgelsche, die Zäune prüfen, auf der oberen Weide. Es hatte ja viel Schnee gegeben den Winter, und da seien gewiss ein paar Pflöcke geradezurücken und ein paar Bretter zu flicken. Und jetzt sei es schon finstere Nacht, und ihr Muckl sei noch nicht zu Hause, und sie befürchte das Schlimmste, in Herrgotts Namen, was solle sie nur tun?

Und dann fing sie an zu weinen, und wir Männer konnten das nicht mehr länger mit ansehen und gingen hinaus, der Pechwirt mit uns, und Nepomucks Witwe blieb bei der Mutter auf der Ofenbank.

Nun – der Muckl war tot, das wussten wir gleich, und welchen Grund sollte es sonst auch gehabt haben, dass er nicht zur Nacht zurück in der warmen Stube war, weil's ja auch schüttete, schon seit Mittag, gräußlich feucht war's, und einem im Handumdrehen kalt bis auf die Knochen. Der Muckl war ein guter Kerl gewesen, war gut gestanden mit jedem im Dorf, das wurde später ja noch ganz akribisch herausgeforscht, von den Kriminalern aus Nürnberg. Doch das kam danach. Noch war's Montagnacht, schon nach zehn Uhr, und wir beratschlagten, draußen vor der Wirtschaft, und dann schickten wir den Dainzer, der ja aus Vorra hochgekommen war, nach dorthin zurück, damit er Bescheid sagt, dass vielleicht noch die Vorraer Wehr gebraucht wird, die dort hockten ja alle beim Heißmann, und zwar bis spät in die Nacht, und spielten Karten wie wir.

Wir übrigen drei knöpften unsere Jacken fest zu und stapften die Wirtsleite hoch und dann rechts am Naturfreundehaus vorbei zur Wacht. Eine Stunde wohl brauchten wir, bloß mir allein war klar, dass die Mühe für die Katz war, weil der Muckl nämlich gar nicht auf die Weide gegangen war, nach dem Mittagstisch, sondern der war flussaufwärts nach Enzendorf gewandert, weil er dort jemanden treffen wollte. Ich hatte ihn ja getroffen, als er losgezogen war, und auf dem Rückweg war ich ihm nochmal begegnet, bloß da war er schon ... aber schön der Reihe nach!

Wir fanden nichts und niemanden da oben, und wie wir dann endlich wieder unten im Dorf waren, war auch schon die Polizei da, und der Hahnrieder, der die Leiche gefunden hatte, und ein halbes Dutzend Vorraer, die gleich dem VW-Käfer hinterher sind, in dem damals die Hersbrucker Polizei unterwegs war.

Im Wehr hing er, Nepomuck Sörgel, und als ihn der Schmidt vom oberen Dorf und der Poppendörfer mit den langen Fischerhaken herausgezogen hatten und er vor dem alten Schulhaus auf der Wiese lag, da wo heute die Kanufahrer Rast machen und die Stromschnelle umgehen, da sagte einer der Polizisten, ein gewisser Meister, aus Hohenstadt stammend, dass der Muckl wohl schon tot gewesen sei, als er ins Wasser gefallen war. Das hätte jeder von uns auch sofort sagen können, denn wenn einem der Schädel so eingeschlagen ist, dass das weiße Gehirn herausquillt, dann braucht man nicht auch noch zu ertrinken, um zu sterben.

»Also«, sagte da der andere Wachtmeister, den ich nicht kannte, weil er erst vor Kurzem aus der Oberpfalz herversetzt worden war. »Also ist er wahrscheinlich oberhalb vom Wehr ermordet und in den Fluss geworfen worden.«

Ich wusste natürlich, dass er gar nicht so unrecht hatte, mit seinem kriminalistischen Instinkt, denn ich hatte den Muckl ja beobachtet, wie er Richtung Enzendorf spazierte, über die Pegnitzwiesen, hinter dem Bahndamm, so als wollte er nicht, dass ihn jemand zufällig dort laufen sieht.

Eigentlich ging alles mit den Karnickeln los. Wir waren zusammen bei mir auf den Scheunenboden gestiegen, Muckl und ich, und er hatte dort auf einen alten Schrank gedeutet.

Den würde er sehr gerne haben, hatte er gesagt, freilich wenn ich den ihm überlassen wollte. Ich bräuchte das Ding doch sowieso nicht mehr, und er würde einen Stall für sein Hasenvieh hineinbauen.

Heute würden die Leute in der Stadt sich alle zehn Finger ablecken, für so ein Stück. Für mich war das allerdings nur ein Haufen modriges Holz, Futter für die

Holzwürmer, die den staubigen Schrank schon völlig zerlöchert hatten.

»Nimm ihn mit«, sagte ich daher, »ich brauch ihn nimmer.«

Wir schafften den Schrank zu ihm, in den kleinen Hof, wo er seine Hühner hielt. Das war an einem Sonntag gewesen.

Und einen Monat später leuchteten die drei Scheinwerfer, die so hell waren, dass mir die Augen weh taten, auf die Leiche vom Muckl und die Polizisten und die ganzen Leute, die betreten herumstanden. Keiner sagte etwas, nur der dünne Regen pritschelte, und eine seltsame Traurigkeit hing wie ein kaputter schwarzer Schirm über uns, weil alle ans Sterben dachten und ganz vergaßen, wie nass wir schon geworden waren. Immerhin: wir waren zwar nass, aber noch am Leben.

Der Pohl hatte seinen neuen Mähdrescher herübergefahren, von seinem Hof. Der Mähdrescher war ganz modern und hatte vorne drei Flutlichtscheinwerfer, wie der Pohl sich ausdrückte, damit er auch nachts dreschen konnte. Auch der Pfarrer war da, aber der wusste nicht recht, was er tun sollte, und vielleicht bloß, damit alle merken, was für ein gescheiter Mann er ist und dass er studiert hat, sagte er: »Vielleicht ist er nur gestürzt und hat sich dabei den Kopf verletzt. Dann könnte er in die Pegnitz gefallen sein.«

Die Polizisten schauten ihn schief an, doch ich freute mich, denn unser Pfarrer brachte diese Möglichkeit ins Spiel, die dann auch später von den Nürnbergern nie endgültig ausgeschlossen werden konnte. Wer sich in der Gegend auskennt, weiß, dass es nicht einfach ist, im Pegnitzgrund zwischen Oberartelshofen und Enzendorf erst so zu stürzen, dass das Gehirn herausspritzt, und dann in die Pegnitz zu fallen, aber immerhin: wenn einer so unvorsichtig ist und meint, er muss in den Eisenträgern unter einer der schönen alten Bahnbrücken herumklettern, dann bitte: dabei kann einer schon hart mit dem Kopf anstoßen und hernach ins Wasser kullern ... wie gesagt, ich war froh darüber, was der Pfarrer sagte, denn zu guter Letzt hatten die Kriminaler den Berber frei lassen müssen, den sie in der Woche nach Muckls Tod verhafteten. Dem Berber konnte ich nichts Böses wünschen, denn der Muckl war ja eigentlich selbst schuld gewesen.

Ich schwieg davon, dass ich einen Streit mit dem Nepomuck Sörgel gehabt hatte wegen der Goldmünzen. Die Kriminaler befragten mich an jenem Mittwoch freilich gute zwei Stunden lang, sodass ich schon dachte, sie wollen mir Löcher in die Stirn bohren und meine Gedanken herausziehen wie Würmer aus einem morschen Stumpf, allein von dem Streit sagte ich nicht eine Silbe, bis heute. Dafür erzählte ich von Muckls Spaziergang nach Enzendorf und seiner Verabredung mit dem Berber, der ihm eine Schweizer Uhr aus Gold und mit Diamantlagern verkaufen sollte. Muckl wollte sich einen Kindheitstraum erfüllen. Schon immer wollte er eine Schweizer Präzisionsuhr besitzen, das Feinste vom Besten, und er erfüllte sich den Wunsch auch, kaufte die Uhr von den Goldmünzen meines Vorfahren. Eine dieser Münzen war über fünfhundert Mark wert, teilweise noch mehr. Eine Menge Geld war das damals. Ich weiß das genau, weil ich es ja schließlich doch noch gekriegt habe, zumindest das meiste.

An dem Montag, um den es geht, war ich nämlich kurz nach dem Mittag vom *Gasthaus Juraschanze* her gekommen und hatte gerade noch gesehen, wie der Muckl an der Biegung, wo sich der Fluss unter der Eisenbahnbrücke windet, in die Pflanzgärten verschwindet. Ich dachte dabei überhaupt nichts, ich hatte nichts geplant. Ich entschied mich ganz unwillkürlich, aus dem Bauch heraus, dem Muckl hinterherzulaufen und zu fragen, was er denn vorhat.

Er erzählte von dem Berber und von seinem Wunsch, eine Uhr zu kaufen, und dass er mit dem Berber telefoniert hätte, von der Telefonzelle aus, die neben der Bushaltestelle steht, gleich beim Gemüsegarten vom Schmitt, jenseits des Brückleins über den Rumpelbach. Dass er dort telefoniert hatte, konnte der Schmitt später bezeugen, weil der ja nichts anderes zu tun hat, als den ganzen Tag über den Bach zu glotzen und zu schauen, wer telefoniert und wer in den Bus einsteigt.

Jetzt könnte man sich natürlich fragen, wieso mir Muckl so freimütig von seinen Plänen erzählte. Ich denke, er wollte mich trietzen, weil er sich seiner Sache sicher fühlte. Freilich steckten wir beide in einer seltsamen Zwickmühle: er hielt den Fund vor seiner Frau geheim, weil er Angst hatte, sie könnte die Münzen zur Bank tragen. Muckl wollte sich unbedingt seinen Wunsch erfüllen, und deswegen durfte niemand davon wissen. Außer mir wusste ja niemand davon, und ich wollte auch mit niemandem darüber reden, weil: es waren zwar meine Münzen aus meinem Schrank, aber wie sollte ich das beweisen, wenn es vor Gericht gegangen wär? Und was, wenn plötzlich das Landratsamt käme mit einem studierten Klugschwätzer, der sagte: halt, liebe Leute, ihr braucht euch gar nicht groß zu streiten, die Münzen sind kulturhistorisch bedeutsam, keiner von euch kriegt sie, sondern das Heimatkundemuseum in Hersbruck? So oder so hätte ich den Kürzeren gezogen, also wartete ich, bis ich mir mein Eigentum vom Muckl zurückholen konnte. Und tat nur so, als verabschiedete ich mich, und folgte ihm, immer schön mit Abstand, dass er mich nicht bemerkte.

Der Polizist sagte dann noch, dass der Muckl nicht weit oberhalb vom Dorf erschlagen worden sein kann. Er wär ja zu Fuß unterwegs gewesen, und viel weiter als in Enzendorf hätt's nicht passiert sein können. Gar nicht dumm, der Oberpfälzer Polizei-Polizist, dachte ich insgeheim, zumal ich ja genau wusste, wo's geschehen war. Die Nürnberger Kriminaler haben dann auch die Stelle entdeckt, da wo hinter der Kurve das Tal recht schmal wird, wo sich der Fluss, die Straße und die Bahn ganz eng zusammendrängen, weil sie kaum Platz nebeneinander haben. Mit Hunden kamen sie und einen Fotografen hatten sie dabei, die Kriminaler, und die Stelle in der Wiese, wo das Blut im Gras geklebt hat und der Stein lag, der dem Muckl den Schädel zerbrochen hat, hatten sie im Handumdrehen gefunden. Nur wer es wirklich gewesen ist, haben sie nicht herausgekriegt, und von den Goldmünzen und dem Hasenstall haben sie nie etwas erfahren, und auch die Nachbarn vom Muckl wussten rein überhaupt gar nichts, und das sagten sie den Kriminalern auch.

Der Stein lag neben dem toten Muckl im Gras, und daneben lag sein Hut. Er hätte niemals die anderen Goldstücke zu Hause gelassen, wo seine Frau sie hätte finden können. Er hatte alles Gold hinter das Schweißband von seinem Hut genäht, und da suchte ich danach und fand alles.

Ich könnte nicht erklären, weshalb, aber drei Tage, nachdem der Muckl den Schrank zu sich hinübergeschleppt hatte, auf seinem Handkarren, da fragte ich mich plötzlich, ob er schon fertig geworden wäre, mit seinem Karnickelstall. Ich muss etwas geahnt haben, deshalb bin ich rübergelaufen und hab ich ihn auf frischer Tat ertappt. Mit der Holzhacke hatte er schon die Tür vom Schrank zertrümmert, weil er da den Maschendraht einziehen wollte, und dann noch den Boden im Schrank, das unterste Fach. Darunter war ein Hohlraum, kaum breiter als ein Daumen, und im Hohlraum waren die Goldmünzen. Die waren uralt, von Max dem Heizbaren, wie meine Mutter gesagt hätte, aber in Wahrheit waren sie aus der Zeit, wo die Truppen vom Napoleon durchs Land gezogen waren. Das sagte jedenfalls später der Händler, dem ich ein paar Münzen zeigte. Der Muckl saß vor dem Schrank und hatte beide Hände voller Gold. In dem Moment kam ich in den Hühnerhof und erwischte ihn. Ich wusste sofort, was die Stunde geschlagen hatte. Wahrscheinlich hat der Muckl gar noch nicht begriffen gehabt, was los war, als mir schon das Bild von meinem Urahn vor Augen stand, der das Geld, welches er mit Müh und Not zusammengespart hatte, in fliegender Hast im Geheimversteck verschließt, ehe die katholischen Franzmänner einfallen und plündern, wie es der Soldaten Art ist.

Ich fing beileibe nicht gleich an zu streiten. Zuerst war ich sogar bereit, mit dem Muckl zu teilen, nur wie ich ihm gesagt hab, dass die Münzen mir gehörten, weil sie in meinem Schrank versteckt gewesen waren, hat der Muckl gleich dagegen geredet und gesagt, der Schrank sei nun seiner, mit allem Drum und Dran, also auch mit allen Münzen, die er darin findet. Ich hab gesagt, er soll nicht dumm sein und einsehen, dass es so nicht geht, weil ich ja nicht hätt wissen können, dass mein Vorfahr sein Geld unter dem doppelten Boden geborgen hatte. Da wurde er böse und sagte, ich sei selber schuld, ich hätt den Schrank jahrzehntelang nicht beachtet und auf einmal sei's mir verflixt wichtig, dass er mir gehört hätt. Da gab ich den Gedanken auf, ich könnte mir das Geld schon teilen mit dem Muckl, und ich wurde stur und sagte, er solle mir die Münzen geben, und zwar alle und gleich an Ort und Stelle. Er hat darauf gar nicht geantwortet, sondern mich ganz eigentümlich angesehen, mit Augen, als ob er Fieber hätte, und mir lief es eiskalt den Rücken hinunter, weil er plötzlich aussah wie der Leibhaftige. Außerdem hatte er immer noch seine Axt in der Hand, und die ließ er auf und nieder wippen, als überlege er sich den nächsten Schlag.

Ich sagte darauf nichts mehr, aber ich dachte mir meinen Teil. Der Muckl sah mich immerzu an wie einer, der den Verstand verloren hat, und so machte ich erst einen Schritt zurück, und dann noch einen, und dann ging ich aus dem Hof hinaus, fort vom Muckl und fort vom Schrank, in dem meine Münzen gelegen hatten, in vermoderte Tücher gewickelt, sodass es nicht geklappert hatte, wie wir den Schrank auf den Leiterwagen geladen hatten.

Eine Woche nach der Nacht, in der wir den Leichnam aus der Pegnitz gezogen haben, gab's dann die Beerdigung und hinterher den Leichenschmaus beim Pechwirt, wo es dann schon wieder lustig zuging, und sich alle fürchterlich betranken, auf die Kosten von dem Muckl seiner Witwe. Natürlich nahmen alle an, dass der Berber den Mord begangen hatte. Die Kriminaler hatten jeden Menschen von Vorra bis Enzendorf befragt, und der eine hatte hier was gesehen oder dort der andere was gehört, und am Schluss hatten sie das ganze Bild, bloß dass sie dem Berber halt doch nichts beweisen haben können, weil sie keine Fingerabdrücke und auch kein Motiv fanden, denn von den Goldmünzen weiß bis heute nur ich, und sonst keine lebende Seele, und ich habe schön still geschwiegen, bis zum heutigen Tag.

Vielleicht nur, damit es kein Missverständnis gibt, muss ich klipp und klar sagen: erschlagen hab ich den Muckl nicht. Erschlagen hat ihn der Berber, das schwöre ich beim Barte meiner Großmutter. Der Berber war ihm hinterhergeschlichen, so wie ich, und hat dem Muckl mit einem Stein den Schädel eingeschlagen. Der Berber hat wie ein erfahrener Schurke Handschuhe getragen und ihm die Uhr wieder abgenommen, die er dem Muckl kurz zuvor verkauft hatte, und dazu bestimmt noch ein paar Münzen, die der dumme Muckl herzeigen hat müssen. Doch der Berber bemerkte nicht, wie schwer der Hut war, der auf den Boden fiel, und er rechnete nicht damit, dass der Muckl das ganze Gold bei sich hatte. Den Hut, an dem Blut und Haare klebten, ließ der Mordbube jedenfalls einfach liegen, und vielleicht haben die Münzen ihr Teil dazu beigetragen, dass es dem Muckl den Schädel so leicht entzweisprengte.

Wie ich die Münzen gefunden hatte, hab ich den Toten zum Ufer geschleift. Siehst du, Muckl, hab ich zu ihm gesagt, das führt zu keinem guten Ende, wenn eins zu gierig ist. Das fällt alles auf einen zurück, hab ich gesagt, aber schau: deine Uhr hast du noch gekriegt in diesem Leben, und vielleicht war es ein schöner Tod, weil du glücklich warst, als es dich getroffen hat. Und dann hab ich ihn mit dem Stiefel getreten und in die Pegnitz gestoßen. Viel Glück, Muckl, hab ich ihm nachgerufen, und eine ganz kurze Weile war mir, als müsste ich weinen, wennschon nur ganz kurz ...

Susanne Reiche
Der Tod des Baulöwen

Sieger des Publikums-Votings

Prolog

Ein Schatten zog über die Lauchstangen. »Habt ihr alle keine Arbeit«, murmelte Dumitru. Schon seit halb acht ging das so. Gute Thermik. Die Heißluftballons gingen hinter Heffners Gurkenglashaus auf wie die Morgensonne und kurz darauf hinter Lehmanns Tomatengewächshaus wieder unter.

In seinem ersten Jahr beim Biobauern Meisner hatte er noch lächelnd nach oben gegrüßt. »Nix winke, arbeite!«, hatte es daraufhin geheißen, und mittlerweile hob er kaum noch den Kopf.

Tagediebe.

Er senkte die Hacke wieder in die festgebackene Erde.

»Scheiße trocken.« Florin nickte ihm über die Lauchstangen hinweg zu. Dumitru verzog den Mund. Natürlich war es scheiße trocken, ohne Regen, bei über 30°. Nur in den Glashäusern war es wie auf den Kanarischen Inseln, 24°, Sommer wie Winter. Aber da hackte keiner Unkraut; da saß einer im Kontrollzentrum vor bunten Leuchtdioden, und wenn etwas schiefging, kam ein Techniker und prüfte die Sensoren.

Der Schatten des nächsten Ballons glitt vorüber, und dann glänzte vor Dumitrus Hacke hell etwas auf. Meist waren es Glasscherben oder Schokoriegelpapier, manchmal aber auch Münzen oder Glasperlen, die er seiner kleinen Tochter mit nach Rumänien brachte. Was auch immer, er war für jede Abwechslung dankbar. Florin nannte das stundenlange Hacken *meditativ*, aber er selbst war Magister der Philosophie und fühlte sich von seiner Tätigkeit intellektuell eher unterfordert.

Er bückte sich und kratzte mit dem Fingernagel in der harten Erde.

»Was ist?« Neugierig beugte Florin sich herüber. Auch er interessierte sich für glänzende Dinge auf dem Acker, seit Dumitru ein Fünfpfennigstück aus dem Dritten Reich für 200 € auf eBay versteigert hatte.

Trittbrettfahrer.

»Scheiße«, sagte Florin fröhlich. »Das sind Zähne.« Er stocherte ein wenig mit der Hacke, dann schlug er Dumitru anerkennend auf die Schulter.

»Das ist eine Scheißleiche, Mann. Du hast eine Scheißleiche gefunden!«

Tag 1

Im Vorraum der Nürnberger Polizeidirektion saß eine teuer ausstaffierte Schönheit auf der schäbigen Holzbank. Sie hielt den Rücken gerade, wie um dem ehrwürdigen Möbel keine Intimität mit ihrem Körper zu gestatten.

»Lass die nicht wieder so lang warten«, riet Wernreuther. »Die kennt den Wirtschaftsreferenten.«

Kastner hob kurz den Blick von der Tastatur. Die Frau interpretierte das als Aufforderung; ihre hochhackigen Schuhe klackerten energisch über die gesprungenen Bodenfliesen.

»Herr Kästner?«

»Kastner«, sagte er. »Wenn Sie bitte noch kurz warten würden?«

Die Frau hob die gezupften Brauen, als hätte er sie gebeten, auf einem Bein zu stehen. »Das ist Behördenschikane«, stellte sie fest. »Meine Zeit ist kostbar. Es geht um Arbeitsplätze.«

Kastner nickte resigniert. Er war schwieriges Klientel und Elend gewohnt: Betrunkene, die auf den Fußboden kotzten, drogensüchtige Kinder, alte Damen, denen man die Ersparnisse aus dem Marmeladenglas gestohlen hatte. Aber so war das Leben. Wirklich auf die Nerven gingen ihm Leute, die den Wirtschaftsreferenten kannten und damit nicht hinter dem Berg hielten.

»Wir bearbeiten Ihre Vermisstenanzeige mit höchster Priorität. Sobald es etwas Neues über den Verbleib Ihres Mannes gibt, werden wir Sie benachrichtigen, Frau ... äh, Wollreis«, sagte er. Der Name der Wohnbaufirma Wollreis war in Nürnberg stadtbekannt, aber er wollte keine übertriebene Demut zeigen.

Frau Wollreis kniff die Augen zusammen und beugte sich über den Tresen. Eine lange Perlenkette löste sich von ihrem verschwitzten Dekolleté und pendelte sacht vor Kastners Augen hin und her.

»Herr Klaas, der Wirtschaftsreferent, hält in diesem besonderen Fall eine vorgezogene Todeserklärung für denkbar. Eine Ansicht, die der Oberbürgermeister im Übrigen teilt. Die Firma braucht Planungssicherheit.«

Kastner runzelte die Stirn. Da hatte es aber jemand *sehr* eilig ...

»Der Rechtsreferent hat mir nun geraten, eine Expertise der ermittelnden Polizei einzuholen, Herr Kästner. In dem Sinne, dass es am Tod meines Mannes keine vernünftigen Zweifel gibt ...«

Eine Expertise! Kastner schloss für einen Moment die Augen.

Aber es kam noch schlimmer.

***

»Meine Fresse«, sagte Wernreuther, als er den Streifenwagen auf dem staubigen Feldweg im Knoblauchsland zum Stehen brachte. Die ganze Kriegsopfersiedlung schien versammelt, dazu halb Wetzendorf und ein paar Höfleser. Kastner schickte die Gaffer nach Hause, dann stapfte er in das Lauchfeld. Hinter einem hitzeschlaffen Plastikband bot sich das Tableau einer archäologischen Grabung: Beamte in Schutzanzügen kratzten mit Kellen in der Erde, ein kurzbehoster Mann gab Anweisungen. Er kam Kastner entgegen und stellte sich vor.

Der Name sagte Kastner nichts. »Dietz? Neu bei der Spurensicherung?«

»Ach was«, feixte Dietz. »Ich bin der Stadtarchäologe. So eine Fundsituation fällt wohl aus dem Rahmen, da hat man mich um Hilfe gebeten.«

Kastner lächelte. »Na, sicher sind Sie eh der richtige Mann hier. Das sind doch wohl steinalte Knochen, die der Pflug an die Oberfläche ...«

Zu seinem Bedauern schüttelte Dietz den Kopf. Natürlich gäbe es hier Bodendenkmäler, Bestattungen aus der Bronzezeit. Aber der Tote läge höchstens seit acht Wochen hier – ein Mann mittleren Alters, stark verwest. »Die Hitze! Ich zeig Ihnen gern ...«

»Danke«, sagte Kastner und hob abwehrend die Hand. Er war keiner, der sich vom Anblick der Leiche tiefere Einsichten erhoffte. Wenn sich der »Tatort«-Kommissar am Sonntagabend über das Opfer beugte und seinem Assistenten das qua Eingebung empfangene Täterprofil in den Notizblock diktierte, ging er in der Regel zum Kühlschrank und holte sich noch ein Bier. *So ein Quatsch,* pflegte er dabei zu brummen, was seine Lebensgefährtin mit einem ironischen *du musst es ja wissen* konterte.

Mord war in Nürnberg eher nicht an der Tagesordnung. Die üblichen Drogentoten, hie und da eine Messerstecherei, und manchmal barg man Ertrunkene aus den trüben Fluten der Pegnitz. Aber eine verscharrte Leiche? Kastner sah sich um. Den Horizont säumten Gewächshäuser und Maschinenhallen; die bescheidenen Reste dörflicher Strukturen standen wie arme Verwandte neben protzigen Einfamilienhäusern mit säulengetragenen Balkonen – typisch Wollreis AG.

Acht Wochen.

Mittleren Alters.

War nicht Wollreis' Wagen nach seinem Verschwinden bei einer Baustelle in Thon gefunden worden – zu Fuß gut zwanzig Minuten von hier?

»Scheiße«, sagte Kastner.

***

»Wollreis? Der Baulöwe? Wollreis AG?«

Kastner nickte und riss das Küchenfenster auf. Die Gerichtsmedizin hatte es bestätigt. Zahnprofil.

»Na das ist ja ein Ding«, sagte Mirjam. Sie kannte Wollreis, sie hatte früher im Stadtplanungsamt gearbeitet.

Kastner fächelte sich Luft zu. In der Innenstadt kühlte es nachts kaum ab. Herrn und Frau Ylmaz' Umrisse trugen eine Meinungsverschiedenheit vor dem erleuchteten Küchenfenster aus. Die Studenten hörten Rammstein, etwas mit *Tod* und *Asche*.

»Vielleicht war's seine Frau?«, überlegte Mirjam. »Schon die dritte, glaub ich. Er wollte sie durch eine jüngere, repräsentativere Dame ersetzen. Ehevertrag, eben noch Ferrari, danach Hartz IV. Wäre ein Grund, oder?«

Kastner nickte und holte sich ein Krug-Bräu aus dem Kühlschrank. Mirjam und er hatten sich im Friedhofsamt kennengelernt, als er wegen des Zahngold-Skandals ermittelt hatte. Seit drei Jahren lebten sie zusammen. Sie nannte es *effiziente Kommunikation,* wenn sie ohne Punkt und Komma sprach, und er hatte sich mit den Jahren daran gewöhnt.

»Vielleicht auch ein enttäuschter Käufer«, fuhr sie fort und schenkte sich Rotwein nach. »Braver Familienvater, irrwitzig hoher Kredit. Betonwüste statt Traumhaus, keine Infrastruktur. Verliert die Nerven als die Katze überfahren wird und er seinen Kredit nicht mehr bedienen kann ...«

Kastner schloss das Fenster wieder. Von einem kühlen Luftzug konnte keine Rede sein, dafür roch es nach gebratenen Zwiebeln. Er lebte gern in der Südstadt, aber es hatte auch seine Härten.

»Oder ein Grundstücksbesitzer. Du weißt schon: schnell noch billig gekauft, bevor der Bebauungsplan aufgestellt wird und das Grundstück das Zehnfache wert ist. Wollreis hatte ja die passenden Kontakte.« Mirjam lächelte. »Am Ende, Kastner, war es einer von uns. Ein kleiner aufrechter Sachbearbeiter, Naturschutz. Hat sich jahrelang angeschaut, wie der Wollreis gemacht hat, was er will, Biotop hin, Artenschutz her, und dann hat er sich nen Hammer genommen und dem Dünkel ein Ende gesetzt. Peng ... und aus.«

Kastner nickte erneut. Er warf einen Blick auf die Wanduhr, die eher in eine Bahnhofshalle gepasst hätte als zwischen Ikea-Hängeschränke in eine kleine Küche mit geblümter Tapete.

Es war schon halb eins.

»Ich geh ins Bett, Hase. Was ist mit dir?«

»Ich komm gleich nach«, murmelte sie und zog noch eine Marlboro aus der Schachtel.

Während er sich in dem winzigen Badezimmer die Zähne putzte, betrachtete Kastner sein fleischiges Gesicht im Spiegel.

Ich sollte mehr Sport treiben, dachte er.

Tag 2

»Todesursache?«, wollte Kastner wissen.

»Schwierig«, erwiderte Wernreuther.

Kastner zählte bis zehn, dann hob er fragend die Augenbrauen.

»Naja, es sieht nicht nach Gewalteinwirkung aus. Man muss die Gewebeuntersuchung abwarten ...«

Kastner nickte. Kein Hammer also.

***

Die Witwe trug passenderweise schwarz, als sie ihm die Tür öffnete. »Ich wusste es doch ...«, meinte sie. Dann rief sie das Hausmädchen und bot Kaffee an. Während Kastner in der winzigen Espresso-Tasse rührte, führte sie Telefongespräche mit ihrer Bank und dem Geschäftsführer der Baufirma.

Er stellte die üblichen Fragen. Der Witwe zufolge war ihr toter Gatte ein mustergültiger Ehemann, eine Stütze der Gesellschaft und ein sozialer Arbeitgeber gewesen. Einen besonders trauernden Eindruck machte sie allerdings nicht. Aus freien Stücken bot sie ihm für den

Todeszeitpunkt Anfang Juli Alibis mit gut beleumundeten Zeugen an.

Kastner zückte sein schwarzes Notizbuch und notierte *Liebhaber (??)*.

Die Recherche im Umfeld ergab durchaus Mordmotive, aber er fühlte sich irgendwie nicht zu ihnen hingezogen. Dubiose Grundstücksgeschäfte, ein Schwarzgeldkonto, Verdacht auf Bestechung, einige abgelegte Geliebte, Erbschaftsstreitigkeiten. Das Übliche eben.

Er sprach mit dem Bauern, dem der Lauch-Acker gehörte.

»Den Borrie hommer im Mai bflanzd. Beim näxdn Bflüng hädds den kombledd zerlechd, den dodn Mo.«

»Aha«, sagte Kastner etwas ratlos. Er war des Nürnberger Idioms an sich durchaus mächtig, aber hier stieß er an Grenzen.

Meisner nickte. »Wissens, des nadurnahe Wärdschaffdn is fei ned eimbfach. Äjeds Johr schrumbftd däi Onbauflächn, drum bauer däi alles mid Huchglos zou.« Er wies mit ausholender Geste ins Unbestimmte. »Volk ohne Raum, hommer alles scho ghabbd, odder?«

Kastner, der eigentlich nur »Volk ohne Raum« verstanden hatte, nickte sehr zurückhaltend und notierte *Mai (!)*.

Tag 3

»Also sauber ist die nicht«, sagte Mirjam, während sie Salat auf Kastners Teller häufte. Sie meinte die Witwe. »Erinnerst du dich an die Gessl-Sache mit der Tamara, vorgetäuschter Raubüberfall? Mehr Tomaten?«

Kastner schüttelte den Kopf. Er wollte nicht mehr Tomaten. Genau genommen hätte er sonntags ein krosses

Schäufele bevorzugt, aber da meistens Mirjam kochte, stand ihm Kritik nicht zu.

Tamara, natürlich. Die Sache war den Boulevard rauf und runter gegangen. Recht fesche Person, die Tamara, aber diese Einschätzung äußerte er tunlichst nicht. Das freundlichste, das Mirjam je über Tamara Gessl gesagt hatte, war *Botox-Opfer* gewesen.

»Wasser und Chemie«, sagte sie angewidert. »Wahrscheinlich auf einer Nährlösung herangewachsen.« Erst der nächste Satz verdeutlichte, dass sie nicht mehr von Tamara Gessl sprach. »Wenn das Zeug beim Ebl bloß nicht so scheiße teuer wär.« Sie spülte sich den Mund mit Rotwein aus. »Woran ist er denn nun gestorben?«

»Der Wollreis? Vergiftet.«

Mirjam verschluckte sich. »Vergiftet? Das ist doch typisch Frau, Kastner! Lucrezia Borgia Marie D'Aubray Gesche Gottfried. Mit was?«

»Seine letzte Mahlzeit war ein Chili, gewürzt mit einem Pflanzengift.« Was hatte Wernreuther gesagt? »Eisenhut, glaub ich.«

»*Aconitum*!« Mirjam pfiff durch die Zähne. »Eine der giftigsten Pflanzen Europas. Enthält Alkaloide. Wächst in jedem Vorgarten.« Sie ging in ihrer Freizeit mit der Naturhistorischen Gesellschaft auf Kräuterexkursionen und hatte Wörter wie *Aegopodion podagriae* parat, die Kastner nicht einmal aussprechen konnte.

»Und?«, wollte sie wissen. »Stand der Teller auf dem heimischen Abendbrottisch oder war er Fremddessen?«

»Seine Frau will von einem Chili nichts wissen. Ob du es glaubst oder nicht, sie hat die Haushälterin eine Liste der Speisenfolgen ausdrucken lassen, von den letzten acht Wochen. Da stand kein Chili drauf …«

»Ach so«, sagte Mirjam. »Wie blöd von mir. Die ernähren sich wahrscheinlich eher von Wildlachs mit Kerbelmousse. Aber mal unter uns – so eine Liste kann ich dir auch ausdrucken, wenn ich mich so lang darauf vorbereiten kann ...« Sie griff nach dem Salzstreuer. »Schmeckt nach nichts«, sagte sie. »Den Salat mein ich. Eisenhut schmeckt scharf, von daher war er in dem Chili bestens aufgehoben. Ist die Witwe zufällig Biologin?«

»Nein«, sagte Kastner. »Sie hat Architektur studiert.«

»Ach was!«, feixte Mirjam. »Davon hat das Stadtbild aber leider nicht profitiert.«

Tag 4

Kastner fühlte sich unwohl auf dem kahlen Flur des Umweltamtes in Langwasser. Er war froh, als die Biologin ihn in ihr Büro bat, in dem Akten, Bücher und ein Gummibaum in gemütlicher Unordnung wucherten.

»Der Wollreis, ja«, sagte die junge Frau und rührte nachdenklich in ihrem Cappuccino. »Er war natürlich nicht der Einzige, mit dem es Probleme gab. Wenn Freiflächen bebaut werden, ist der Artenschutz betroffen.« Sie zuckte die Achseln. »Kiebitz, Rebhuhn, Lerche ... die letzten Äcker im Knoblauchsland sind nicht nur Anbauflächen, sondern auch Lebensräume.«

Kastner nickte, als wäre ihm das alles klar.

»Wissen Sie, was *Aconitum* ist, Frau Förster?«

Die junge Frau zögerte. »Ich arbeite als Zoologin hier«, sagte sie dann ausweichend und verwies ihn an ihren Kollegen, der Botaniker war.

Dr. Berthel wusste sofort, was Aconitum ist. »Damit können Sie jemand umbringen«, sagte er freimütig. »Ein paar Blüten in den Tee, und Sayonara ...«

»Aha«, sagte Kastner.

Auch Dr. Berthel kannte Wollreis natürlich. Das Problem seien aber nicht die Investoren, meinte er. Das sei eine politische Frage. Die Stadt müsse die Prioritäten setzen und die Entwicklung steuern. Im Übrigen wäre eben diese Stadt sein Arbeitgeber, und damit wäre eigentlich alles gesagt.

Tag 5

Kastner fuhr mit dem Bus nach Wetzendorf. Die Luft war drückend schwül, und von Fürth her zogen schwarze Wolken auf. Die erwerbsoptimierte Landschaft bestätigte, was Mirjam ihm erklärt hatte: *Lob für den Wert der Kulturlandschaft und regionale Produkte gibt's bei Sonntagsreden, aber wenn Bauflächen gebraucht werden, scheißt der Hund drauf.*

Kastner spähte durch die Scheiben menschenleerer Gewächshäuser, dann inspizierte er den Ort. Hier gab es doch noch einige malerische Details: aus Sandstein gebaute Höfe, Blumenkästen, sogar eine Vogelscheuche, deren helle Rockschöße sich im aufkommenden Wind blähten ...

Kastner stutzte.

Während die ersten Regentropfen fielen, beugte er sich über den Zaun, griff der Vogelscheuche in den Kragen und las das Etikett.

Armani stand darauf.

Bauer Meisner verstand nicht recht, warum der Kommissar sich für die Kleider seiner Vogelscheuche interessierte, und Kastner klärte ihn über seine Beweggründe nicht auf. Der Bauer hätte sonst vielleicht einen Anwalt gerufen. Er hätte die Jacke in einer Altkleidertüte in einem alten Kühlraum gefunden, erklärte er, in dem ›sei Enggälä‹ Sachen untergestellt hatte, ›wäis aff Fädd zong is‹.

Kastner runzelte die Stirn. Ein Enkelkind? »Darf ich fragen, wie Ihr Enkelkind heißt, Herr Meisner?«

***

»Wohin rasen wir denn?«, fragte Wernreuther. »Und was zerknüllst du da unter deiner Achsel? Wenn das ein Beweisstück ist, macht die Spusi Mus aus dir.«

Es sollte ein Scherz sein, aber Kastner lachte nicht.

»Blaulicht«, sagte er stattdessen.

***

Aus Lisa Försters blauen Augen liefen Tränen. Kastner hatte das Armani-Jackett wortlos auf ihren Schreibtisch gelegt.

»Ich war beim Opa, um ein paar Sachen zu holen«, erklärte sie schließlich. »Und damit er mal was Warmes hat, wenn er abends vom Acker kommt, hab ich ein Chili gemacht. Es kocht ja keiner mehr für ihn, seit die Oma tot ist ...«

Wollreis habe plötzlich vor der Tür gestanden und kein Hehl aus seinen Absichten gemacht: er brauche einen von Meisners Äckern für eine Reihenhaussiedlung, und wenn der nicht verkaufe, werde er ihn eben ruinieren.

»Das hätte der gemacht«, schluchzte die Biologin. »Er

hätte den Lehmann dazu gebracht, dem Opa den Pacht-vertrag zu kündigen, oder das Zufahrtsrecht zum Lauch-Acker ... Und verkaufen konnte er nicht, er braucht als Biobauer doch mehr Fläche als die mit ihrem Turboglas!«

Der blaue Eisenhut stand in einer Vase auf dem Kü-chentisch, schön und tödlich. Er bot sich geradezu an, so als hätte er einen eigenen Willen.

Wollreis verzehrte das angebotene Chili mit großem Appetit, beklagte noch, dass er so etwas Deftiges zu Hau-se leider nicht bekäme; dann fiel er vom Stuhl. Das Ster-ben sei keine schöne Sache gewesen, sagte Lisa Förster, aber auf dem Land sei man nicht zimperlich. Damit ihr Großvater nichts bemerkte, versteckte sie die Leiche in dem alten Kühlraum unter Planen, bis er ins Bett gegan-gen war. Dann zog sie Wollreis das auffallende, helle Ja-ckett aus und brachte ihn bei Nacht und Nebel mit der Schubkarre auf den Acker. »Ich wollte ihn einfach nur loswerden. Und ich hab doch keinen Führerschein ...«

Kastner nickte betreten. Eine laienhafte Affekttat also, begangen aus Liebe zu ihrem Großvater. Beinahe tat die junge Frau ihm leid. Wollreis hatte den Staatsanwalt geduzt, soweit er wusste, da würde es wenig mildernde Umstände geben. Er seufzte. Wenn Bauer Meisner sei-ner Vogelscheuche nur nicht ausgerechnet das Armani-Jackett angezogen hätte, es wäre ein schwieriger Fall geworden. Vielleicht ein unlösbarer.

Er stemmte sich aus dem Besucherstuhl und betrach-tete sinnend das Jackett.

Nur ein einziges Beweisstück ...

Mit einem Nicken verabschiedete er sich. In der Tief-garage des Umweltamtes wartete Wernreuther auf eine Erklärung für das Blaulicht.

Die Autoren

Helwig Arenz, 1981 in Nürnberg geboren, wuchs in Fürth auf. Sein geisteswissenschaftliches Studium in Erlangen gab er zugunsten eines Schauspielstudiums in Linz auf, das er 2006 abschloss. Engagements an Bühnen u. a. in Hamburg, Wilhelmshaven, Memmingen und Hof folgten. Seit 2013 arbeitet er als Autor und Schauspieler u. a. am Stadttheater Fürth und am Theater Pfütze in Nürnberg. Im Frühjahr 2013 gewann sein Kurzkrimi *Tom und Tierchen* das öffentliche Voting des 2. Fränkischen Krimipreises, wurde zum Publikumsliebling gekürt und in *Tatort Franken No. 4* veröffentlicht. Sein Debütroman *Der böse Nick* erscheint im September 2014 bei *ars vivendi*.

Roland Ballwieser und Petra Rinkes sind beide Jahrgang 1962 und arbeiten als Lehrer in Nürnberg. Seit über zehn Jahren sind sie ein Paar, und seit fünf Jahren schreiben sie gemeinsam. Nach *Kunigundentod* (2011) und *Goldschlägernacht* (2012) erscheint mit *Schneewehen* im Oktober 2014 ihr dritter Kriminalroman um das Ermittlerduo Simpel und Ziegler.
www.ballwieser-rinkes.de

Jan Beinßen, 1965 in Stadthagen geboren, lebt und arbeitet als Journalist und Autor bei Nürnberg. 2005 eröffnete *Dürers Mätresse* im *ars vivendi verlag* die erfolgreiche Krimireihe rund um den Fotografen Paul Flemming. Es folgten 2006 *Sieben Zentimeter,* 2007 *Hausers Bruder,* 2008 *Die Meisterdiebe von Nürnberg,* 2009 *Herz aus Stahl,* 2010 *Das Phantom im Opernhaus,* 2012 *Die Paten*

vom Knoblauchsland und 2013 *Lokalderby*. Im Frühjahr 2014 veröffentlichte er seinen Kriminalroman *Görings Plan*, im Juli 2014 folgt die Kurzkrimisammlung *Kurzer Prozess*. Im Herbst 2014 erscheint ein neuer Fall für Paul Flemming: *Die Schäufele-Verschwörung*.
www.janbeinssen.de

Veit Bronnenmeyer, 1973 in Kulmbach geboren und in Lauf aufgewachsen, absolvierte eine Ausbildung zum Schreiner und studierte Soziale Arbeit in Bamberg. Derzeit ist er als Projektmanager im Schul- und Bildungsreferat der Stadt Fürth tätig und schreibt regelmäßig für die *Fürther Freiheit*, eine literarische Rubrik der *Fürther Nachrichten*. 2009 erhielt der Autor den Agatha-Christie-Krimipreis für seinen Kurzkrimi *Eigenbemühungen*. Beim *ars vivendi verlag* erschienen bisher seine Kriminalromane *Russische Seelen* (2005), *Zerfall* (2007), *Stadtgrenze* (2009) und *Gesünder sterben* (2012) mit dem Ermittlerduo Albach und Müller.
www.veit-bronnenmeyer.de

Theobald Fuchs kam 1969 im schönen Dörfchen Artelshofen im oberen Pegnitztal auf die Welt. Er studierte Germanistik, Mathematik und Physik und promovierte 1998 in Erlangen. Er ist Mitglied der Deutschen Physikalischen Gesellschaft und Mitgestalter der Veranstaltungsreihe *Radio Bernstein* in der Galerie Bernsteinzimmer, beispielsweise als Verfasser von Hörspielen und Moderator verschiedener populärwissenschaftlicher Sendungen. Seit 1997 schreibt Fuchs Glossen für die Satirezeitschrift *Salbader*. Später begann er, im Magazin *Titanic* unter der Rubrik *Vom Fachmann für den Kenner* lustige Miniaturen zu veröffentlichen und Beiträge für die Kolumne *Fürther Freiheit*,in den *Fürther Nachrichten* zu erdichten.

Tommie Goerz (Dr. Marius Kliesch, geb. 1954) hat Soziologie, Philosophie und Politische Wissenschaften studiert, wohnt in Erlangen, ist verheiratet und Vater zweier Kinder. Nach 20 Jahren bei einem der größten Agenturnetzwerke der Welt war er Dozent für Text und Konzeption an der Georg-Simon-Ohm-Universität Nürnberg. Heute lehrt er an der Faber-Castell-Akademie in Stein. Er gewann unter anderem den Bronzenen Löwen in Cannes (2007), ist Mitglied im Syndikat und spielt in der Band *Hans, Hans, Hans und Hans*. 2010 erschien bei *ars vivendi* sein erster Kriminalroman *Schafkopf*, gefolgt von *Dunkles* und *Leergut* (beide 2011) sowie *Auszeit* (2012) und *Einkehr* (2014), in denen jeweils der Nürnberger Kommissar Friedo Behütuns ermittelt.
www.tommie-goerz.de

Anne Hassel lebt als freie Autorin in Miltenberg. Sie schrieb viele Jahre lang Kindergeschichten für Zeitungen und Verlage, veröffentlicht wurden Kinderbilderbücher und Märchenbücher. Neben Beiträgen in Sammelbänden erschien 2004 ihr erster Kriminalroman *Grüningers Tod*. Anne Hassel ist außerdem Mitherausgeberin von mehreren Krimianthologien, Mitglied bei den Mörderischen Schwestern, im Syndikat und im AutorenVerband Franken.

Thomas Kastura, geboren 1966, lebt mit seiner Frau und seinen beiden Töchtern in Bamberg, studierte Germanistik und Geschichte und arbeitet als Autor für den *Baye-*

rischen Rundfunk. Seit 1998 veröffentlichte er zahlreiche Erzählungen, Jugendbücher und Kriminalromane. Bei *ars vivendi* erschien 2012 der Sammelband *Drei Morde zu wenig* mit seinen Brandeisen-&-Küps-Geschichten, außerdem gab er die Krimianthologie *Tatort Garten* sowie die Shakespeare-Krimianthologie *To die, or not to die* heraus. Im Frühjahr 2015 folgt ein weiterer Brandeisen-&-Küps-Band.
www.thomaskastura.de

Christian Klier, 1970 in Nürnberg geboren, lebte an verschiedenen Orten in Deutschland und in Frankreich. Er veröffentlichte mehrere Romane und zahlreiche Kurzgeschichten. Nach einem Sprachenstudium ist er heute als freier Autor in Nürnberg tätig. Im November 2013 erschien sein Kriminalroman *Das ganze Jahr November* im *ars vivendi verlag.*
www.christian-klier.de

Tessa Korber studierte Literatur und Geschichte, ist freie Autorin und wurde mit ihren historischen Romanen bekannt. Bei *ars vivendi* erschienen bisher der Band *Das Leben ist mörderisch* mit zehn Kurzkrimis (2010) sowie ihr historischer Kriminalroman *Todesfalter* um Maria Sibylla Merian (2011). 2013 veröffentlichte sie den schwarzhumorigen Krimi *Die Saubermänner,* und im September 2013 fungierte sie als Herausgeberin der Katzenkrimianthologie *Auf leisen Pfoten kommt der Tod.* Sie ist Trägerin des Forchheimer Kulturpreises 2010.
www.tessa-korber.de

Dirk Kruse, 1964 in Geesthacht geboren, wuchs in Schleswig-Holstein auf. Nach einer Krankenpflegeausbildung studierte er in Erlangen Politikwissenschaft, Germanistik und Theaterwissenschaft. Seit 1995 arbeitet er als Literatur- und Theaterkritiker, Nachrichtenreporter und *BR Klassik*-Moderator für den *Bayerischen Rundfunk* in Nürnberg sowie als Rezitator und freier Moderator. Außerdem ist er Dozent für Literatur an der Hochschule Ansbach. Bei *ars vivendi* veröffentlichte er 2008 *Tod im Augustinerhof*, 2009 gefolgt von *Requiem*. 2012 erschien mit *Tod im Botanischen Garten* der dritte Fall seines Gentleman-Detektivs Frank Beaufort.
www.dirkkruse.com

Hans Kurz, Jahrgang 1961, ist Redakteur bei einer Tageszeitung in Bamberg. Er studierte Sinologie und Politische Wissenschaften in München, Taipei und Erlangen, jobbte als Taxi- und Kurierfahrer, als wissenschaftlicher Hilfsbibliothekar, im Buchhandel sowie als Übersetzer, Werbetexter, Kulturmanager und freier Journalist. Sein erster Kriminalroman heißt *Hühnertod* (2013). Ebenfalls bei *ars vivendi* veröffentlichte er gemeinsam mit Barbara Dicker die »Promille-Trilogie«: 2011 *Das Bierkochbuch*, 2012 *Das Schnapskochbuch* und 2013 *Das Weinkochbuch*.

Killen McNeill stammt aus Nordirland und wurde 1953 in Kilrea geboren. Er studierte Germanistik, war in den Jahren 1973/74 Austauschstudent in Erlangen und zog 1975 nach Franken. Seit 1976 arbeitet er als Fachlehrer für Englisch an der Haupt- bzw. Mittelschule Scheinfeld. Er ist verheiratet und lebt in Unterlaimbach. Er schreibt Romane und tritt im fränkischen Kabaretttrio *McNeills*

& *Winkler* sowie in der fränkischen Band *Nauswärts* auf. Sein Kurzkrimi *Pfarrers Kinder, Müllers Vieh* wurde 2012 als Siegergeschichte der Jury im Wettbewerb um den 1. Fränkischen Krimipreis ausgezeichnet. 2013 erschien bei *ars vivendi* sein Roman *Am Schattenufer.*

Horst Prosch, 1964 in Neuendettelsau im Landkreis Ansbach geboren, lebt mit seiner Familie in Wolframs-Eschenbach. Er arbeitet als Bilanzbuchhalter, ist Mitglied im Kulturverein »Speckdrumm e. V.« (Beirat für Literatur) und Initiator und Leiter der Reihen »Erlesene Genüsse« im Kunsthaus Reitbahn 3, Ansbach, sowie »Literatur in alten Mauern« in Wolframs-Eschenbach. Auch für Lesungen ist er bekannt, etwa für Themenlesungen wie »Literatur und Schokolade«. Bei *ars vivendi* erschien 2008 eine Erzählung von ihm in *Smoke – Geschichten vom blauen Dunst.* 2014 folgte der Kriminalroman *Blaue Bäume.*
www.horst-prosch.de

Susanne Reiche, Jahrgang 1962, wurde in Nürnberg geboren und entdeckte schon früh ihre Leidenschaft für Bücher. Nach dem Abitur und einer Gärtnerlehre studierte sie in Erlangen Biologie. Sie engagiert sich seit vielen Jahren in der Nürnberger (Sub-)Kultur, insbesondere im Theater, sowie in der Lokalpolitik. Susanne Reiche koordiniert derzeit die Umweltplanung in der Bauleitplanung beim Umweltamt, hat eine Tochter und wohnt mit ihrem Lebensgefährten und fünf Katzen im Nürnberger Stadtteil Wetzendorf.

Jeff Röckelein, Jahrgang 1945, wuchs im Frankenwald auf. Er arbeitete als Tankwart, Gerichtsreporter, Zeitsoldat, Lektor, unterrichtete Deutsch für Ausländer an der VHS Nürnberg und war Dozent für Economic Terminology und Regional Studies an einer privaten Hochschule in Stuttgart. Er lebt als freier Autor bei Sigmaringen auf der Schwäbischen Alb. Sein Kurzkrimi *Ja verreck* wurde 2013 als Siegergeschichte der Jury im Wettbewerb um den 2. Fränkischen Krimipreis ausgezeichnet. Im Juli 2014 erscheint sein Kriminalroman *Arme Hunde*.

Elmar Tannert, 1964 in München geboren, absolvierte ein Studium der Musikwissenschaft und Romanistik. Von 1991 bis 2003 war er in verschiedenen Berufen tätig, beispielsweise als Datentypist, Zeitungsverkäufer, Postbote und Tankwart. Ab 1994 erfolgten erste Veröffentlichungen seiner Kurzgeschichten. Seit 2003 arbeitet er als freier Schriftsteller sowie unter anderem beim *Bayerischen Rundfunk*. 1999 erhielt er den Kulturförderpreis der Stadt Nürnberg wie auch des Freistaats Bayern und 2001 den Kulturförderpreis des Bezirks Mittelfranken. Bei *ars vivendi* erschienen von ihm *Der Stadtvermesser* (1998), *Keine Nacht, kein Ort* (2002), *Ausgeliefert* (2005) und die gemeinsam mit Petra Nacke verfassten Romane *Rache, Engel!* (2008), *Blaulicht* (2010) sowie *Der Mittagsmörder* (2012). 2012 wurde er für die Geschichte *Unter dem Apfelbaum* aus der Anthologie *Tatort Garten* für den Friedrich-Glauser-Preis nominiert.
www.elmar-tannert.de

Volker Wachenfeld, geboren 1962 in Berlin, studierte dort Philosophie. Er arbeitete in der Werbung in Hamburg, gründete eine Agentur in der Hauptstadt und veröffentlicht seit den Achtzigerjahren Romane und Hörspiele. Dazwischen war er als Manager in der Internet- und der Realwirtschaft tätig und lebt heute als freier Schriftsteller in Nürnberg. 2013 erschien bei *ars vivendi* sein Roman *Die Fremde*.

Dank

Der *ars vivendi verlag* bedankt sich sehr herzlich: bei den Teilnehmern am Wettbewerb um den Fränkischen Krimipreis 2014 für die vielen spannenden Beiträge, bei der Jury für ihren großen Einsatz und bei den *Nürnberger Nachrichten* für die gute Zusammenarbeit.